上春樹における両義性

armakon

監修｜
森 正人 もりまさと
日本熊本大学名誉教授

編集｜
小森 陽一 こもりよういち
日本東京大学教授
曾 秋桂 そうしゅうけい
台湾淡江大学教授

江大學出版中心

村上春樹研究叢書第三輯『村上春樹における両義性pharmakon』刊行に寄せて

淡江大学学長
張　家宜

淡江大学は1950年に成立してから、創立者張建邦博士が提唱する国際化、情報化、未来化の三化方針を設立の最高教育理念として歩んできた、台湾で最も規模の大きな私立大学ですが、同時に最早期の英語を専門とする学校でした。1968年に日本の中央学院大学と姉妹校となり、学術交流の門戸を広げ、現在では世界の185校と交流をおこなっています。また、1993年には台湾で初めて「大学三年生出国留学計画」を実施し、今まで5,000名を超える学生達が海外で学び、動いている世界へのビジョンを開拓しています。2015年には台湾教育部の大学専門学校国際化品質指導「特優賞」の栄誉を受け、国際化の模範的大学となっています。

本学は今まで一貫して革新を追求し、世界のトレンドに合わせた教育方針を取っています。2014年8月には世界に先駆けてグローバルな「村上春樹研究センター」を設立し、日本の著名な作家村上春樹の作品について研究と価値の普及を行って、台湾の研究の趨勢をリードし、国際社会で注目される焦点ともなっています。2015年7月には台湾の学術団体として初めて、海を越えて日本の北九州市で「2015年第4回村上春樹国際学術研討会」を成功裏に開催しました。本研究叢書の第三輯は、このシンポジウムでの優秀な論文を集めたものです。叢書第一輯、第二輯が幅広い好評を受けたことに続いて、今回はこの第三輯を刊行し、さらに村上春樹研究の領域に大きく進出していく夢を抱いています。

「村上春樹研究センター」は成立後、村上春樹ショートムビーコンクール、村上春樹有名作品多言語朗読コンテストを次々に開催し、同時に教養科目の村上春樹講座、村上春樹 MOOCS 課程等を開設しています。こうして、センターでは、関係する人文社会研究領域を広く見渡し、村上春樹のテクストを基礎にして「村上春樹学」を樹立する大きな目標を掲げて、世界最初の村上春樹研究の重鎮となるために活動を押し進めています。この村上春樹研究叢書第三輯『村上春樹における両義性』の刊行は、その記念すべき一歩となるでしょう。

(日譯出自落合由治)

村上春樹研究叢書第三輯《村上春樹中的兩義性》出刊賀詞

淡江大學校長
張　家宜

淡江大學1950年成立，恪遵本校創辦人張建邦博士倡導的國際化、資訊化、未來化三化政策，作爲辦學的最高教育理念，不僅爲台灣最具規模的私立大學，也是最早以英語爲專業的學校。1968年與日本中央學院大學締結姊妹校，開啓學術交流的大門，至今已簽訂185所。並在1993年首創「大三學生出國留學計畫」，已逾5,000位同學完成學業，展現全球移動力的遠見。2015年榮獲教育部大專校院國際化品質視導「特優獎」殊榮，成爲國際化典範大學。

本校秉持一貫力求創新、順應世界潮流的教育方針，2014年8月成立獨步全球的「村上春樹研究中心」，專責研究並推廣日本著名作家村上春樹創作的經典文學。引領台灣研究風潮，成爲國際社會矚目焦點。2015年7月首度以國外的學術團體，跨海登陸日本北九州市，圓滿舉辦「2015年第4屆村上春樹國際學術研討會」。本研究叢書第三輯即是彙集當時研討會的優秀論文。繼發行叢書第一輯、第二輯廣受好評之際，此第三輯的出刊，更展現研究村上春樹領域的雄心壯志。

「村上春樹研究中心」成立後，陸續推動村上春樹微電影競賽、村上春樹經典名著多國語言朗讀比賽，開設村上春樹講座課程、村上春樹磨課師課程等，極力推廣相關系列文學，立志以其文本爲平台，推行「村上春樹學」成爲顯學的泱泱大度，以朝向成爲全球首創的村上春樹研究重鎮目標邁進。欣逢村上春樹研究叢書第三輯《村上春樹中的兩義性》出刊在即，特爲文誌之。

監修のことば

森　正人

淡江大學村上春樹研究中心（日本名：村上春樹研究センター）と淡江大學日本語文學系とが主催する2015年度第4回村上春樹国際シンポジウムは、7月25日（土）、26日（日）の2日間にわたって、日本福岡県北九州国際会議場で開催された。全体の主題は「村上春樹文学における「両義性」（pharmakon）」と設定され、これに沿って3つの基調講演、44本の口頭発表が行われた。また、台湾で募集した「小確幸」をテーマとするショートムービーの優秀作品の発表会に続き、4人のパネリストによる村上春樹の両義性をめぐるパネルディスカッションでしめくくられた。

このシンポジウムが、これまで日本国内で行われた村上春樹に関する最も大きな規模の研究集会となったことは疑いないであろう。そして、長い時間をかけて入念に準備を続けた淡江大學と受け入れ態勢を整えてくださった北九州市の関係諸機関との協力のもと、村上春樹研究中心主任の曾秋桂・執行委員長と淡江大學日本語文學系主任の馬耀輝・執行委員長による巧みな運営に大勢の献身的なスタッフの力が加わって、シンポジウムは成功を収め、得られた成果は計り知れない。

本『村上春樹研究叢書』第三輯は、この第4回国際シンポジウムにおける口頭発表に基づく9編の研究論文と、基調講演に基づく3編及び別の機会に行われた講演による2編を「特別寄稿講演録」として加えて、合計14編の論文を収録した。収録された論文は、両義性という観点から村上春樹の作品を読み解き、その文学世界を深く掘りさげ、あるいは村上文学の野心的な言語表現の方法を明らかにし、あるいは両義性を手掛かりにして批判的日本語リテラシー能力を養成する試みについて報告するなど、まことに多彩である。これらを通じて改めて鮮明になったことは、村上春樹文学の問題性の大きさと深さとである。しかも、それはそこにとどまらず、「両義性（pharmakon）」という問題そのものが、村上文学の検討を通じて再発見され、据え直されたと評しうる。村上春樹による言語表現が現代社会を巻きこむ力の強さを示すものであろう。

本書が、村上春樹文学の研究者ばかりでなく、村上春樹作品の多くの読者、村上春樹研究に踏み出そうとしている若い学生たちの手に渡り、さらに議論が広がり深まるならば、これ以上の幸いはない。

監修者的話

森　正人

淡江大學村上春樹研究中心（日文名爲村上春樹研究センター）與淡江大學日本語文學系共同主辦2015年第4屆村上春樹國際學術研討會，於2015年7月25日（星期六）、26日（星期日）兩天，假日本福岡縣北九州國際會議廳順利舉辦成功。大會主題爲「村上春樹文學中的「兩義性」（pharmakon）」，以此主題進行了3場基調講演、44篇口頭論文發表。會中並播放了由淡江大學村上春樹研究中心主辦的以「小確幸」爲主題的微電影競賽獲獎優秀作品。最後由4位圓桌會議與談人，就村上春樹兩義性進行了圓桌會談，爲長達兩天的會議，畫下完美的句點。

本次國際學術研討會，勿庸置疑乃是至今在日本國內舉辦村上春樹相關會議中，堪稱最大規模的學術研討會。花了長時間用心籌備本次國際學術研討會議的淡江大學以及以萬全準備配合辦理的北九州市相關單位，又加之村上春樹研究中心主任曾秋桂執行長以及淡江大學日本語文學系主任馬耀輝執行長兩位積極運作，並有一群無私奉獻的幕僚、淡江大學日本語文學系的畢業生、學生的自願參與，才能促成了本次大會的成功。其影響力無遠弗屆。

而本次《村上春樹研究叢書》第三輯收錄的研究成果共計14篇。其中9篇論文是曾於第4屆村上春樹國際學術研討會中發表的口頭發表論文，業經嚴格外審的研究成果。加之修改潤筆過的3篇基調講演，以及其他重要會議上的2篇演講稿，共計5篇以「特別寄稿講演稿」收錄其中。收錄的論文皆以兩義性的觀點對於村上春樹作品進行分析解讀，深化了村上春樹文學的意境。或是剖析了村上文學大膽的言語表現方法，或是以兩義性爲切入點嘗試了進行培育批判式日本語策略能力等研究成果，內容多彩、豐富，值得一讀。透過此番的研究，更加彰顯了村上春樹文學之於研究上的問題所在與深、遠度。雖然本輯研究叢書是侷限於「兩義性(pharmakon)」問題之上，但透過此番的探究成果證明了可以再窺村上文學、再重新評價村上文學。亦顯示了村上春樹所創造出的言語表現，擁有銳不可檔的力量，將現代社會濃縮於其中。

衷心期盼藉由本輯研究叢書的出刊，不僅能嘉惠村上春樹文學研究者們。更希望本輯研究叢書能在廣大的愛好村上春樹作品的讀者以及即將涉入研究村上春樹作品的年輕學子們間，引發廣泛的討論與莫大的迴響。

（中譯出自曾秋桂）

執筆者一覧（掲載順）

森　正人（Mori Masato）	日本・熊本大学名誉教授
柴田　勝二（Shibata Shoji）	日本・東京外国語大学教授
小森　陽一（Komori Yoichi）	日本・東京大学教授
ジェイ・ルービン（Jay Rubin）	米国・ハーバード大学名誉教授
沼野　充義（Numano Mitsuyoshi）	日本・東京大学教授
曾　秋桂（Tseng Chiu Kuei）	台湾・淡江大学教授
楊　錦昌（Yang Chin Chang）	台湾・輔仁大学副教授
奥田　浩司（Okuda Kouji）	日本・愛知教育大学准教授
内田　康（Uchida Yasushi）	台湾・淡江大学助理教授
楊　炳菁（Yang Bing Jing）	中国・北京外国語大学副教授
范　淑文（Fan Shu Wen）	台湾・台湾大学教授
平野　和彦（Hirano Kazuhiko）	日本・山梨県立大学教授
羅　曉勤（Lo Hsiao Chin）	台湾・銘伝大学副教授
落合　由治（Ochiai Yuji）	台湾・淡江大学教授

目次　第三輯

特別寄稿講演録

研究論文

CONTENTS 第三輯

特別寄稿講演録

研究論文

村上春樹文学における両義性
—内界としての外部—

森　正人

1．はじめに

淡江大學村上春樹研究中心の主催する第４回村上春樹国際シンポジウムは、2015 年 7 月 25 日（土）と 26 日（日）、北九州国際会議場で開催された。全体のテーマは、日本語文では「村上春樹文学における両義性（pharmakon　ファルマコン）」、中国語文では「村上春樹的兩義性」と設定されていた。「両義性」とは、たとえば「一つの言葉あるいは概念が二重の意味を持つという性質」（『広辞苑』第六版）と説明されているが、一方で「ある概念や言葉に、相反する二つの意味や解釈が含まれていること。アンビギュイティ」（『大辞林』）と、両義の対立を強調しているものもある。ただし、ambiguity はむしろ「曖昧性」あるいは「多義性」と翻訳される語で、他方の pharmakon，pharmacon（パルマコン、ファルマコン）は、「くすり」が病気を回復させる薬としての意味と、人体に悪しき作用をする毒としての意味を持つように、相対立する二つを持っていることを意味する。日本語の「薬」でも、「くすり」という言葉は薬物全般あるいは医薬を意味し、「ヤク」と読めば麻薬や覚醒剤などの有害な非合法薬物を意味する。片仮名で「クスリ」と表記すると薬剤一般を意味する場合もあり、暗に覚醒剤などの薬物を指す場合もある。

本論文は、このテーマに沿いつつ村上春樹の小説における内と外に注目することを通して、作家に独特な世界観を解き明かそうとするものであるが、はじめにこれを取り扱う視点と方法について述べておきたい。

2014年6月21日に淡江大學で開催された第3回村上春樹国際学術研討会で、私は「かげ」という概念を取り上げて村上の初期作品の方法を分析した研究を発表し、『村上春樹におけるメディウム―20世紀篇―』(淡江大學出版中心　2015年)に「村上春樹初期作品の内界表象とメディウム」と題する論文を掲載している。その論文では、村上の小説に繰り返し扱われる「かげ」(陰、影)という素材とそれに関連する表現を観点として検討を行った。そこでも注意を向けておいたが、日本語における「かげ」という言葉は多義的で、「月影」「火影」などのように光を意味することもあれば、逆に物体が光を遮り光源の反対側に作る黒い形、あるいは光の当たらない暗い部分を意味することもある。村上は「かげ」の多義性を作品の随所にちりばめているが、特にC・G・ユングおよびユング派の河合隼雄の精神分析学が説くところの、自己本体から自立的に活動するばかりでなく、自己を根拠付け、しかし同時に自己を破滅に向かわせる両義的な「影」の観念を引き入れながら作品を構成し、展開している。そして、村上の小説において「影」あるいはそれに相当する素材群は、内界(心、魂)と外界(現実世界)とを媒介するものとして機能していることを確認した。

本論文はこれを引き継ぎつつ、改めて内界と外界との関係を中心にすえて展開を図り、村上春樹文学の問題を深めようとするものである。

2．異空間をめぐる文学伝統

村上春樹の「影」概念は、その小説作品に好んで取り上げる異界と関わりが深い。たとえば、『ダンス・ダンス・ダンス』（1988年）において、『羊をめぐる冒険』の四年半後ふたたび「僕」が投宿するドルフィンホテル（新いるかホテル）の異空間[1]と、そこに生息する羊男を表象するものは「影」である。一、二を例示する。

> いるかホテルに戻ることは、過去の影ともう一度相対することを意味しているのだ。（1）[2]
>
> そしてこれまでいろんな場所で君の影を見てきたような気がする。（11）

これらのことを契機として、村上春樹作品における異空間とそこへの旅について検討を始めたい。

羊男が初めて登場し、その題自体が異空間への旅を含意しているところの『羊をめぐる冒険』（1982年）は、先の二作『風の歌を聴け』（1979年）『1973年のピンボール』（1981年）を受けながら、続く新しい展開を準備した作品として村上文学の結節点の一つとなっている。この作品で問題にされてきたことの一つが、異境への旅という、いたって素朴な構成をそなえている

1　ドルフィンホテルのフロント係ユミヨシが十六階の従業員用エレベーター付近から迷い込み、あるいは「僕」が十五階の部屋に戻るために乗ったエレベーターのドアから入り込むことになる。

2　『村上春樹全作品　1979～1989　⑦　ダンス・ダンス・ダンス』（講談社　1991年）により章の番号を括弧書きで示す。以下の村上春樹作品の引用もこれに準ずる。

ことに対する評価である。蓮實重彥は、この小説が「依頼」→「代行」→「出発」→「発見」という形式に収まっていることを指摘し[3]、大塚英志も、村上がジョゼフ・キャンベルの『千の顔をもつ英雄』を参照したと推測し、ファンタジーの文法に従って意図的に物語論的に語られている[4]と論ずる。

この問題をめぐっては内田康[5]が、上記所説に加えて加藤典洋[6]、四方田犬彦[7]らによる、英雄物語にそなわっているはずの通過儀礼の内実は見当たらないとする同じ趣の見解を引きつつ整理を施している。そのうえで内田は、『羊をめぐる冒険』においては、英雄物語に加えて「鼠」による王殺しの物語が接続されたために通過儀礼の回避がもたらされたという結論を導く。その論証の過程には、この作品を生成した種々のプレテクストの指摘がなされつつ興味深い読解が示されている。

ここでは、これらの説の前提に立ち戻ってみたい。『羊をめぐる冒険』が西欧の英雄物語のみを下敷きとしていると見なして

3　蓮實重彥『小説から遠く離れて』（日本文芸社　1989年／河出文庫　1994年）。

4　大塚英志『物語論で読む村上春樹と宮崎駿―構造しかない日本』（角川書店　2009年）。

5　内田康「回避される「通過儀礼」―村上春樹『羊をめぐる冒険』論―」（『台湾日本語文学報』第34号　2013年12月）。

6　加藤典洋編『イエローページ　村上春樹』（荒地出版社　1996年）第3章　時代の物語から自我の物語へ―『羊をめぐる冒険』。

7　四方田犬彦「聖杯伝説のデカダンス　限りない空白の陰画」（高橋丁未子編集『HAPPY　JACK　鼠の心　村上春樹の研究読本』北栄社　1984年）。なお同書に収録される、ねじめ正一「カクレ抒情が濡れる時―マスターから脱け出す方法」も現代の聖杯探求譚と規定する。

よいかどうか。というのも、村上は後年発表した『海辺のカフカ』（講談社　2002年）のなかで、夏目漱石の小説『坑夫』について主人公の少年に次のように語らせている。

> それは生きるか死ぬかの体験です。そしてそこからなんとか出てきて、またもとの地上の生活に戻っていく。でも主人公がそういった体験からなにか教訓を得たとか、そこで生き方が変わったとか、人生について深く考えたとか、社会のありかたに疑問をもったとか、そういうことはとくには書かれていない。彼が人間として成長したという手ごたえみたいなものもあまりありません。（第13章）

少年の指導役を務める大島は、この発言を引き取って次のように問いかける。

> 君が言いたいのは、『坑夫』という小説は『三四郎』みたいな、いわゆる近代教養小説とは成り立ちがずいぶん違っているということかな？

また、次のようにも重ねて問いかける。

> それで君は自分をある程度その『坑夫』の主人公にかさねているわけかな？

この対話は、まずは作家がこの作品の読者に向けて『坑夫』と『三四郎』を参照し、それらとの一致点や相違点を点検することを催促しているかのようである。また、漱石の作品のなかで類似する構成をそなえた『草枕』と『坊っちやん』[8]を想起させもする。同時にこれは、かつて自作の『羊をめぐる冒険』に関する批評家達の論評に対する村上自身による回答（弁明あるいは反論）であると見ることもできよう。すなわち『羊をめぐる冒険』は「僕」の成長を語る近代教養小説ではない、また主人公が常人のなしえない偉大な事業を成し遂げる中世風の英雄物語でもない、と。こうして、『羊をめぐる冒険』に参照されるべき物語構造についてはもう少し一般的なモデルが必要であろう。

そこで、次のような図１「物語の二つのモデル」[9]を提示したい。

圖１

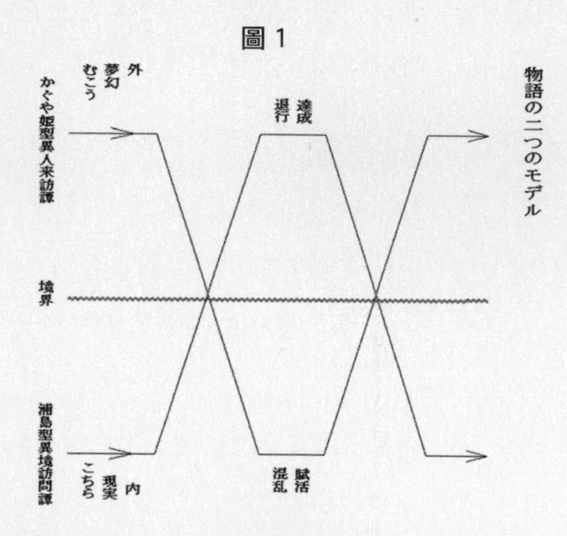

8　『坊っちやん』も『海辺のカフカ』も東京の未熟な青年あるいは少年が四国に赴き、帰京する構成を持つ。『海辺のカフカ』の「僕」が、『坑夫』の主人公について「世間知らずの坊っちゃん」と評するのも偶然ではないであろう。

9　この図は、高橋亨「物語学にむけて―構造と意味の主題的な変換―」（糸井通浩・高橋亨編『物語の方法　語りの意味論』（世界思想社 1992年）などに示される、羽衣型と浦島型の図を参照して作成した。

この概念図は、主人公が現実世界を出て異境（異郷）を訪問する物語すなわち「浦島型異境訪問譚」と、異人が異境からこちらの世界に来訪する物語「かぐや姫型異人来訪譚」とを典型化して表示するものである。境界を挟んでこちら側または内部から向こう側または外部へと越えて、そこで非日常的な経験をして、再び境界を越えて戻ってくる。これと対照的あるいは対称的に、向こう側の世界から訪れた異人がこちらの世界で非日常的なできごとを引き起こし、再び元の世界に帰って行く。この図式は、古代中世の物語ばかりでなく近代小説や昔話、伝説の分析にも適用可能な分析モデルである。西欧の英雄物語では、宝物の探索、怪物退治、愛する女性の救出など主人公に試練が課せられ、その達成を通して主人公には成長と自立がもたらされ、王位に即く資格あるいは妻を娶る資格が与えられることになる。これに対して、たとえば日本の特に古代の浦島説話の場合はむしろ異境（海神の国、蓬萊）訪問は偶然の幸運によるものであり、異境での生活は試練というより歓楽である。主人公に訪れるのは、したがってむしろ退行と言うべきであろう。

このような異界は泉鏡花の『高野聖』にも認められる。主人公の高野聖は難所を越えて山中の一軒家にたどり着く。そこに住んでいる魅力的な女性はねんごろに聖をいたわり世話するけれども、一方で好色な心をもって近づいてくる男どもを動物に変えてしまう魔女であった。女と夫婦になっているのは、知性も運動能力も幼児に戻ってしまった男である。高野聖も女の魅力の虜になりかけるが、これを振り切って山を下りたのであった。高野聖は、その女の魔力を克服し得たがゆえに優れた仏教者となったと見ることもできなくはないが、この小説の主題はそこにはない。語られているのは、母胎を思わせる桃源郷的世界[10]がはぐくむ甘美にして恐怖をかきたてる夢である。

こうして、『羊をめぐる冒険を』を異空間体験に関する日本の文学伝統のなかに置くとき、主人公の成長や成熟を必ず問題にしなければならないということはない。

3．複式夢幻能としての『羊をめぐる冒険』

前節に紹介した内田康は、内田樹の興味深い指摘、すなわち『羊をめぐる冒険』は「正しい葬礼を受けていない死者が服喪者の任に当たるべき生者のもとを繰り返し訪れるという話型」であり、複式夢幻能と同一の劇的構成を具えているという指摘[11]を引き取って論を進めていた。内田康は、西欧の英雄物語に王殺しの主題が接合されていると解釈するのであるが、むしろ作品の構造を、複式夢幻能もその一種であるところの浦島型異境訪問譚として分析する視点が有効なのではないか。

複式夢幻能とはどのような能か。その構成を能「井筒」を用いて説明しておく。

---

10 夏目漱石の『草枕』の那古井の湯治場も一種の桃源郷である。『草枕』は『高野聖』の発表された６年後に同じ『新小説』に発表されている。両作品には偶然とは言いがたい多数の対応が見られる。

11 内田樹『もういちど村上春樹にご用心』（文春文庫　2014 年）Ⅲ「『冬のソナタ』と『羊をめぐる冒険』の説話論的構造。

【前場】

①ワキ（諸国一見の僧）が登場、初瀬参詣の途中、在原寺に立ち寄る。在原寺は業平と紀有常の娘の夫婦が住んだ所で、亡き二人を弔おうと言う。

②シテ（里の女）が登場、仏に捧げる水を汲み、救済を求める。シテは、在原業平が幼なじみの紀有常の娘と夫婦となったのち、別に河内国高安の女のもとに通うようになったけれども、妻は通っていく夫を案じて「風吹けば沖つ白波竜田山夜半にや君がひとり行くらん」と詠み、この歌により夫は河内に行くことはなくなった、という物語を語る。

③シテは、実は有常の娘であると明かして井筒の陰に隠れる。

【中入り】

④アイ（狂言方）が出て、ワキに業平と有常の娘との物語を語る。（アイ狂言）

⑤ワキは苔の筵に臥す。（以下、夢幻の世界）

【後場】

⑥後シテ（有常の娘の霊）が、業平の形見の冠と直衣を身につけて登場する。

⑦後シテは舞い、井戸の水に姿を映して故業平を懐かしむ。

⑧ワキの夢は覚めて、シテは退場する。

このように、救済を願っている霊的存在としてのシテがワキの夢の中に出現して語り歌い舞うのが夢幻能であるが、一曲が前後二場から成り、シテが始めは仮の姿で、後に本来の姿でと二度にわたって登場するのが複式夢幻能の特徴である。複式夢幻能は次のような図２「複式夢幻能の構造」として表すことができる。浦島型異境訪問譚とかぐや姫型異人来訪譚とが合成されていることが分かる。

圖2

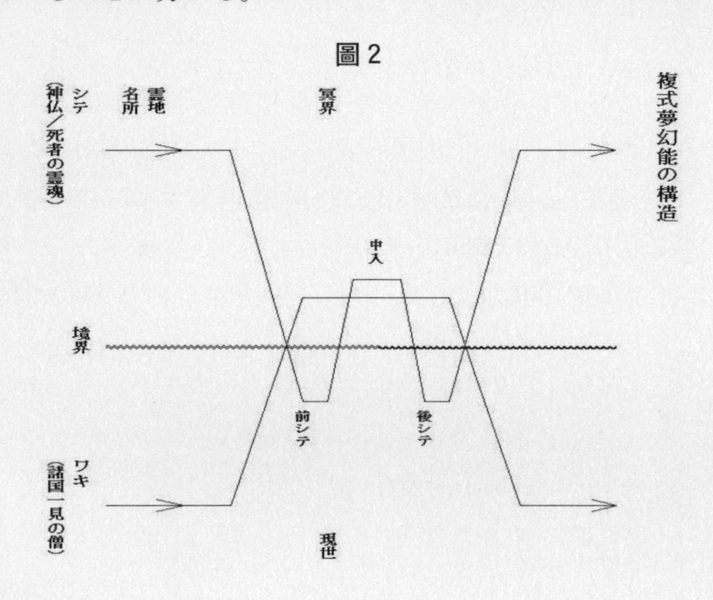

そして、『羊をめぐる冒険』における「僕」と鼠との再会はこの形式に則っていることを明瞭に指摘することができる。『羊をめぐる冒険』は以下のように展開する。

①「僕」は、東京から北海道十二滝町にある鼠の父の別荘に行き鼠を待つ。

②別荘に羊男が現れ、「僕」は鼠への伝言を託す。数日後ギターを弾いているところに羊男が来て伝言はできなかったと告げる。羊男の姿は鏡に映らない。

③「僕」は、鼠が今夜10時に来るはずだと羊男に言う。
⑤「僕」は眠り、悪夢を見る。
⑥9時になると暗闇の中に鼠（の霊魂）が来ている。
⑦鼠の霊は、自分が自殺した経緯を語り後事を託す。
⑧鼠は去り、「僕」は悪寒を覚えさまざまな不吉な映像を見、翌朝目を覚ます。

「僕」はワキの旅僧に該当し、東京から異境とも言うべき北海道を訪れ、不思議な体験をして戻って来る。このように『羊をめぐる冒険』を能に見立てると、鼠がシテに相当することはいうまでもない。鼠は「僕」の前に二度出現する。一度目は②として羊男の身体を借りて、ついで⑥に幽霊として。羊男は十二滝町に生まれ徴兵を拒否して今まで隠れ住んできたのであった。すなわち始めはシテがその土地の者の姿を借りて登場し、死者の霊魂であることをほのめかしあるいは明かして去る能の前場に相当する。そして、二度目に鼠の霊魂が、眠っていた「僕」のもとに出現してみずからの経験と思念を語るところは夢幻能の後場に相当するであろう。「僕」の弾くギターは、祭礼や伝統芸能において霊的存在をこの世に呼び出す笛や鼓や琵琶の働きを引き入れたものと見られる。このように鼠の霊魂の出現に先だって鼠の憑依している羊男をまず登場させ、しかも羊男の姿が鏡に映らないと「僕」に気づかせることによって、鼠はすでにこの世の存在ではないと示唆するところに、複式夢幻能との関連を見ないわけにはいかない。鼠は、自分の中に入り込んでいる特別な力をそなえた羊ともども、みずから命を断つほかなかった事情を語るなかで、「僕」と次のような言葉を交わす。

> 「俺はきちんとした俺自身として君に会いたかったんだ。（中略）もし偶然が君をこの土地に導いてくれるとしたら、俺は最後に救われるだろうってね」／「それで救われたのかい？」／「救われたよ」と鼠は静かに言った。（第八章 12）

「救われた」のは鼠の魂と解される。妄執にとらわれている死者の霊魂を慰め、救済を図るのが夢幻能であるとすれば、鼠と「僕」が再会し、ビールを飲みながら語り合うこの場面こそ夢幻能の後場にほかならない。十二滝町の別荘は、幽と明の二つの世界が交錯するいわば能舞台であり、「僕」は非業の死を遂げた鼠の霊を冥界からこの世に呼び出し、その無念と満足の思いを心ゆくまで語らせるワキであった。

こうして、「僕」の北海道旅行は死んだ鼠の魂を慰撫するための旅であったことが知られよう。『羊をめぐる冒険』の主題が鎮魂にあることは明瞭すぎるほど明瞭である。

4．包摂し合う内界と外部

村上春樹の長編第四作『世界の終りとハードボイルド・ワンダーランド』（1985 年）は、前三作とは作風を異にしてSF小説あるいはファンタジーの特徴をそなえている。脳内で「シャフリング」という作業を行う記号士の「私」を主人公とする「ハードボイルド・ワンダーランド」の章と、図書館で一角獣の頭骨から古い夢を読む「夢読み」の仕事に就くことになった「僕」を主人公とする「世界の終り」の章とが交互に配置される。このような実験的な創作方法を採用したこと、これに続く第六作の『ダンス・ダンス・ダンス』(1988年)が『羊をめぐる冒険』の主人公を再登場させていることなどからすれば、この作品は村上の小説としては一見傍系に属するかのようであるが、内界と外部の関係性に着目するとき、基軸が動いたとまでは言えない。

作品が後半に入り末尾に近づくにつれ、「ハードボイルド・ワンダーランド」と「世界の終り」は相互に響き合い、もつれ合い、浸透し始める。そして、「世界の終り」の高い壁に囲まれて一角獣の生息する街は、「ハードボイルド・ワンダーランド」の主人公「私」が無意識的に作った世界であることが次第に明らかになっていく(25、27)。

こうした二つの世界の関係について、今井清人[12]は、

> パラレルに進行する二つのストーリーは外部のシステムと同時に、内部の幻想をも相対化するメビウスの輪のような組織化が図られている。

と説き、山根由美恵[13]は次のように論ずる。

> このテクストの構造は、これまでの一回性の物語として捉える見方では不十分で、〈ウロボロス〉という無限円環で

---

12 今井清人『村上春樹—OFFの感覚—』(国研出版　1990年)Ⅲ1『世界の終りとハードボイルド・ワンダーランド』—〈ねじれ〉の組織化—。

13 山根由美恵『村上春樹〈物語〉の認識システム』(若草書房　2007年)第一部第二章第二節〈ウロボロス〉の世界—『世界の終りとハードボイルド・ワンダーランド』—。

あると言えはしないだろうか。つまり、『世界の終り』が逆転して、『ハードボイルド・ワンダーランド』の性質へと転換し、『ハードボイルド・ワンダーランド』の冒頭に繋がる。同じように、『ハードボイルド・ワンダーランド』が『世界の終り』の性質へと転換し、『世界の終り』の冒頭につながる。

この作品の独特の構造に対するこれらの説明には聴くべきところがある。ただし、村上春樹がしばしば行うところであるが、作品読解の鍵となるべきことがらや言葉はさりげなく作品のなかに埋め込まれているのではないか。すなわち「ハードボイルド・ワンダーランド」の「私」は、「組織」と「工場」の争いに巻きこまれ、太った娘と地下を通って娘の祖父である博士が身を隠している場所を訪ねて行く。そこは博士に敵対する「やみくろ」の巣の中心で、しかし「やみくろ」達の近づけない「神聖地域」であるという。

聖域に入る入口の両わきには、精密なレリーフが施されていた。巨大な魚が二匹で互いの口と尻尾をつなぎあわせて円球を囲んでいる図柄だった。(21)

この文様は、聖域空間の性質を象徴していると見なされるが、『世界の終りとハードボイルド・ワンダーランド』の作品構造そのものを象徴的に説明する箇所の一つとも見られる。二匹の魚は「ハードボイルド・ワンダーランド」と「世界の終り」の二つの世界に相当するであろう。魚の口がもう一匹の魚の尾につながっている、つまり他の魚の尾を咥えているとは、咥えた者が咥えられるものであり、咥えられた者がまた咥えるものでもあるという関係である。それは、二つの世界が未分化であり、かつ分離への動きを持ち、あるいは統合への可能性を示す。こうした概念を表すものとして、太極図（図３）が想起される。

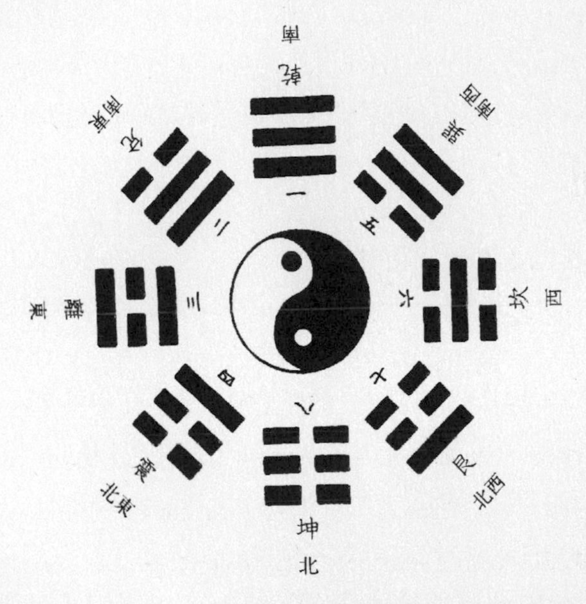

圖３　八卦図（土屋英明『道教の房中術』文春新書）

この図は中国思想の陰陽説に基づく八卦図であるが、中央の太極図の、合わさって円形をなす白の部分と黒の部分とは相互に包摂し、包摂される関係であり、しかも白黒それぞれの図形は二匹の魚に見立てられることがある。

「私」は博士と出会って、博士の策謀によって編集し直された「意識の核」を第三の思考回路として脳の中に埋め込まれてしまったことを知る。そして、「私」は「第三回路にはまり込んで」しまい、そこにおいては、博士の言によれば「あんたの意識が描いておるものは世界の終り」であって、その「世界の終り」の世界では、一角獣が人々の自我をコントロールしているのだと言う（25）。さらに「私」が無意識に作った世界すなわち「世界の終り」について、「思念の世界」と称し、「あんた自身が作りだしたあんた自身の世界です。あんたはそこであんた自身になることができます」（27）と説明する。やがて「私」自身も、「一角獣は僕の頭の中に住んでいるんだ」と認識し、同時に「僕はそんな街に住んでいる」ことを受け入れていく（35）。「そんな街」とはもちろん一角獣の住む世界。これらを通じて言えば、要するに「世界の終り」は「私」の内界であって、同時に外部として「私」自身を包み込んでいる。

この関係は、「世界の終り」（40）において「僕」は街を出て行く影と別れて、「僕」自身が作り上げたその街にとどまることを決意する作品の結末とも呼応するであろう。自己の内部への回帰であり、循環的帰属である。

人間とその思念との関係に関するこうした把握の仕方は村上春樹の独創とまでは言えないかもしれないが、特徴的な世界観であろう。すなわち内面を外部に投影するとか、外部が内面を表象するという関係、これを記号で表すならば「内面＝外部」あるいは「内面≈外部」ではなく、「内界∈自己」（自己の内界は自己に属する）かつ「内界∈自己」（自己の内界は自己を含む）という関係である。言うまでもなくこれは合理性を逸脱して、現実世界では成立しえない矛盾した関係である。こうした世界観は村上春樹作品の特徴となっていく。

5．むすび

長編第六作『ダンス・ダンス・ダンス』(1988年) には内界としての外部（異界）が明瞭かつ先鋭に表現されている。主人公の「僕」は、北海道のドルフィンホテル（新いるかホテル）のエレベーターのドアから異空間に入り込む。そこには『羊をめぐる冒険』で出会った羊男が住み、その異空間は「完璧な暗闇」「黒色の虚無」と称され、「影」と関連づけられている。羊男の説明によれば、「ここからすべてが始まるし、ここですべてが終わる」ところであると同時に「あんたはここに繋がっている。ここがあんたの結び目」(11) であるという。またしても円環構造である。この異空間は、C・G・ユングとその学説を日本に紹介し敷衍して精神分析学を説いた河合隼雄の言う集合的無意識の概念を摂取して造型されたと認められる[14]。したがって、その異空間は人間の内面の特に無意識の領域、集合的無意識であるということになる。羊男の棲むドルフィンホテルの異空間は、主人公「僕」の無意識の領域であることはいうまでもなく、主人公以外の人物達も繋がる集合的無意識の領域であった。そして、「僕」によれば、「自分がここに含まれているように感じる」という。これらの関係を整理して言えば、「僕」は自分自身の内的世界に包み込まれているわけである。

外部を包み込む内界がこの作品に本格的に展開したと言ってもよい。

---

14 森正人「村上春樹初期作品の内界表象とメディウム」(『村上春樹におけるメディウム―20世紀篇―』(淡江大學出版中心 2015年)。

（2015 年 7 月 25 日第 4 回村上春樹国際シンポジウム基調講演
原稿に加筆修正）

語られるものと語られないものの間

—村上春樹の寓意の両義性について—

柴田　勝二

1．日常に侵入する異世界

村上春樹の世界には様々な両義性が満ちている。処女作となった『風の歌を聴け』（1979）は1970年の夏に神戸を思わせる港街に帰省した「僕」が過ごす19日間の物語だが、そこでは彼が旧友の「鼠」とバーで交わすとりとめのない会話や、そのバーで出会った左手の指が四本しかない女の子との交わりが綴られていくものの、作品全体が明確な物語性に貫かれているわけではなく、少年期の追憶を交えた40の短い断章が連ねられていく内容は、物語を結実させつつ拡散させる両義的な地平で展開されていく。しかも村上は河合隼雄との対談（「現代の物語とは何か」『新潮』1994・7）でみずから語るように、この作品を一旦通時的な継起のなかに位置づけられた物語として書いた後に、章をシャッフルしてその通時的な整合性を相対化することによって、最終的な形へと導いているのであり、物語の結実と拡散という両義的な作業を意識的に施しているのである。

こうした手法によって、『風の歌を聴け』は港街を舞台として展開していく日常的な世界を提示しているようで、どことなく足が地についていない非日常的な浮遊感を漂わせる作品となっている。ここに見られる、全体にわたって物語を構築しつつそれを拡散させるという手法はこれ以降の作品では取られていないが、多くの論者が指摘するように、日常的な世界のなかに非日常的な要素が侵入してくることで、主人公が生きている現実世界が異世界に転じてしまう両義性は村上春樹文学を特徴づけるものとなっている。第二作に当たる『1973年のピンボール』(1980)でも、翻訳事務所を友人と営む語り手は、かつて熱中した「スペースシップ」というピンボール・マシーンとの邂逅を企図し、大学のスペイン語講師の助力によってそれを成就する場面では、倉庫に置かれた「スペースシップ」は女性の言葉で「僕」と会話を交わし、非日常的な異世界を現出させる。この、主人公や語り手が存在する時空において、日常的な現実世界と非日常の異世界が混淆する展開は、ホテルのエレベーターから降りると未知の暗闇の空間に入り込み、そこで主人公が生きた人間ではない「羊男」に出会う『ダンス・ダンス・ダンス』(1988)や、井戸の中に身を置いた主人公がいつしかその外側の空間に移動している『ねじまき鳥クロニクル』(1994～95)、あるいは知的障害を持つ老人が空から魚を降らせたり、森の中に入り込んでいった少年が太平洋戦争時の兵士たちと邂逅する『海辺のカフカ』(2002)など、村上の数多くの作品に見られる。

またその日常性と隣接する非日常性のなかには、日常的な現実世界で保持していると思われていた自己の同一性(アイデンティティー)が、意識しないうちに何者かに蚕食され、揺るがされている事態に遭遇するという側面も存在する。『羊をめぐる冒険』(1982)はその代表的な作品で、主人公の「僕」は右翼の大物の秘書を務めるという黒服の男の依頼を受けて、その内容である特殊な斑紋を持つ羊を探索するという行動を、自身の意志と判断で遂行していきながら、次第にその行動が初めから黒服の男によって仕組まれたものであり、そのレールの上を動かされているだけであることを認識し始めるのだった。『世界の終りとハードボイルド・ワンダーランド』(1985) では、異常に安定した脳の回路を持つゆえに、そこに情報を通過させて記号化する「計算士」という職に就く「私」が、主筋である「ハードボイルド・ワンダーランド」の主人公となるが、彼のその内面は同時に情念的な波立ちを欠如させた〈死んだ〉ものであり、その静謐な世界を具現化しているのが、並行して進んでいく「世界の終り」の光景であった。

この作品の「私」の設定にも見られるように、村上春樹においては主体性の喪失は大量の情報が行き交う高度資本主義社会に生きる現代人の宿命として捉えられている。我々がそうした社会に生きる限り、大量の情報を受容し、利用しながらそれに受動的に動かされざるをえない両義性のなかに身を置きつづけるしかないという認識が村上に抱かれていることがうかがわれる。

けれどもそうした情報社会における受動性は、同時に村上の人物たちを異世界にいざなう契機ともなる。彼らが日常の現実世界に強固な根を降ろした人びとではないことが、非日常的な他界や異界へと移行する前提となるだけでなく、現代人の生存に浸透し、侵入してくる大量の情報は、村上の作品においてはしばしば、登場人物の生活空間に入り込む異物的な存在として表象され、その異物との共生が彼らの生きる時空に非日常的な異界性を帯びさせることになる。1989年の短篇『ＴＶピープル』には、人間の生活空間に情報社会の力が侵入してくる様相が端的な形で描かれている。この作品の語り手である「僕」は電機会社の広報宣伝部に勤める人物で、小さな出版社に勤めて自然食に関する専門誌を編集している妻と暮らしている。彼は広報宣伝の仕事に携わりながら、自分ではテレビも見ず雑誌も読まないという生活をしており、職業柄妻が購入する多くの雑誌にも眼を通そうとしない。そうした彼の住むマンションに、普通人の七割程度の大きさの「ＴＶピープル」が三人やって来て、サイドボードの上にテレビを設置していくが、妻はそれにまったく注意を払わず、そこにテレビがあることすら気づかない。その後「ＴＶピープル」は「僕」の会社にも姿を現し、彼らの商売敵であるソニーのテレビを運び込むものの、やはり周囲の社員たちは誰もそれに注意を払わない。彼らが「僕」の住居に置いていったテレビはスイッチを入れても白い画面しか映らないという代物だが、そのうち電源すら入らなくなり、さらに妻が姿を消し、「ＴＶピープル」はもう彼女が「僕」のもとに戻ってこないことを宣言するのである。

「僕」の住まいに姿を現す小さな「ＴＶピープル」は、当然生身の人間ではなく、情報社会を流通する視覚情報の化身として見なされる[1]が、ここではテレビという情報機器そのものが登場

1　こうした視覚情報の化身としての表象の先駆けは『1973年のピンボール』の「僕」のもとにどこからかやって来て共生することになる双子の少女たちであろう。彼女たちは明らかに作品の舞台である1973年の現実世界に生きている人物ではなく、執筆時の1980年から送り込まれた形象であり、その見分けのつかない完璧な同一性はその出自をよく物語っている。

することによってその記号性がより明瞭化されている。彼らが「僕」だけに認識されるのは、彼が電機会社の広報宣伝という情報社会の中枢的な場所で生きていながら、テレビも見ず、雑誌も読まず、さらには九階のオフィスに行くのにエレベーターさえ使わないという、反時流的な生き方を選んでいるからである。妻をはじめとする周囲の人びとは、出版や広報宣伝の仕事に没入していることですでに情報社会の潮流を自身に内在させており、そのため「ＴＶピープル」の侵入にも無意識でいられるのである。

したがって「ＴＶピープル」が「僕」の傍らを出入りするようになるのと入れ替わるようにして妻が姿を消してしまうのは、彼と情報社会との距離を顕在化させる成り行きであるといえるだろう。「僕」の家に運び込まれたテレビは初めからスイッチを入れても白い画面しか写さないのだったが、それは彼と妻との間にもともとあった距離を示唆している。彼らは結婚しているにもかかわらず、妻の仕事を紹介するくだりの前に置かれた「僕らは言葉少なに食事を済ませてから一緒に家を出て、別々の会社に行った」という一文にほのめかされるように、ほとんど別の生活をしており、描かれる会話も「夕御飯はちゃんと食べたの？」といった食事の指示に関わるものがほとんどで、二人が心を通わせていることを示す描写は見られない。テレビが電源さえ入らなくなるのと、妻が姿を消すのが同じ時期に起こっているのは当然照応しており、むしろそこから遡及して、白い画面が妻との距離の暗喩であったことが知られるということでもある。

『ＴＶピープル』が浮かび上がらせているのは、「ＴＶピープル」という異世界的な存在に託す形で情報社会の力が個人の領域を侵す様相であるだけでなく、それとの関わりを功利的な一面に限定しようとすることの難しさでもある。作中に語られる「僕」の妻との関わりはもっぱら食事の供給であり、それ以外は自分独りの世界に閉じこもって暮らしている。彼は妻の仕事にもさほど興味を持たず、それに関係する雑誌類にも注意を払わず、夕食を終えると自分の好きな本を読むことで時間を費やすのである。この作品の妻がテレビの画像と等価性を持つ点で〈情報〉の暗喩でもあるとすれば、「僕」はそれと功利的に関わっているだけで、深い愛着も合一化の姿勢も持とうとしていない。妻に去られるのはいわばその報いを受ける帰結であったといえるだろう。

ここには現代の情報社会に対する村上春樹の醒めた感慨が流れている。すなわち『世界の終りとハードボイルド・ワンダーランド』の「私」の姿が示しているように、そこで生きる人間は流通する情報を利用して益を得るだけでなく、その浸透に晒されることで多かれ少なかれ自己を喪わざるをえないという認識が村上の内にはある。『ＴＶピープル』の「僕」は情報社会のただ中に生きているにもかかわらず、もっぱら生活の糧を得るためのみの関わりを持とうとするために、その功利的な姿勢が許容されなかったのである。

2．寓意的表現の特質

こうした村上の表象の方法はいうまでもなく寓意的な性格を帯びている。そして寓意、アレゴリーこそが両義性において機能する修辞法の典型にほかならない。前節で挙げた日常性と非日常性、主体性と受動性が混在する両義性については、すでにこれまで論じたことがあり[2]、ここでは論の重複を避けるためにも、寓意的表現のあり方に重点を置いて村上の作品世界における両義性を考えていきたい。

ノースロップ・フライは『批評の解剖』において寓意的表現について、次のように規定している。

> 詩人が使用するイメージと範例や教訓との関係を明白に指示し、したがって、自らの詩に対する注釈がいかに行なわれるべきかを指示しようとしている場合、これは本来の寓喩（allegory）である。「私がこう言ったとき、それは同時に（allos）このことを意味する」と言っているのがはっきりしている場合は、作家はいつでも寓喩的である。このことが持続的に行なわれているように見える場合には、その作家が書いているものはすなわち寓喩であると言って不用意ではないだろう。（海老根宏他訳）[3]

これは一見異論の唱えようのない明確な規定だが、重要なのは「「私がこう言ったとき、それは同時に（allos）このことを意

2　拙著『中上健次と村上春樹――〈脱六〇年代〉的世界のゆくえ』（東京外国語大学出版会、2009）、及び拙稿「システムのなかの個人――村上春樹・オーウェル・カフカ」（柴田勝二・加藤雄二編『世界文学としての村上春樹』東京外国語大学出版会、2015）など。

3　N・フライ『批評の解剖』（海老根宏・中村健二・出淵博・山内久明訳、法政大学出版会、1980、原著は 1957）。

味する」と言っているのがはっきりしている」という判断が、作者によってではなく読み手によってなされるということだ。すなわち言語表記（エクリチュール）の層においては語られている事柄はひとつであり、それが「同時に（allos）このことを意味する」という両義性の判断は、一連の文脈（コンテクスト）を了解している読み手がその想像力の活動によってある種の信憑として浮かばせるものである。けれどもその判断はしばしば動かし難い確信として与えられ、その際にその表現や総体としての作品が寓意、アレゴリーの地平に置かれることになる。

この文脈のなかで発生、成立するというのが寓意的表現の特質であり、それなしでも成立しうる象徴的表現と区別される。たとえば「炎」は「闘志」の寓意というよりも象徴であり、それはその「烈しさ」「熱さ」といった属性が一般了解的な次元で機能しており、とくに文脈の支援を求めないからである。この場合「炎」は物質であると同時に精神であるという両義性においてではなく、もっぱら通念的に了解されたイメージとして存在している。一方寓意は必ず何らかの文脈のなかで発生するために、その文脈を了解していないと寓意の存在自体が見過ごされることになる。またＡが実はＢを示しているという寓意を明瞭化するために、表層にある本来のＡが表現としての力を希薄化させることもありえる。

夏目漱石はこうした寓意の性格をよく理解しており、『文学評論』（1909）のなかで的確な議論を展開している。漱石は18世紀英文学を論じたこの論考のなかのスウィフトを対象とする章で、「諷喩」という言葉で寓意について考察しているが、そこで漱石は「諷喩（allegory）なるものは修辞学者に云はせたら艱かしい定義を下すかも知れんが、兎に角或物を他の物で比喩的に表はす方法である」とフライと同様の簡明な規定を与えている。漱石が例に取っているのはスウィフトの『桶物語』という作品で、ここに登場する三人の兄弟がそれぞれ「天主教」「英国教会」「非国教徒」を寓意しているとされる。しかし「此諷喩を理解するためには、吾人は予め教会の歴史を知らねばならぬ」という文脈の了解が前提となるのであり、その知識がない限りこの寓意は読み手の視野に捉えられない。それでも物語としての興趣に富んでいれば、その側面が看過されても作品としては十分成り立ちうる。そこから漱石は「一は地の文自身が文学的で面白いこと、一は地の文の裏面に潜む本意と表面にあらはれた意味との間に並行を見出すことの面白み」があることが、寓意的表現が成功するための条件であるとしている。

この漱石の寓意観は現在でもほぼそのまま有効であり、漱石自身も処女作の『吾輩は猫である』（1905 〜 06）をはじめとして、寓意の技法を使うことの少なくない作家であった。この作品の語り手が棄てられていた名前のない「猫」であるという設定は、出生時に捨て子同然に扱われた漱石の境遇と照応するとともに、そこには小説の書き手としては無名であった執筆時の漱石と、西洋諸国に十分認知されていない東洋の小国であった日本の両方が折り重ねられており、それ以降の作品でも主人公は多少とも同時代の日本の寓意をはらんで登場することになる。そして漱石の作品自体が「一は地の文自身が文学的で面白いこと、一は地の文の裏面に潜む本意と表面にあらはれた意味との間に並行を見出すことの面白み」をもった世界として成り立っているのである。

フライや漱石の規定に若干付言すれば、寓意的表現にもいくつかのタイプがあり、それは漱石自身の作品世界からも汲み取られる。すなわち、ひとつは『吾輩は猫である』に見られるように、猫が語るといった現実にはありえない設定を盛り込むことによって、それが何ごとかの比喩であることを露出させている場合である。先に挙げた『ＴＶピープル』もその展開の非現実性によって、それが比喩しているものに読み手の意識を向けさせる側面をもっている。もうひとつは、『桶物語』がそうであるように、表層的には日常的な現実性のなかに成り立っていながら、何らかの文脈を前提とすることによって、「地の文の裏面に潜む本意」を示唆する場合である。前者においても、表現の非現実性が喚起する比喩的な意味の層はやはり何らかの文脈を助けとしてもたらされているが、後者においてはそこに寓意の文脈が存在すること自体が見過ごされやすいのだった。

漱石の作品を例に取れば、1910年の『門』は『猫』と比べればはるかに現実的な日常性のなかに成り立った作品だが、前年の『それから』を引き継ぐ、友人の妻ないし共生者を奪い取って自分のものにするという展開は、まさにその時期に遂行されようとしていた、韓国という隣国の国土を奪い取って自分のものにしようとする国家的な所行を文脈として眺めれば、主人公宗助の存在と行動は、自国のそれの寓意としての意味を帯びることになる。

こうした寓意的表象が作品に盛り込まれる際には、ひとつの文脈を補助線として眺めればそのように映るというだけでなく、その文脈の存在への示唆が盛り込まれていることが少なくない。それはフレドリック・ジェイムソンが物語の寓意的機能を論じた『政治的無意識』で指摘する[4]ように、基本的にはリアリズムのなかでおこなわれる表現がはらんだ亀裂や不自然さである。『門』でいえば、友人と共生していた女性を妻とするに至ったという、世間で珍しいとはいえない出来事の主体としては、宗助の罪の意識はやや重すぎるように映る。しかしそこに漱石の帝国主義批判という文脈を援用すれば、その意識は不自然ではなく、妻の御米が流産や死産を繰り返して彼らに子供が与えられないという状況の寓意するものも、そこから理解しえる。村上作品を例に取れば、『羊をめぐる冒険』は基本的には日常的な現実世界のなかに展開していくものの、たとえば「僕」の行動の起点にあるものが友人の鼠から送られた写真であるのに、黒服の男の促しで北海道に赴いても、彼の存在を一向に想起せず、また彼に同伴する「耳のモデル」の女が、無料で彼と寝てくれる娼婦でもあるといった、自然であるとはいえない要素が点綴されており、それらが資本主義社会、情報社会に受動的に翻弄される存在として彼を前景化させる伏線を形成しているのである。

けれどもこうした物語のはらむ寓意は、そこに伏在する文

4　F・ジェイムソン『政治的無意識』(大橋洋一・木村茂雄・太田耕人訳、平凡社、1989、原著は 1981)。ジェイムソンはジョルジュ・ルカーチの論を踏まえつつ、文化的テクストが本来「社会全体やその社会の特徴や要素を示す本質的にアレゴリカルなモデルとして捉えられる」性格を帯びていることを強調している。

脈が喚起されたとしても、つねに明瞭な像を結ぶとは限らない。つまり寓意が「地の文」の示す表層的意味と「裏面に潜む本意」との「並行」関係のなかに成り立つ両義的表現であるとしても、その後者が必ずしも読み手に捉えられないことによって、存在と不在の間で揺曳することが少なくないのである。いいかえれば寓意を成り立たせる内外の文脈の強度が高くないと、意識的な読み手に対しても寓意自体が溶解し、明瞭な像を結ばないということである。ここで挙げた村上作品の例においても、『ＴＶピープル』の「ＴＶピープル」が現代の視覚情報の寓意であることは、彼らに付与された属性から比較的容易に読み取られるが、「ＴＶピープル」が「僕」の部屋に置いていったテレビの画像が、彼と妻との関係性の寓意であることはさほど自明のこととしていえるわけではない。この場合の文脈は作品に内在するそれであり、「僕」と妻とのコミュニケーションの取り方や、妻が家から姿を消してしまう成り行きが、内実のない画像からその消失に至る展開と比喩的に照応することがひとつの文脈を形成している。けれどももちろんこの照応は単に蓋然的なものであるかもしれず、そのように眺めた場合は、妻の消失は平凡な勤め人としての日々を送る主人公の身に唐突に起こった理解しがたい事態としての非日常性を作品にもたらす要素にとどまることになる。

3.「象」の表象

村上春樹の作品が現実と幻想、日常と非日常を混在させた世界としての性格を帯びているのは、こうした寓意の曖昧さを巧みに活用することによっている面がある。主人公が生きる現実的な日常に入り込んでくる非日常的な要素が、その非日常性によって何事かを意味しているように見えながら、その寓意が必ずしも明瞭ではないために、それ自体の非日常的なイメージが現実世界の日常性を相対化しつつ、作品世界に幻想性を帯びさせるのである。

その様相はもちろん作品ごとに異なっており、比較的安定した読解をもたらす寓意も見られる。たとえば1983年の『螢』は『ノルウェイの森』(1987) の第二章、第三章の原型となった短篇小説だが、その末尾に現れる蛍は従来指摘されてきたように、直子の魂を寓意するものとして捉えられる。寮の同居人にもらったインスタント・コーヒーの瓶に入っていた蛍を「僕」が空に向けて放つと、蛍は東の空に向かって飛んでいくが、これは直子が肉体を失って〈魂〉に還元されることの寓意にほかならず、『ノルウェイの森』の後半に生起する直子の自殺による死はこの場面で予示されている。加藤典洋は『イエローページ　村上春樹』(荒地出版社、1996) で『ノルウェイの森』の直子の自殺は実際には1969年8月に起こっているという見方を示しているが、この蛍の挿話が同年7月末のものであることを踏まえれば、首肯しうる解釈である。

この蛍が直子の代理であり、その魂の化身として見られるのは、端的にその描き方に直子を想起させる方向付けが強くなされているからである。『螢』の引用によれば、「螢は弱って死にかけているのかもしれない」「まるで失われた時間を取り戻そうとするかのように、給水塔のわきで素早く弧を描いた」「そのささやかな光は、まるで行き場を失った魂のように、いつまでもさまよいつづけていた」といった、蛍についてなされる叙述は、蛍自体の描出を超えて容易に直子に重ねられるものであり、その文脈の色濃さによって、この場面が直子の死を示唆していることが察せられる。さらにその寓意を支える文脈は作品の外側との間にも見出される。和泉式部や西行らの和歌に見られるように、水辺の蛍を身体からあくがれ出た人間の魂と見なす発想は、日本の古代、中世において一般的なものとして流通していた。この発想は日本人にとってはむしろ普遍的なものであり、その点では蛍の寓意は特定の文脈の支えを求めない象徴の域において成り立っているともいえる。

一方同じく生物を用いた表現であっても、村上作品にしばしば登場する「象」はそうした伝統的な着想にも連携する安定した寓意として機能していない。『踊る小人』(1984) では語り手の「僕」は象を作る「象工場」の「耳づくりセクション」で働いており、『象の消滅』(1985) では動物園から突然象が「消滅」してしまい、マスコミでも報じられる大きな騒動となる。どちらも現実的な日常性から距離を取った設定ないし展開が語られるが、そこにはらまれた寓意性を位置づける地平には差違がある。『象の消滅』における事件が、日常的な現実世界を前提とすることによってその非日常性を際立たせる性格をもっているのに対して、『踊る小人』は「僕」が日常を送る場としての「象工場」という設定自体がすでに現実性からの離脱を示しており、さらに「僕」のもとにダンスの達人である小人が現れ、同じ工場で働く美しい少女の心を捉えたいという彼の願いを叶えるべく、彼の身体のなかに入り込んで彼を鮮やかなダンスの踊り手に変えるというそれ以降の展開はすべて現実世界との距離のなかに生起していく。

けれども『踊る小人』はむしろ全体が寓意の次元において成立しているために、その「裏面に潜む真意」としてのメッセージ性を見出すことはさほど困難ではない。ここに浮上しているのは、現代社会における個人の主体性と受動性の循環的な関係であり、「僕」は小人に入り込まれるという受動性を容認することと引き換えに卓越したダンスの能力を得る。しかしそれは結局小人に支配されることにほかならず、美しい少女を醜く変えてしまうといった形で小人が彼の視覚作用をも動かすようになるに至って、「僕」は彼の支配を拒むことになる。その選択は羊に入り込まれ、その支配を受けることと引き換えに超人的な行動力を付与されることを拒んで自死する『羊をめぐる冒険』の「鼠」とほぼ同一の含意をもっており、この作品との文脈を考慮すれば、小人とはやはり現代社会を流通する情報の寓意であることが察せられる。現に彼が「小人」であることは、「ＴＶピープル」たちが「小人」であることと重なっており、そこからもそこに込められた寓意を知ることができる。

そう考えれば、「僕」が働く「象工場」とは情報産業の比喩にほかならず、そこで生産されている「象」とは、たとえばテレビ局で大量に作られる〈映像〉のことであると見な。実際この「象工場」では大量の象が「人工的」に、「水増し」を加えつつ生産されていると述べられており、それは各家庭のテレビに日々届けられる、とりたてて面白くもない〈像〉の群を想起させるのである[5]。

こうした情報社会の寓話としての側面を強く備えた『踊る小人』と比べると、『象の消滅』における象は現実世界の日常性のなかに置かれており、そこにはらまれた寓意はおのずと看取されるものではない。この作品の象は、郊外にあった動物園が閉鎖された際に、そこで飼われていた老齢の象を町が引き取ったものであり、老朽化した小学校の体育館が象舎として活用され、そこで飼われることになったのだった。この老いた象がある日象舎から突然姿を消してしまうことで騒動が引き起こされるのだが、語り手の「僕」はこの象が「消滅」してしまった場面を、象舎の裏の小山から偶然目撃していた。彼が見たところでは、象はある日にわかにその身体を縮ませていき、姿を消したのだった。

この話においては、象の突然の「消滅」という事態は日常の域を超えていながら、周囲がありふれた現実の日常に満ちているために、『踊る小人』におけるような寓意の文脈を形成することがなく、それによってむしろ非日常的な不可解さを漂わせ

5　もともと「象」と「像」はいずれも語源的には「かたち」を意味する語であり、「現象」や「表象」といった言葉が普通に使われるように、両者の間に本質的な差違があるわけではない。「象」は自然界の生物を示していながら、「像」を起点に考えれば、それが〈人偏〉を欠いた「像」である点では、〈人間性〉を欠落させた空疎な視覚情報を寓意しているともいえるのである。

ている。けれども見逃せないのは、「僕」にとっては消滅する象が、遠方から捉えられた視覚的映像として存在していたことで、消滅の前段階として、象舎の通風口を通して彼は次のような光景を眼にしていた。

> たしかに象は縮んでいるように見えた。僕は最初のうち町が新しい小型の象を手に入れたのかと思ったほどだった。でもそんな話は耳にしたこともないし——「僕」が象についてのニュースを見逃すはずもないし——となると、これまでいた老象が何らかの理由で急に縮んでしまったという以外に考えようがないのだ。それによく見ていると、その小型の象の仕草は老象がいつもやる仕草ぴったりそのままであることが見てとれた。象は体を洗われるときに嬉しそうに右足で地面を叩き、いくぶん細くなったその鼻で飼育係の背中を撫でた。

こうした、身体の各部の比率は通常でありながら、そのまま全体を小型化したような存在は村上作品にしばしば登場する。『ＴＶピープル』の「ＴＶピープル」たちがそうであり、『踊る小人』の小人もやはりそうであった。彼らはあたかもテレビやコンピューターの画像のなかの人物のように、〈小さい〉けれどもプロポーション自体はむしろ整っており、それが彼らの出自を示唆してもいた。そして『象の消滅』の「僕」が象の姿を遠方から〈像〉として捉えている点では、やはりこの象も情報社会の視覚映像としての色合いを帯びている。けれども作品の内容が情報社会と個人の関係を寓意しているとは必ずしもいえず、あくまでも小さな町に起きた奇妙な出来事としての域に終始している。むしろこの作品で基調をなしているのは〈老い〉であり、象とともに消滅してしまう飼育係もやはり老齢で、ともに老いた存在である彼らが、老朽化した小学校の体育館を改造した象舎から姿を消してしまうのだった。その点では『象の消滅』の文脈をなしているのは現代の高齢化社会であり、物語の展開は行き場をなくした老齢の者がつつがなく〈昇天〉する寓話であると見ることもできる。しかしその寓意はさほど明確ではなく、象の到来と消滅は基本的にはありふれた都市の日常に生起した、説明しがたい非日常性としかいいようがない性格を帯びているのである。

4．寓意の曖昧さ

『象の消滅』に見られるような、現実的な日常性を異化する要素をはらむことで寓意的な物語が展開されていくように見えながら、その寓意が明瞭な像を結ばないことで、非日常性が不透明な異物としてとどまるという例が村上春樹の作品にはしばしば見られる。寓意が表層的な出来事を語りつつそこに隠されたもう一つの意味を示唆するという意味で両義的な形式であるのに対して、こうした村上的な物語はその寓意自体が存在と非在のあわいに漂う両義性を帯びており、そこに日常と非日常が混在する村上的世界の特質がもたらされてもいた。

この日常性を異化する要素をはらみながら、それが必ずしも寓意を結ばない他作品の例としては、1983年の『納屋を焼く』が挙げられる。ここでは語り手の「僕」は女友達の恋人という男から「納屋を焼く」話を聞かされ、それが何を意味するのか訝しく思う。女友達の恋人は、ビールをいくら飲んでも「顔色ひとつ変えなかった」というクールな物腰の持ち主であり、実際「僕」に「タフな男だ」という感想を抱かせている。彼は日本では違法のマリファナを平然と吸い、「僕」もそれに付き合うが、その際の会話で「時々納屋を焼くんです」という科白を何気なく口にする。「僕」がその真意を問うと、「ガソリンをまいて、火のついたマッチを放るんです。ぼっといって、それでおしまいです。焼けおちるのに十五分もかかりゃしませんね」という即物的な答えを与え、あたかも彼がその行為を日常的におこなっているように思わせるのだが、「僕」がいくら探してもその放火の跡を見つけることはできない。その後も彼は最近自分が納屋を焼いた話をするにもかかわらず、「僕」の周囲にある現実の納屋は一向に焼かれておらず、一方女友達は数ヶ月後に姿を消し、音信が途絶えてしまうのである。

加藤典洋は『テクストから遠く離れて』(2004)で、知人の中学生の娘が、この作品が「若い女性を殺す若い男の話」であり、「僕」の女友達がその犠牲になったという解釈をしていることを聞いて、「確かにそのようにこの短編は書かれている」という感想を覚えたということを述べている。加藤はそれを聞くまではそうした解釈を思いつかなかったということだが、確かに村上の『納屋を焼く』はその少女の抱いたような読解の方向性をはらんでいる。彼女の解釈に対する根拠は、直近に焼いた納屋が「近すぎる」と男が言うことで、それが彼女が男の恋人であったことを示唆しているということだが、他にも作中にこの男が「僕」の女友達を殺したことの痕跡は残されている。それは「僕」がその後 12 月に男に会った時、彼のスポーツ・カーの「左のヘッド・ライトのわきに小さな傷がついている」と記されていることで、小島基洋の推察[6]にもあるように、おそらく男は彼女をその車で轢き殺し、その際に傷がついたのである。

「納屋を焼く」という表現自体が含意する行為は、殺人というよりレイプであり、「世の中にはいっぱい納屋があって、それらがみんな僕に焼かれるのを待っているような気がするんです。海辺にぽつんと建った納屋やら、たんぼのまん中に建った納屋やら……とにかく、いろんな納屋です。十五分もあれば綺麗に燃えつきちゃうんです」という男の科白における「納屋」という言葉にしても、そのまま「女性」に置き換えることができる。その可能性はここにも垣間見られる表現の不自然さから浮上してくる。「納屋」が「世の中にはいっぱい」あるというほど遍在しているとは思い難く、それが何か別の物を意味していることを想起させるからだ。「十五分もあれば綺麗に燃えつきちゃうんです」という科白も、レイプ行為とそれに要する時間を指しているとも受け取られる。また加藤の挙げる少女の言うように、男が次に焼く納屋が「すぐ近く」にあると言うのも、彼とともに「僕」の家を訪れた女友達が犠牲になることを示唆していると見られる。さらにその発言につづいて女友達が「納屋ってなあに？」と尋ねたのに対して、男が「男どうしの話さ」と

6　小島基洋「村上春樹「納屋を焼く」論――フォークナーの消滅、ギャツビーの幻惑」(『札幌大学外国語学部紀要　言語と文化』69 号、2008・11)。

答えるのも、そこに性的な含意が込められていることを暗示しているといえよう。

この短篇は同名のフォークナーの作品（『Barn Burning』）を容易に想起させ、作中にも「僕」が空港で「フォークナーの短篇集を読んでいた」という記載があるものの、両者の間にはさほど強固な文脈は認められない。アメリカ南部の男が、小作人として働くこととなった主人の屋敷の絨毯を汚してしまい、その賠償を求められたことに腹を立てて、主人の納屋に火を放とうとするというフォークナーの作品の内容は、村上の作品と表層的な次元で距離があり、また村上自身も『納屋を焼く』を書いた時点ではフォークナーの作品を読んでおらず、作品名から自由に想起したイメージを拡張させて自身の作品を書いたと語っている[7]。そのためか村上は後に『村上春樹全作品』に収録される際に「フォークナーの短編集」を「週刊誌三冊」に置き換え、フォークナーの痕跡を消去しようとしている。

確かに両者の作品には暴力への傾斜という共通項が見られるが、「納屋を焼く」という言葉自体にその要素が含意されているために、フォークナーの作品自体を読まずともそれをモチーフ化することは可能である。むしろ両作品の暴力性の内実は異質であり、改稿において「フォークナーの短編集」を消去したのはその差別化を強化するためであったとも見られる。それによって「納屋を焼く」という行為はアメリカ南部的世界との連関を希薄にし、一層日常性と非日常性のあわいに漂う両義的な

7　村上春樹「自作を語る」（講談社『村上春樹全作品 1979 ～ 1989―3』1990、付録）。

性格を帯びることになる。「納屋を焼く」ことは現実的に可能な行為だが、作品の内容はそれを否定しており、それが女性への暴行を暗示していることはいわば作品の〈空気〉として看取されるものの、それを明示する表現は認められず、発話の不自然さや断片的な情報がそれをほのめかすにとどまっている。ここでも作品の寓意性は、存在と非在の境界的な地点に現れており、その両義性が作品の日常的な時空を相対化する効果をもたらしているのである。

こうした、作品世界の日常性にはらまれた微妙な亀裂が寓意を示唆しつつも、それが明瞭な像を結ばない両義的な曖昧さは、作品世界に一種の浮遊感を与えることでその魅力を高める戦略であるにとどまらず、我々が生きる日々の日常が決して確固とした足場の上に成り立っていないことを示唆するメッセージとしても機能している。『納屋を焼く』にしても、そこにほのめかされる女性への暴力は、それが暗示の次元にとどまるだけに、誰もがそこに引き込まれうる陥穽としての不気味さを漂わせている。

他の村上作品にも繰り返し見られる、この女性への暴力という主題が強い寓意的表現を伴っている例が2004年の『アフターダーク』である。中国人の娼婦が日本人の客に暴行された事件から始まるこの作品は、水牛健太郎が指摘する[8]ように、日本と中国ないしアジアとの関係を表象するものとして容易に捉えられる。発表の前年である2003年に西安で日本人留学生の演じた

8　水牛健太郎「過去・メタファー・中国――ある『アフターダーク』論」(『群像』2005・6)。

寸劇が、不道徳なものとして中国人学生の暴動を引き起こし、翌2004年におこなわれたサッカー・ワールドカップのアジア杯では、日本チームが中国人観客に烈しいブーイングを浴びせられたりといった事件が継起していき、2005年4月には北京、上海などで大規模な反日暴動が起き、日本大使館、日本総領事館などが攻撃を受ける事態がもたらされるに至る過程で発表されたこの作品が、そうした情勢と無縁に〈中国〉との関わりを内包しているとは思い難い。

中国人娼婦を暴行した白川という男は、コンピューター技術者として設定され、「清潔で、こざっぱりした」服装を身につけ、「よく整頓された部屋のような印象」を与える外見を持ったこの男は、妻の要望を受け容れて帰りがけに牛乳を買って行くような実直さを備えており、暴力とは無縁な日常を送っているように映る人物である。中国人娼婦に込められた寓意と対比させれば、白川は明らかに産業化、工業化を旨とする近代日本の表象であり、それがこの人物のおこなった行為に水牛の述べるような寓意性を帯びさせることになっている。

主人公のマリがかつていじめを受けて中国人の通う学校に移り、それをきっかけとして中国語を専攻することになった学生として設定されているのが、こうした日本による中国をはじめとするアジア諸国への侵略に対して批判的な眼差しを向ける主体として彼女を位置づけるためであることはいうまでもない。表題と呼応するように彼女が事件が展開されていく深夜に目覚めつづけ、一方彼女の姉のエリが、数ヶ月間眠りつづけている女性として描かれている対比が、日本とアジア諸国との間の負の歴史に対する、日本人における意識の落差を示唆していることも明らかだろう。現在も多くの日本人はエリのようにこの問題に対して〈眠りつづけ〉ているのであり、そのなかにあってマリのような意識の主体が少数者として存在し、声をあげようとしているという構図が、村上がこの作品に込めた図式であろう。外国雑誌のインタビュアーに向けて語る[9]ように、村上は日本が近代の歴史においてアジア諸国に対しておこなった侵略、暴力の足跡に対して意識的な作家であり、それが 1994 ～ 95 年の『ねじまき鳥クロニクル』以降様々な作品で前景化されてくるのである。

5．両義性と幽玄

『アフターダーク』と設定的な近似性をもち、やはりそれが寓意を示唆していながら、より非日常的な不透明さをはらんだ作品として挙げられるのが、1989 年の短篇『眠り』である。歯科医の妻として平凡な日常を送る女性が、突然数週間も眠れない状況に陥り、その夜の時間を読書や外出に費やすことで、自分の生活に新しい領域を切り拓いていくように感じるこの物語は、基本的には現実的な日常性の地平に展開していきながら、眠りを剥奪されるにもかかわらず、それによって病的な苦しみではなく、これまで知らなかった世界を与えられるという、日常性を異化する設定のなかに主人公の女性は生かされている。

この状況は現実には起こり難いゆえに、他作品と同様にそこ

9　都甲幸治「知られざる村上春樹の顔」（『文學界』2007・7）による。

に込められた寓意を読み手に忖度させるが、それ自体はさほど難しいことでない。『アフターダーク』と共通するのは、人びとが寝静まる深夜に起きている姿を描出されるのが、もっぱら女性であるということだ。『アフターダーク』のマリは深夜から明け方にかけて、暴行された中国人娼婦と出会って話を聞き、その現場となったラブホテルの女性従業員たちとともに時間を過ごすが、〈眠らない女〉であるという点で『眠り』の「私」と共通項を有している。

『アフターダーク』における〈覚醒〉の寓意と照らし合わせることで、『眠り』の不眠の意味も浮上してくる。前者の主人公マリが〈眠らない〉ことは、姉のエリが〈眠りつづけ〉ていることとの対比のなかで、暴力や侵犯といった問題に〈目覚め〉ている意識の寓意をなしていたが、それはこの作品における被害者の国籍からアジア諸国への歴史的な暴力だけでなく、マリ自身の経験とも呼応する形で女性全般へのそれを喚起している。「富国強兵」を推し進める近代の男性中心主義のなかで、女性は「産む性」としての従属的な位置に置かれがちであったが、この女性に付与されてきた〈陰〉的な位相に相当する時空が「夜」にほかならなかった。『アフターダーク』でマリと交わりを持つラブホテルの女性従業員たちにしても、廃業した女子プロレスラーのカオルのように、それぞれに屈折した来歴の後に、それ自体が〈陰〉的な性格をもつこの職場に辿り着いている。

すなわちこの二つの作品がもたらす文脈が浮上させる「夜」という時空は、他国の侵略や男性の抑圧といった暴力によって疎外されてきた存在に割り当てられた領域にほかならず、同時にその〈陰〉としての位相が暴力それ自体と連携する意味を帯びている。中国人娼婦への暴行者である白川が、自身の仕事によって深夜目覚めている人間として描かれているのはそれを示唆している。

そしてこの反転的な二重性がやはり『眠り』にも見出される。一読して明らかな設定の特徴は、この作品の「私」が歯科医の妻としての凡庸な日常を繰り返すだけであった女性として位置づけられていることである。彼女は朝夫を診療所に送り出した後に買い物に行き、昼食のために一時帰宅する夫のために昼食を用意し、午後にはスポーツ・クラブに行ってプールで泳ぎ、その後夕食を準備し、子供を交えて三人で話をしながら夕食を摂って一日が終わるという生活を、ほとんど同じペースで送っている。夫の職業によって経済面はほぼ保証されているだけに、その日常生活のなかで彼女がとくに目指さなければならないものもなく、それを恵まれた境遇であると思う反面、夫と子供のためにのみ自身の生を消費し、喪失しているという感覚を覚えている。彼女はこうした自身の日々の過ごし方を紹介した後、次のような自己評価を語っている。

> それが私の生活だ。つまり、私の眠れなくなる前の生活だ。おおまかに言えば、毎日だいたい同じことの繰り返しだった。私は簡単な日記のようなものをつけていたが、二、三日つけ忘れるともう、どれがどの日だったか区別がつかなくなってしまった。

＊昨日と一昨日がいれかわっても、何の不思議もないのだ。何という人生だろうと時々思う。それで虚しさを感じるというのでもない。私はただ単に驚いてしまうだけなのだ。昨日と一昨日の見分けもつかないという事実に。そういう人生の中に自分が含まれ、飲み込まれてしまっているという事実に。自分のつけた足跡が、それを眺める暇もなく、あっというまに風に吹き払われていってしまうという事実に。

こうした単調な日常の繰り返しの果てに、長い不眠が「私」に訪れるのだったが、それまでの日々は彼女の個的な自我が〈眠りつづけ〉ていた期間でもある。彼女が突然眠れない状態に陥るのは、いわば彼女の自我がそれまで十分すぎるほどの〈眠り〉をむさぼったことの帰結にほかならない。その臨界点を越えることによって〈眠る〉必要がなくなった彼女の自我が、今度は彼女を目覚めさせ*つづけ*ることになる。実際自分の新しい生活の時空となった深夜に、彼女はかつての読書欲を目覚めさせ、トルストイの長大な『アンナ・カレーニナ』を繰り返し読むのである。それは「中学でも高校でも、私くらい本を読む人間はいなかった」という自分の少女時代に遡行していく行為であり、平凡な主婦としての日々において喪失していた自己を取り戻す契機であった。

その媒介となっているのが『アンナ・カレーニナ』であることが偶然ではないことはいうまでもない。政府高官の妻であるアンナが、若い将校ヴロンスキーと不倫の恋に熱情を燃やし、子供までもうけるものの、離婚の話は進展せず、ヴロンスキーの心変わりを猜疑するようになるといった状況下で鉄道自殺を遂げるに至るこの作品は、まさに家庭に縛られた女性が、不倫という危うい形で自己回復しようとして結局破滅に終わる物語を提示している。彼女はこの長篇小説を読み進めながら、そこにはさまっているチョコレートのかけらを見出し、それが高校時代の自分が頁を繰りつつ食べた物であることを追想して、その頃の自分に帰るかのように、久しぶりにみずからチョコレートを買い求めたりする。そしてこうした深夜の行為が自身を活性化させることを認識した「私」は、不眠の持続を肯定するに至るのである。

> そのようにして、私は眠れないことを恐れなくなった。何も恐れることはないのだ。もっと前向きに考えればいいのだ。要するに私は人生を拡大しているのだ、と私は思った。夜の十時から朝の六時までの時間は私自身のためのものだった。（傍点原文）

この「拡大」の感覚は、いいかえれば本来の市民の活動の場である昼間の時間において、彼女の人生が〈縮小〉していたことの反動でもある。もし彼女が本当に自身の自己回復を図るならば、それは夫とともに過ごす昼間の時間においてなされねばならないはずだが、彼女はその時間を夫と子供への従属に費やすことに異を唱えておらず、市民の日常の外側をなす時間において、代替的な自己回復をおこなうのである。

こうした寓意は比較的容易に読み取られるものの、『アフターダーク』のマリが深夜に目覚めているのが、事件の起こった当夜に限られている点では現実的な設定にとどまるのに対して、『眠り』の「私」が数週間にわたって目覚めつづけるのはそれに逆行する設定であり、それが非日常的ないし超現実的な趣きを作品に与えている。その点を重んずれば、女性という性によって男性中心社会から疎外や抑圧を受けるという構図も、その現実性を希釈され、この作品は深夜から明け方という、一般的な市民が活動を休止している時空を、自身のもうひとつの場として与えられた女性の物語としての、いいかえれば、平凡な主婦が二十四時間不眠のままで活動しうる超人的な力の持ち主に変貌する物語としての相貌を呈することになる。現に彼女は自分のことを「人類の飛躍的進化の先験的サンプルと考えてみたらどうだろう」と半ば冗談のように思うのである。

マリが暴力や侵犯に対してきわめて自覚的であるのに対して、「私」は自分の置かれた境遇にほぼ満たされており、夫にもとりたてて強い不満を抱いていない。したがって「私」の喪失感も意識の下層に沈殿していったものであり、その沈殿が一定域を超えた時点で彼女を不眠の世界に導いたと考えられる。しかしその因果性はあくまでも比喩的な次元で想定されるものであり、『アフターダーク』におけるような「中国」といった国名が挙げられる具体性を帯びた形で浮上してくるわけではない。

そのように眺めると、「私」が車で行った港の近くの公園で、おそらく男性である何者かに車を荒々しく揺すぶられ、倒されようとする帰結は、先に触れたように、彼女が市民の日常の裏側としての「夜」という時空の住人となることで、そこにはらまれた暴力を呼び込んでしまう成り行きとして捉えられるが、それは彼女が〈もうひとつの世界〉の住人になることで自己の領域を拡大していく一方で、男性中心的な〈昼〉の世界に異を唱えることなく、それを許容していたことの帰結でもあった。またそれと同時に、この危機的な状況は単に彼女が自分の生きる世界を拡張していった結果遭遇することになった不可解な異世界的事象としても見なされるのである。

こうした、現実的な日常性を異化、相対化する要素が作品に寓意的なメッセージを付与しつつ、一方ではその寓意を相対化するという循環的な二面性を、多くの村上作品は備えている。近年の作品を例にとっても、組織との連絡のためと思われる「ハウス」に固定的な滞在を強いられている羽原という男性のもとを定期的に訪れ、食料を供給するとともに彼と性交する女性が、性交の後自身に関する物語を語り続ける『シェエラザード』(2014)なども、こうした二面性をもった作品である。表題は彼女の語り手としてのあり方が『千夜一夜物語』の「シェエラザード」を想起させることで、羽原が秘かにそう称したことによるが、彼女が語るのは自分が前世において「やつめうなぎ」であったという話であり、また自分が高校生であった頃、好きだった男子の家に忍び入り、彼の持ち物を盗み出したり自分の持ち物を置いていったりしたという話である。

とくに自身の前世として語られるやつめうなぎをめぐる話は、他界の物語としての非現実性を帯びていながら、後半に延々と語られる、同級生の家への空き巣の話と微妙な連関を示しており、その点では合理的な伏線として機能している。すなわち彼女の語るところによれば、やつめうなぎは「頭上を鱒が通りかかると、するすると上っていってそのお腹に吸い付」き、その道具である吸盤の内側にある「歯のついた舌のようなもの」を「やすりのようにごしごしと使って魚の体に穴を開け、ちょっとずつ肉を食べる」のだとされる。この説明はやつめうなぎの現実の生態にもある程度即しており、彼女の〈前世〉に信憑性を帯びさせる要件ともなっているが、同時にこの生態は高校生時代の追憶として語られる、彼女の空き巣行為と共鳴し合う関係をなしている。つまり彼女はしばしば学校を休んでこの同級生の家に入り込み、彼の鉛筆やシャツを持ち帰ったり、自分の生理用品を置いていったりするのだが、その執着の有様は前半で語られる、やつめうなぎが鱒に「吸い付」いて「ちょっとずつ肉を食べる」という行為を想起させるのである。

その意味では前半のやつめうなぎの話は、後半の空き巣行為の比喩ないし寓意をなすことになるが、その連関はさほど強固ではなく、やはり異世界の話としての自律性を漂わせている。さらにこうした「シェエラザード」の物語を聞きつづける羽原という男が「ハウス」に滞在していることの意味も明瞭ではなく、ここで彼がどのような職務を担っているのかも分からないのである。それによって、〈やつめうなぎ〉は寓意としての機能をはらみつつそれが明瞭なメッセージを形成しない曖昧な両義性のなかに置かれることになり、またそれがこの作品の不思議な味わいを醸す前提となっている。

こうした、作品世界の魅力の一因をなしている、存在と非在の間に揺曳する村上春樹的な寓意の両義性は、「幽玄」のような日本の伝統的な美意識とも通底する性格を帯びていると思われる。すなわち、中世における文化の中心的な価値のひとつであった幽玄は、和歌や能において、やはり何ごとかを語りつつそれを直接的な形では表さないことによって、存在と非在の境界的な領域に成り立つ表現の味わいであった。西洋美学との対比のなかで主に和歌を対象として幽玄の美学を探究した大西克礼は『幽玄とあはれ』(岩波書店、1939) で、「「幽玄」と云ふ概念は一般的に解釈しても、何等かの形で隠され又は蔽はれてゐると云ふこと、即ち露はではなく、明白ではなく、何等か内に籠つたところのあると云ふことを、その意味の重要な一契機として含むことは、その字義から推しても疑を容れない」と述べている。大西が「字義」というのは、幽玄という言葉の「幽」が「かすか」、「玄」が暗いないし黒い、あるいは奥深いという意味をもつことを指している。たとえば藤原定家のよく知られた「見渡せば花も紅葉もなかりけり浦の苫屋の秋の夕暮」という和歌は、定家自身の主張した「有心体」の例でありながら、大西の見方では有心自体が幽玄を「尚一層主観的方向に推し進めたものに過ぎない」ために、幽玄の歌の典型をなすことにもなるとされる。

大西の観点は妥当であり、「心」の表現を重んじた定家は、その「心」すなわち内面の情感を多く自然の情景に込めることで、それを語りつつ語らない両義的な表現として幽玄を達成している。「見渡せば」の歌についていえば、ここでは眼前に存在しない「花も紅葉も」をあえて語ることによって、風景に彩りを添えるものの欠如を示唆しつつ、それを幻視の対象として浮かび上がらせている。またその作者の「心」もその事物としての欠如を無念に思いつつ、一方では「浦の苫屋」の佇む「秋の夕暮」の情感に浸されることで、その無念が相対化されている。すなわちここでは存在と非在の間で両義的に語られているものが、対象と内面の両方において二重化されていることがうかがわれるのである。

定家よりも幽玄の味わいを重んじた正徹は明確な幽玄の定義を与えているが、それによれば「幽玄と云ふ物は、心に有りて詞にいはれぬもの也」であり、「月に薄雲のおほひたるや、山の紅葉に秋の霧のかゝれる風情」が「幽玄の姿」の典型として挙げられている(『正徹物語』)。ここでも「月」や「紅葉」は「薄雲」や「秋の霧」に覆われることによって、見えつつ見えない境界的な次元に置かれており、その曖昧さのなかに「いづくが面白きとも妙なりともいはれぬ」幽玄の趣きが立ち現れているとされる。「心に有りて詞にいはれぬ」とは、歌に込められた感情的なメッセージ性が、多く自然を表象している表層の「詞」の意味性によって隠蔽されつつ、その自然の表象が内面の暗喩として機能することで一方ではそれが開示されているという両義的な表現のあり方にほかならない。

この内面と対象が相互に呼応し合いながらともども存在と非在の間で宙づりになる両義性の感覚は、その背後にある、無の境地を志向する禅宗の影響を受けた中世日本の文化表現に多く見られる。世阿弥の夢幻能においても、シテは死者であると同時に現世への執着によって他界で〈生き〉つづけており、また優美な女性が烈しい狂気を宿しているといった二重性によって幽玄が成就されるとされる。世阿弥の代表作である『井筒』においては、『伊勢物語』第二十三段を下敷きとする「井筒の女」

のシテが、後場で「昔男」つまり夫であった業平の衣装を身につけて霊としての姿を現し、井戸をのぞき込みつつ、それを業平の姿と見る場面がクライマックスをなすが、その時シテはあらためて喚起された恋の情念によって「物狂」の状態に陥りつつ、「井筒の女」であってない、両義的な存在として立ち現れることになる。

こうした存在と非在が折り重なる両義性の美学が近現代の文化にも流入しているが、ここで眺めた村上春樹の両義的な寓意表現もその一例として捉えられる。そこにこの現代作家がはらんでいる、日本の古典文化の感覚を受け継ぐ側面を見ることもできるだろう。

(2015年7月25日第4回村上春樹国際シンポジウム基調講演原稿に加筆修正)

村上春樹文学における両義性と日本の近代
—『海辺のカフカ』における『坑夫』の位置—

小森　陽一

1．一般的「暴力」と「戦争」との短絡

村上春樹の『海辺のカフカ』において、最も重要な小説内的出来事の一つが、「ナポレオンのロシア遠征のことを思いだ」しながら、同時に姉のような存在である、大島さんとさくらさんに対する性的欲望を夢の中で実現していく道程です。カフカ少年が、森の中を禁じられた奥の方に進んでいく、という設定は、森の奥への旅程が、カフカ少年の記憶の深層への旅程であることを明示しています。そして、このとき、カフカ少年の中で、「カラスと呼ばれる少年」が、「君は父なるものを殺し、母なるものを犯し、姉なるものを犯した。君は予言をひととおり実行した。君のつもりでは、それで父親が君にかけた呪いは終わってしまうはずだった。でもじっさいにはなにひとつとして終わっちゃいない」（下・281ページ。ゴチック原文）と警告しています。そのことから、「カラスと呼ばれる少年」が、自己の内部で対話をするもう一つの人格、あるいは自意識である、ということも明示されているわけです。ここに『海辺のカフカ』において言葉の意味の両義性が確実に生み出される仕掛けがあります。

「カラスと呼ばれる少年」は、カフカ少年に対し、次のように

宣告します。

> 「いいかい、戦いを終わらせるための戦いというようなものはどこにもないんだよ」とカラスと呼ばれる少年は言う。「戦いは、戦い自体の中で成長していく。それは暴力によって流された血をすすり、暴力によって傷ついた肉をかじって育っていくんだ。戦いというのは一種の完全生物なんだ。君はそのことを知らなくちゃならない」（下・p. 281 ～282）

ここに『海辺のカフカ』という小説における、人間の一般的暴力と、国家が遂行する人為的な「戦争」という暴力とを無媒介的に短絡させる構造があります。

この無媒介的、質の異なる二つの短絡が「戦い」という言葉で許容されているのは、カフカ少年が四歳のときに母親から捨てられ（父親との離婚）、母と姉が家から出ていったという出来事が、彼の精神的外傷（トラウマ）として位置づけられているからです。なぜ自分は母に捨てられたのか、という問いかけが、カフカ少年の意識のあり方を規定しています。

> その問いかけは長い年月にわたって、僕の心をはげしく焼き、僕の魂をむしばみつづけてきた。母親に愛されなかったのは、僕自身に深い問題があったからではないのか。僕は生まれつき汚れのようなものを身につけた人間じゃないのか？　僕は人々に目をそむけられるために生まれてきた人間ではないのだろうか？

> 母は出ていく前に僕をしっかり抱きしめることさえしなかった。ただひときれの言葉さえ残してはくれなかった。彼女は僕から顔をそむけ、姉ひとりをつれてなにも言わずに家を出ていってしまった。彼女は静かな煙のように、ただ僕の前から消えてしまった。そしてそのそむけられた顔は、永遠に僕から遠ざけられている。（下・p. 302）

これが、母親から捨てられた瞬間のカフカ少年の言語化された経験の記憶です。この記憶の中核には四歳のときに「目をそむけられる」、「顔をそむけ」、「そむけられた顔」とあるように、「そむけられる」という述語が中心に位置づけられています。

カフカ少年の来歴から言えば、このときから母親とも姉とも会っておらず、母親の顔さえ記憶に残っていないのですから、決定的な精神的外傷（トラウマ）となる不幸な経験は、それ自体として空虚だ、ということになるでしょう。母親が四歳の子どもを捨てる、ということが人間社会の中では稀な事例だとすれば、カフカ少年は、きわめて特殊な心の傷を負ったということにもなるでしょう。結局、この人間社会の中において稀にしかありえない、四歳のときに母に捨てられた、ということがタブーを破ってもかまわない理由にされているわけです。幼少期に、それだけ深い精神的外傷（トラウマ）を負えば、長い間人間社会の中で禁忌（タブー）（以下「タブーと表記」）とされてきたことを犯しても、＜いたしかたない＞という論理が組み込まれているのです。

カフカ少年の体験は決して特別なものではありません。だから、彼にだけ「父を殺し、母と姉を犯す」ことが許されるはずはないのです。けれども、『海辺のカフカ』という小説の中で、カフカ少年の「父を殺し、母と姉と交わる」ことが容認され、＜いたしかたのないこと＞とされてしまっていることは、逆に、この小説を読んでいるすべての読者の中にある、「父を殺し、母と姉と交わる」という根源的なタブーを破ってもいい、ということを暗に伝達することにもなります。2001年「9・11」の一年後に発表された『海辺のカフカ』という小説が、日本だけでなく、世界中で多くの読者を獲得しているのは、言葉を操る生きものとしての人間であれば、誰もが通過する精神と自我の発達段階を問題にしているからだけでなく、人間社会が、全体として根源的なタブーを犯してしまった、という罪障感が、「9・11」と、それ以後の「テロとの戦争」に対して、世界的に発生したからです。

なぜなら、「テロとの戦争」という口実で数万年かけて言葉で構築してきた人類のタブーを破ることを＜いたしかたのないこと＞として容認しているからです。

オイディプス神話に象徴されるように、多くの昔話や伝承や神話が、最終的には人殺しにつながる暴力と強姦（レイプ）を強く禁止する、それをタブーとする内容を含んでいることには、理由があります。三万年ぐらいの歴史を持つ言葉を操る生きものとしての人間、すなわちホモ・サピエンスの歴史過程では、人口の95パーセントは、暴力と殺人と強姦（レイプ）（近親相姦）を、最も重い＜やってはいけないこと＞、すなわちタブーとしてきたのです。

暴力と殺人と強姦（レイプ）をなりわいとしてきたのは、「戦争」のプロフェッショナルとしての、特権階級、ヨーロッパでは王侯貴族と傭兵、日本では武士階級でした。武士階級の総人口比は5

パーセント弱でした。

けれどもフランス革命やアメリカ独立戦争の後の、とりわけナポレオン戦争以後のいわゆる近代国民国家と帝国主義が同時に成立して以来、階級制度をなくした、という建て前の下に、国民皆兵制、徴兵制の軍隊が創設されると、事態はまったく異なってしまいます。国家主権の発動としての戦争の際の人殺しと強姦（レイプ）は、国家の名において正当化され、学校教育を通して、すべての国民の意識にそれが注入されていく、ということになります。「森の中核に向かって行く」ときのカフカ少年の記憶に、何度も、山小屋で読んでいた本の、ナポレオンのロシア遠征の叙述が浮かび上がってくるのは、そのためです。

近代国民国家が形成した最大のタブー破りは、最もやってはならない罪であった根源的な罪であるはずの人殺しを正当化することでした。イデオロギーによる「人殺し」と「強姦」をめぐる正当化の「両義性」の産出が、ここにあります。個人としては許されない人殺しを、国家の名の下であれば、英雄的な行為として正当化し賞賛するということです。

2．バートン版『アラビアンナイト』と漱石の『坑夫』

カフカ少年が松山の図書館で最初に読み始めるのは、バートン版の『千夜一夜物語』です。カフカ少年は「駅の構内を歩きまわっている無数の顔のない人々より、千年以上前に書かれた荒唐無稽な作り話の方がずっと生き生きと返ってくる」（上、95ページ～96ページ）と感じています。暴力と殺人と強姦（レイプ）の問題の両義性を考える上で、『千夜一夜物語』の枠物語は重要な意味を持ちます。

枠物語としてのシェヘラザードの物語の発端は、権力を持った男、すなわち男の側が自分を愛してくれていると信じていた妻に裏切られる、しかも妻、すなわち女性の側の「性的放縦」によって裏切られる、という設定になっています。物語の設定それ自体としては、いかなる権力をもってしても、人間としての愛情、人間の心の動き方までをも支配することはできない、という読み方もできるわけですが、裏切られた権力を持つ男の側の被害者性が強調され、女性の側が一方的に悪者にされている点に注意しておく必要があります。

カフカ少年と「カラスと呼ばれる少年」を『海辺のカフカ』という小説において統合しているのが、バートン版の『千夜一夜物語』の後にカフカ少年が甲村図書館で読みふけることになる夏目漱石の二つの小説です。それは『坑夫』と『虞美人草』です。二つとも夏目漱石の小説の中ではマイナーな作品だと言えます。発表の順番は、カフカ少年の読書の順番とは逆で、『虞美人草』が朝日新聞入社第一作で明治 40（1907）年、『坑夫』は第二作で明治 41（1908）年に、いずれも東京・大阪両『朝日新聞』に連載されたものです。

大島さんから、「ここに来てからどんなものを読んだの？」と問いかけられて、カフカ少年は「今は『虞美人草』、その前は『坑夫』です」（上・p. 180）と答えています。

そして、二人の間で、次のような『坑夫』論が交わされることになります。

「『坑夫』か」と大島さんはおぼろげな記憶をたどるように言う。「たしか東京の学生がなにかの拍子に鉱山で働くようになり、坑夫たちにまじって過酷な体験をして、また外の世界に戻ってくる話だったね。中編小説だ。ずっと昔に読んだことがあるよ。あれはあまり漱石らしくない内容だし、文体もかなり粗いし、一般的に言えば漱石の作品の中ではもっとも評判がよくないもののひとつみたいだけれど……、君にはどこが面白かったんだろう？」

僕はその小説に対してそれまで漠然と感じていたことを、なんとかかたちのある言葉にしようとする。でもそういう作業にはカラスと呼ばれる少年の助けが必要だ。彼はどこからともなくあらわれ、大きく翼をひろげ、いくつかのことばを僕のために探してきてくれる。僕は言う。

「主人公はお金持ちの家の子どもなんだけど、恋愛事件を起こしてそれがうまくいかず、なにもかもいやになって家出をします。あてもなく歩いているときにあやしげな男から坑夫にならないかと誘われて、そのままふらふらとついていきます。そして足尾銅山で働くことになる。深い地底にもぐって、そこで想像もつかないような体験をする。世間知らずの坊ちゃんが社会のいちばん底みたいなところを這いずりまわるわけです」

僕はミルクを飲みながらそれにつづくことばを探す。カラスと呼ばれる少年が戻ってくるまでにまた少し時間がかかる。でも大島さんは我慢強く待っている。

「それは生きるか死ぬかの体験です。そしてそこからなんとか出てきて、またもとの地上の生活に戻っていく。でも主人公がそういった体験からなにか教訓を得たとか、そこで生き方が変わったとか、人生について深く考えたとか、社会のありかたに疑問をもったとか、そういうことはとくには書かれていない。彼が人間として成長したという手ごたえみたいなのもあまりありません。本を読み終わってなんだか不思議な気持ちがしました。この小説はいったいなにを言いたいんだろうって。でもなんていうのかな、そういう『なにを言いたいのかわからない』という部分が不思議に心に残るんだ。うまく説明できないけど」

「君が言いたいのは、『坑夫』という小説は『三四郎』みたいな、いわゆる近代教養小説とは成り立ちがずいぶんちがっているということかな？」（上・p. 181 ～182）

「近代教養小説」＝ビルドゥングス・ロマンは、一九世紀前半のドイツで発表されたゲーテの『ウィルヘルム・マイスター』などを一つの典型にした、一人の男性主人公の青年期から大人になるまでの成長過程をたどった長編小説のジャンルです。「近代教養小説」の成立はナポレオン戦争後の近代ナショナリズムの発生と深く結びついています。一人の男性主人公の成長とナショナル・ビルディングが重ねられているところに最大の特徴があります。

3. 分節化出来ない両義性

一人の男性主人公の一生を、一つの国民国家の成立と重ねていくところに「近代教養小説」＝ビルドゥングス・ロマンの役割があったとすれば、夏目漱石の『坑夫』には、「彼が人間として成長したという手ごたえみたいなものもあまりありません」とカフカ少年は大島さんに答えているのだから、『坑夫』は「近代教養小説」ではない、ということになります。重要なのは、大島さんの問いかけに対して、応答するカフカ少年は、一義的ではなく、両義的な存在になっていることです。こうした理論的な議論をする際に重要な設定は、カフカ少年に「カラスと呼ばれる少年の助け」が「必要」だという設定から始めるべきです。「カラスと呼ばれる少年」は、カフカ少年にとってことばを「僕のために探してきてくれる」存在なのです。そのように考えるなら、先の引用部において、カフカ少年の言葉として引用符に振られている科白は、「カラスと呼ばれる少年の助け」を得た言葉、すなわちカフカ少年と「カラスと呼ばれる少年」の異なる二つの主体による合作という両義的な言葉になります。どの言葉からどの言葉までがカフカ少年のものなのか、「カラスと呼ばれる少年」のものかは、決してわからない、すなわち発話主体の両義性を分節化できない言葉なのです。

『海辺のカフカ』という小説は、漱石の『坑夫』の小説内表現と、両義的につなぐことを可能にするように書かれているわけです。

『坑夫』は『三四郎』執筆の前に書かれた「意識の流れ」小説とも言える前衛的小説です。東京での恋愛事件から逃げ出した青年が、足尾銅山とおぼしき銅山に連れていかれ、坑夫の体験をする、というストーリーですが、小説の中心は、どこからどこまでが自分の判断や選択で、どこからどこまでが他者のものなのか、などいった問題が克明に主人公の意識の中で分節化され、分析されていく、という小説です。

カフカ少年と大島さんとの間では、『坑夫』批評の対話がつづけて交わされていきます。

> 僕はうなずく。「うん、むずかしいことはよくわからないけど、そういうことかもしれない。三四郎は物語の中で成長していく。壁にぶつかり、それについて真面目に考え、なんとか乗り越えようとする。そうですね？でも『坑夫』の主人公はぜんぜんちがう。彼は目の前にでてくるものをただだらだらと眺め、そのまま受け入れているだけです。もちろんそのときどきの感想みたいなのはあるけど、とくに真剣なものじゃない。それよりはむしろ自分の起こした恋愛事件のことばかりくよくよと振りかえっている。そして少なくともみかけは、穴に入ったときとほとんど変わらない状態で外に出てきます。つまり彼にとって、自分で判断したとか選択したとか、そういうことってほとんどなにもないんです。なんていうのかな、すごく受け身です。でも僕は思うんだけど、人間というのはじっさいには、そんなに簡単に自分の力でものごとを選択したりできないものなんじゃないかな」
>
> 「それで君は自分をある程度その『坑夫』の主人公にかさ

ねているわけかな？」

僕は首を振る。「そういうわけじゃありません。そんなことは考えもしなかった」

「でも人間はなにかに自分を付着させて生きていくものだよ」と大島さんは言う。「そうしないわけにはいかないんだ。君だって知らず知らずそうしているはずだ。ゲーテが言っているように、世界の万物はメタファーだ」

（上・p. 182 〜 183）

大島さんの「それで君は自分をある程度その『坑夫』の主人公に重ねているわけかな？」という問いかけが暗示しているように、『坑夫』は、カフカ少年の家出の物語を先取りしているばかりでなく、大島さんが「世界の万物はメタファー」だという言葉が直接に指示しているように、村上春樹の『海辺のカフカ』という小説は、夏目漱石の『坑夫』という小説とメタファーの関係、すなわち両義的相互参照性を持っていることがわかるのです。

同時にそのことは『坑夫』における語り手の人間観が、『海辺のカフカ』と両義的関係を持っていることを表しています。『坑夫』の語り手の人間観の要は次のようなものです。

……人間の性格は一時間毎に変つて居る。変るのが当然で、変るうちには矛盾が出て来る筈だから、つまり人間の性格には矛盾が多いと云ふ意味になる。矛盾だらけの仕舞は、性格があつてもなくつても同じ事に帰着する。（『漱石

全集』第三巻)

『坑夫』という小説の語り手であると同時に主人公の青年は、「二人の少女」との間での恋愛と結婚をめぐる三角関係に悩んだあげく、自殺未遂の末、たった一人で「逃亡（かけおち）」をする道を選びました。どこへ行くという目的地のあてもなく、ただ東京から北へ北へと歩きつづけていきます。『坑夫』という小説の基本的枠組は、一方では、カフカ少年の15歳の誕生日を機にしての家出と四国への旅、周囲から見れば失踪、あるいは蒸発事件と重ねられています。また他方では、ジョニー・ウォーカーを殺した後のナカタさんの旅とも重ねられているわけです。つまり『坑夫』という小説は、平行しながら交わることのない、カフカ少年の物語とナカタさんの物語を結合する役割も果たしていることになります。

また『坑夫』の語り手の一貫した立場は、「性格なんて纏ったものはありやしない」というものです。漱石研究者の間では、この語り手の立場を「無性格論」と呼びならわしています。

自分の感情や意志の在り方や動き方に、一貫性がないことを執念深く微分的に語っていくわけですから、『坑夫』の語り手の回想は「性格破綻者」の自己分析的な告白になっていきます。けれども興味深いことに、両義的に「矛盾」している過去の自分の感情や意志の揺れや動き方を言語化している、語る現在の自分においては、その「矛盾」の両義性を言語化する一貫した行為を実践しつづけるということによって、ある特有の統合が進んでいくのです。

つまり、「矛盾」という両義性と「性格破綻」について語るという行為を遂行しつづける現在時において、逆に語り手の性格ないしは人格、すなわちパーソナリティと呼びうるものが構成されていくことになるわけです。そして、過去の一瞬一瞬を微分化して正確な記憶を想起する力が、むしろ「性格破綻」よりは、きわめて確固とした内省的自我の存在を読者に印象づけることになるのです。そのように『坑夫』の文体を考え直してみるならば、記憶の一貫性によって構成される空間的時間的連続性こそが、性格や人格、すなわち自我やパーソナリティと私たちが呼んでいるものを支えていることがわかるのです。

小学校四年のときに、それ以前の記憶を一切なくしたナカタさんは、夢のような出来事として、ジョニー・ウォーカーを刺し殺した記憶を保持しています。奇数章と偶数章という、両義的に平行する物語の別な章の系譜に分かれたこの二つの出来事を、読者が自らの意識の中で重ねてしまうことによって、カフカ少年に背負わされた父殺しが、ナカタさんによって代行されたかのような幻想が、『海辺のカフカ』におけるオイディプス神話の物語として結合する構造が見えてきます。出来事の重要な構成部分の記憶を消去することによって、現実的世界に対する認識と、夢と通じる虚構的世界の境界性が両義的に曖昧にされ、溶解させられ、無媒介的に結合させられる中で、『海辺のカフカ』の物語の特性が生み出されているのです。

しかし、「カラスと呼ばれる少年」の批判は、なぜ近代国民国家によって遂行される組織的暴力と「姉なるものを犯」すことが、無媒介的に結合されてしまうのかについての批判はなされておらず、むしろ「戦いというのは一種の完全生物」という言い方によって、<いたしかたのないこと>であるという印象を強化する役割を担っているのです。

私は「無媒介的結合」を批判しました。それは「無媒介的結合」には論理的かつ合理的な原因と結果をめぐる思考を停止させる働きがあるからです。つまり『海辺のカフカ』という小説は、両義的に引き裂かれているはずの小説テクストを読み進めている読者を思考停止させる機能を持っており、因果論的思考そのものを処刑する企てなのです。そして、原因と結果の関係を考える人間の思考能力が、言葉を操る生きものである人間の根幹にかかわるからこそ批判したのです。

時間的前後関係の中で発生した出来事と出来事の関係を因果関係でつなぐことによって、単なる出来事の羅列はプロットになります。しかし、『海辺のカフカ』の書き方のように「無媒介的な結合」によって、因果関係が明示されないまま出来事が並べられると、それが物語という形で語られている以上、読者の意識としては「あたかも因果関係があるかのように」受け取ってしまう可能性が高いのです。

そして、記憶を想起する時点におけるカフカ少年は、『坑夫』の主人公のように、内部において何らかの関係性をもたされているかのような感触だけ与えられて、読者の側が読む際、改めてその時点での因果関係を創ることはせず、むしろ思考停止の連続を生きてしまうのです。

主人公であるカフカ少年において、思考停止と判断停止が集約されるのが、『海辺のカフカ』という小説の後半における、

「二人の兵隊」に先導されて延々と森の中を歩いていくところです。「誰も殺したくはない」と思っていたカフカ少年は、「なにかとなにかじゃないものとをうまくよりわけることができなくなって」しまうのです。これが退行による行動分化の境界の崩壊です。

「なにかとなにかじゃないものとをうまくよりわける」言語実践が、両義性を認識することです。それが出来なくなるということこそが思考停止と判断停止にほかなりません。

夏目漱石の小説『坑夫』をめぐる、両義的な批評言説をつむぎ出す役割を果たしていた「カラスと呼ばれる少年」の役割が、「戦いというのは一種の完全生物」という一義性を小説テクストに持ち込む役割に転換される瞬間が、本論において冒頭で指摘した「戦い」という言葉をめぐる言及です。

もちろん、こうした設定が明示されていること自体が、『海辺のカフカ』という小説が、読者の読む意識への両義的な働きかけを持続することによって、私がこのテクストに生起している場で行っているような批評を可能にしている、という解釈を成立させうることも、事態の両義性として、確認しておくべきことなのかもしれません。

(2015年7月25日第4回村上春樹国際シンポジウム基調講演原稿に加筆修正)

村上春樹から小説『日々の光』まで

ジェイ・ルービン

今日の話の題名は「村上春樹から小説『日々の光』まで」となっていますが、実は、時間的に言って、その反対にするべきでした。読者の皆さんは、確かに数年間村上春樹の翻訳をした後、今になってようやく自分の書いた小説を出版する運びになったと思われることでしょう。それで、村上文学がいわゆるルービン文学にどのような影響を与えたかと聞かれるのも当然のようです。そして、そういう要素を探せばないわけでもありません。

例えば、『ザ・サン・ゴッズ』(*The Sun Gods*)という、アメリカ版の原作の表紙には招き猫のイメージがあります。小説そのものを読んでみると、早くも16ページに招き猫の描写が見えてくるばかりでなく、招き猫が1959年に設定された第一部と1939年に設定された第二部の重要な結び目になっていて、小説の後の章にも度々登場します。御周知のように村上春樹の作品には猫がよく現れます。特に私が1997年に翻訳した『ねじまき鳥クロニクル』では、居なくなった猫を探すことで物語が始まって、猫が主人公と奥さんの結婚のシンボルにもなっています。猫が居なくなって暫くして、肝心な奥さんも居なくなります。

こういう風に、ある人物が、特に女性が急に、何の説明もなく、居なくなるのも村上文学の一つのモチーフです。主人公がその居なくなった女性を探すのが度々、ストーリーの中心になります。『日々の光』でも、ヒロインの女性が急に居なくなって、主人公が彼女を探すのがストーリーの中心になります。それに加えまして、村上春樹の小説では音楽が重要な役割を果たしています。例えば『世界の終りとハードボイルド・ワンダーランド』では「ダニー・ボーイ」という歌が主人公の心理への入り口になりますが、『日々の光』では、「五木の子守唄」というフォークソングが、主人公の心の一番深いところの記憶を呼び起こす役割を果たします。結論はほとんど避けられません：私の小説が村上春樹から影響を受けて、猫と居なくなる女性と音楽のモチーフをぬす——まあ、借りたと云いましょうか。

しかし、順序の事をもう少し具体的に話した方が良いようです。本当のことを言えば、『ザ・サン・ゴッズ』を書き出したのは 1985 年で、書き上げたのは 1987 年でした。その時私は村上春樹という名前さえ知りませんでした。1987 年と言えば、『ノルウェイの森』で村上さんが世の中をあれほど騒がしていましたのに、日本文学を専門とするはずの学者がその名前も知らなかったというのは恥ずべきことではないでしょうか。国木田独歩なら、夏目漱石なら、島崎藤村なら、森鴎外なら、十分に知っていましたが、そのころ私は現代文学にはほとんど目を向けていませんでした。

それなら、どういう風にして村上春樹の名前も知らない状態から村上春樹以外の作家をほとんど読まない翻訳者になったかを少し説明した方がいいと思います。しかし、そうする前に、もっと遡って、どういう風にして日本文学を専門にするようになったかを説明してみたいと思います。1961 年シカゴ大学二年生の春学期の時、なんでもいいから、一つ、西洋文化以外の授業を受けようと思った時、たまたま「日本文学入門」というクラスが開いていました。『古事記』から、『伊勢物語』、『源氏物語』、『平家物語』、『敦盛』、『心中天の網島』、多分漱石の『心』まで読ませられましたが、日本語を知らないアメリカ人学生向けの授業でしたから、テキストはすべて英訳でした。講師は『心』の名訳をなさったエドウィン・マクレラン教授でしたが、授業の内容よりも頭に残るのは先生の教え方です。というのは、学生たちが本を英語で読んできたのに、先生は必ず日本語の原作を携えて、授業にいらして、その原作について色々説明してくださったからです。そして、何も知らない私たち学生にこの本が日本語で読めたら、英訳でよりもどんなに面白かろうという雰囲気で教えられたものです。

その口調があまりにも面白そうでしたから、その夏大学で使う教科書を買って、仕事の合間を見て、一人で勉強し始めました。その夏の仕事はアイスクリームを売るトラックの運転でしたが、子供の多い街に来ると、ちゃらんちゃらんとベルをならして、トラックを道端に停めて、横の広い窓を開けて、色々なアイスクリームを売る仕事でした。一番値段の高い売り物はバナナスプリットという、バナナを割って、アイスクリームのスクープを三つ中に並べて、チョコレート・ソースやホイップクリームを掛けて食べるデザートでした。そういうものを作るにはどうしてもトラックの中にバナナを持ち込まなければならないのですが、そのバナナが日本語の勉強に最適でした。どうしてかと云うと、漢字を覚える練習として、剥かないままのバナナの皮にボールペンで漢字を書くと、何とも言えないスムーズな手ごたえですから、直ぐ覚えられます。是非皆さんも試してみて下さい。一度トラックのオーナーが検視に来た時、漢字だらけのバナナを不審そうに見て、「あれは何だ」と聞きましたので、私は、「あ、あれか。あれは中国産のバナナです」とごまかしました。彼は「あ、そうか」と、何の疑問もなく納得しました。

バナナの皮のせいだったとは一概に言えませんが、日本語の勉強が大変面白かったから、秋学期が始まったら、迷わずに、日本文学を専攻に選びました。それには、先ず、日本語の勉強から始めて、5・6年後にひどい苦しみを味わいながら文学が読めるようになったのは、既に大学院時代でした。言い直すと、完全に日本語の沼にはまってしまったのです。

マクレラン先生の専門が明治文学でしたので、私も自然に明治期を中心に文学の研究をやってきました。先生は『心』だけではなく、漱石の『道草』、志賀直哉の『暗夜行路』なども英訳なさったので、何も知らない私は日本文学の教授というものはみな翻訳をやっていると思い込んで翻訳を手掛けるようになりました。後で気が付きましたが、翻訳をやらない教授もいますけれども、その場合ももう遅かったです。と言いますと、翻訳をすることが大好きになって、却って翻訳をやりたくない人の気が知れないと思うようになってしまいましたから。

博士論文のテーマが国木田独歩でしたので、最初行った翻訳は独歩の数編の短編でした。その次は漱石の『三四郎』でした。同じ1977年に行った野坂昭如の「アメリカひじき」という短編小説を除けば、次の翻訳は1988年に出版された漱石の『坑夫』の英訳でした。と言いますと、ほとんど死んだ人の作品ばかり翻訳していました。翻訳以外の仕事も色々ありましたが、2011年に邦訳が漸く横浜の世織書房から出版された『風俗壊乱：明治国家と文芸の検閲』という本も明治の作家たち――というと、これも死んだ人たちの作品の研究でした。

ところが1989年村上春樹の『羊をめぐる冒険』がアルフレッド・バーンバウムさんの翻訳で、アメリカで話題になりました。いくら私の頭が明治時代の中に埋没していたと云っても、薄々と村上の存在に気が付き始めていました。東京の書店の正面カウンター一面に本が積み上げられていたのを見かけていましたが、そんなベストセラーを書く人は多分一種の大衆作家だと思いました。ストーリーは酔ったティーンエージャーが相手かまわず寝る与太話に違いないと決め込んで、読む気にはなりませんでした。しかし『羊をめぐる冒険』の英語版が刊行される数か月前、アメリカのVintageという出版社から、英訳に値するかどうか村上のある長編を読んでみてくれとの依頼が来ました。英訳を検討中ですが、原作に関する意見が必要とのことでした。世間でどんな駄作が読まれているかを知るのも害はなかろうと考えて引き受けましたが、期待はゼロに近かったです。しかし、出版社から文庫本をもらって、開けて読んでみると、私は度肝を抜かれました。それは『世界の終りとハードボイルド・ワンダーランド』でした。

抑制された、灰色のリアリズムの研究に長年専念していたため、日本人作家がこれほど大胆で奔放な想像力に富むことができるとは信じられないほどでした。結末近くで一角獣の頭骨から大気へ放たれる夢の色彩が今も目に浮かびます。最後のページを閉じるのが惜しいほど村上の世界から離れたくなかったでです。この小説の鑑定を依頼した出版社への手紙では、この本は是非翻訳するべきものです。しかも、もし検討中の翻訳に万が一不満があれば、私にやらせてくださいということでした。その会社は私のそういう意見を完璧に無視しました。出版しないことに決めましたので、勿論私に翻訳させてくれませんでした。二年後に講談社インターナショナルからバーンバウムさんの生き生きとした英訳が刊行されました。そのときまでに、『羊をめぐる冒険』の英訳をめぐってアメリカとイギリスではミニ・ブームが始まっていました。

『世界の終りとハードボイルド・ワンダーランド』から受けたショックがあまりに大きかったので、私は手に入れられるだけの村上作品を読んで、授業でも取り上げました。とりわけ短編小説が気に入りました。私は完全に村上の作品に魅了されたのです。わざわざ私のために書かれたかのようでした。村上のユーモアのセンスが気に入りました。時間の経過や記憶の頼りなさのテーマの書き方が好きでした。彼の物語には私の十代の一番好きな音楽であったジャズのサウンドトラックが多く登場しました。主人公の頭脳の中から世の中を見ている気持ちを読者に抱かせる力に感心しました。とにかく、専門的な学者としてよりも個人の読者として、ただのファンとして、村上文学に夢中になりました。

大学図書館にある、日本文芸家協会刊行の『文芸年鑑』で村上さんの東京の住所を調べて、こういう手紙を書きました：翻訳したいと考えている5・6編のどれでもいいから、英訳許可をいただけないでしょうかと。暫くして、そういう提供を歓迎する返事は当時の村上さんの東京のエージェントから来ました。そうしたら、一番好きな作品、「パン屋再襲撃」と「象の消滅」の訳文をその人に送りました。数週間待ってから、ある朝、書斎でパソコンを操っているところへ、電話が鳴りました。取ってみると、受話器から、聞いた事もない、不思議な、鶏を絞め殺すような音がずっと聞こえてくるから、「Hello」とも何とも云う必要がないと思って、切りました。2・3分後にまた電話が鳴りました。今度取ってみますと、さっきの変な音が聞こえていないから「Hello」と言ってみると、知らない男性の重みのあるけれども優しそうな声が日本語で、「こちらは村上春樹ですが、この間いただいた『パン屋再襲撃』の英訳を『プレイボーイ』に載せてもいいでしょうか」とのことでした。私はアメリカの『プレイボーイ』誌のいわゆる「哲学」にいささか躊躇を感じましたが、学者として、平生発表している論文などの読者は十名程度なので、このチャンスに飛びつきました。

その日の電話には驚きが色々ありました。まず村上さんご自身が掛けてくださったということ。（漱石は一度も電話してくれませんでしたから。）それから、翻訳が作者の気に入ったということ。それから『プレイボーイ』誌に載るということ。それから、最初の電話の鶏を絞め殺す音がファックスという最新の技術だったということ。本当は、格別にシャイな村上さんはなるべく電話で直接に話したくなかったが、こちらが技術的に後進的だったために、他にしようがなく、電話を掛けてくださったようです。(余談になりますが、私は翌日ファックスを買ってきました。今日から見ると、ファックスほど古臭い技術はありませんから、この話がどれくらい昔のことかお分りになると思います。)

もう一つ驚いたことに、村上さんは、東京からじゃなくて、アメリカのニュージャージー州のプリンストン大学から電話を掛けていますとおっしゃったことでした。1991年の春でしたから、私はいつものシアトルじゃなくて、客員教授としてハーバード大学で教えていて、ボストンの近くのケンブリッジに居ましたので、プリンストンからは車で4時間ぐらいの距離でした。村上さんはその年の四月ボストン・マラソンに出場なさったので、初対面はマラソンの翌日ハワード・ヒベット教授の授業に村上さんがいらした時でした。その日のテーマは「パン屋再襲撃」の、まだその時未発表の私の英訳のディスカッションでした。とても愉快な授業になりました。

「パン屋再襲撃」をお読みになっていない方のために、内容を少し説明します。ある新婚のカップルが真夜中に目を覚まして、お腹が猛烈に空いているのに、家に食べ物がありません。オールナイトのレストランに行くかどうかを話し合っている内に、ナレーターであるお婿さんがこんなことを考えます。

> 僕には、自分の今抱えている飢餓が国道沿いの終夜レストランで便宜的に充たされるべきではない特殊な飢餓であるように感じられたのだ。
>
> 特殊な飢餓とは何か?

> 僕はそれをひとつの映像としてここに提示することができる。
>
> ①僕は小さなボートに乗って静かな洋上に浮かんでいる。②下を見下ろすと、水の中に海底火山の頂上が見える。③海面とその頂上のあいだにはそれほどの距離はないように見えるが、しかし正確なところはわからない。④何故なら水が透明すぎて距離感がつかめないからだ。(全作品第８巻、p. 13)

ヒベット先生の授業ではありましたが、肝心な英訳をしたのが私でしたから、自然にディスカッションのリード役を回されました。私は学生たちに対して、小説の中の海底火山は何の象徴ですかという質問を向けました。そうしたら、村上さんは学生たちの返事を待たずに、いきなりこういう風に断定なさいました——「火山は象徴ではない。火山はただの火山だ」と。

そうしたら、私もめげずに、「あの人の話は聞くんじゃない！何を言っているかわかっていないんだから！」と声を高めました。大笑いの後、活発な議論が展開しました。村上さんの返事は、実に彼らしい率直なものでした。「あなたはお腹が空くと火山が思い浮かびませんか？僕は浮かぶんです」と。村上さんはもっと説明を加えまして、その短編を書いたとき、空腹でした。だから火山が出てきたと言いました。すこぶる単純明快でした。

ご存じでしょうけれども、村上さんは自分の書いた作品の中に現れる象徴の意味を明かそうとはしません。それどころか、象徴ということ自体をそもそも否定しています。しかし、一旦作品を世の中へ送り出してしまえば、その作品はもう自分のものでなくなって、読者のものになってしまうという、非常に寛大で、健康的な態度を取る作家でもあります。ですから、空腹の時に村上さんの心にどんなイメージが浮かぶかは読者にとっては関係のないことなのです。「パン屋再襲撃」の文脈において、海底火山が象徴するのは、過去に未解決のまま残されてきた問題です。それぐらいのことは、この一人の読者には明白だと云っても許されるべきだと思っています。無意識の中に留まり、いつ爆発して現在の静かな世界を破壊するかもしれない物の象徴です。しかし、村上さんからすれば、火山を象徴と名付けて、このように定義してしまっては、そのパワーの大半が失われてしまいます。他の作家たちと同じように、火山はただの火山として何の説明もせず、読者一人一人が心の中でイメージを作り上げるのを妨げはしないのです。

こういう風に個人の読者を信用する立場こそが村上春樹を世界中で読まれる作家にしていると思います。世界中の人々が経験する心的現象――言わば普遍的現象――を把握して、それを国境とも人種とも宗教とも関係のない、シンプルで、鮮やかなイメージで表現します。勿論、その鮮やかなイメージには意外性もあります。世の中に、空腹を感じる時、海底火山を想像する人間の数は多分大いに限られていると思います。多分一人に限られているでしょう。ですから、村上春樹の醸し出すイメージが普遍的で、シンプルで、鮮やかだと云っても、ある程度の説明にしかなりません。その海底火山はどこから来るのか、村上さん自身にも分っていないのではないでしょうか。フレッシュで、微笑ましくて、結局説明を許さないイメージは直接に村上さんの頭脳から一人一人の読者の頭脳へ伝わります。ある密輸入者のように、村上春樹は当局の監視を避けて、国境を通り抜けて、関税を支払わないで、自分の心から直接に世界中の読者の心へ貴重な品物を届けます。その、当局を避けている気持ちは非常にスリリングでプライベートのように感じられるので、世界中の読者は、この人は自分のために書いている、自分の心の中にあるものを理解していると思うようになって、莫大な数で、村上ファンになるのではないでしょうか。

*

これで、話がすごい回り道をしてきましたが、『日々の光』に戻る前に、もう一つ、漱石の『坑夫』という小説と村上さんと私の、それほど長くない回り道へ入りたいと思っています。

『坑夫』は漱石の小説の中で一番不評判の作品です。『朝日新聞』で連載中の明治41年の一回目からすごい不評判でしたし、『海辺のカフカ』でも世の中の事を何でも知っている大島さんという人物が言うには、「あれはあまり漱石らしくない内容だし、文体もかなり粗いし、一般的に言えば漱石の作品の中ではもっとも評判がよくないもののひとつみたいだ」と。『海辺のカフカ』で言及された後も読む人が比較的に少ないようです。それでも、村上春樹は、漱石の全小説の中で『坑夫』が一番好きな作品だと云いました。どこでそう言ったかと言いますと、この9月に出版された私の『坑夫』の改訳の前書きで云いました。『海辺のカフカ』では、カフカ君がこんなことを云います――「本を読み終わってなんだか不思議な気持ちがしました。この小説はいったいなにをいいたいんだろうって。でもなんていうのかな、そういう『なにを言いたいのかわからない』という部分が不思議に心に残るんだ」と。(上巻 13 章 p. 182)

改訳の前書きでは、村上さんはもう少し詳しくこの小説の読者のいわゆる「読後の…空白感」について、こんなことを云います:「そこにはまるで良質のポストモダン小説を読んだときと同じ種類の、ざらりとした渇きに似た感触がある。意味を欠くことによって生じる意味、とでも言えばいいのだろうか?」と。

大抵の小説の読者はあまりこういう「読後の…空白感」を好まないから、『坑夫』の読者が少ないでしょうけれども私はその小説の熱心な読者を二人知っています。一人は勿論村上さんですが、もう一人は私です。実を言うと、『坑夫』を初めて翻訳したのは1988年でした。そして1993年から二年間村上さんと同じケンブリッジに住んでいたころ、二人で『坑夫』の話をした記憶があります。その時村上さんは勿論『坑夫』を昔読んでいましたが、詳しく覚えていませんでした。私は一生懸命に勧めましたので、彼は直ぐ読んで、主人公が色々な辛いことを経験してきても全然変わらないというところが一番好きだと云いました。その後、『坑夫』の話をしませんでしたが、2002年になって、『海辺のカフカ』を読んでみて、こんな言葉に出合いました:「主人公がそういった体験からなにか教訓を得たとか、そこで生き方が変わったとか、人生について深く考えたとか、社会のありかたに疑問をもったとか、そういうことはとくには書かれていない。彼が人間として成長したという手ごたえみたいなのもあまりありません」と。些細なことではありますが、私が村上文学に影響を与えた満足感をそれで少しは味わえました。

＊

ここまでは、「小説『日々の光』から村上春樹まで」のはずだった講演を、無理矢理に、「村上春樹から小説『日々の光』まで」という順序にねじ伏せました。これから、私の、村上文学から何の影響をも受けなかった小説をどうして1985年に書き出したのに2015年まで出版しなかったかを説明するべきだと思います。率直に言って、原因は結局村上春樹のせいでした。

そういう煽動的な発言も幾らか説明を要します。1987年書き終わった小説を、当時、ほとんどの出版社は相手にしてくれませんでした。理由は色々考えられますが、結局そのころ、第二次世界大戦の時のアメリカの日系人強制収容所を扱う小説にたいして興味がなかったようです。それで残念でしたが、本の出版を断念しました。小説の入ったフロッピーディスクを仕舞って、他の仕事に取り掛かりました。1989年になると、その「他の仕事」というのは、主に村上春樹の作品を没頭して読んだり、翻訳したり、解釈したりすることでした。大学の授業でも十年以上村上以外の作家の作品を生徒たちに読ませなかったぐらいです。あまりにも村上春樹の作品に夢中になりましたので、自分の書いた小説の存在をほとんど忘れました。ですから、その小説を長い間出版しなかったのが村上春樹のせいだったと云ってもいいじゃありませんか。

勿論、「小説の存在を忘れた」と言っても、頭のどこかの隅にはありました。特に、終戦の50周年や55周年や60周年になるたびに、急に思い出して、家内と「あ、今年こそ出版するべきだった」と、話し合ったものです。しかし、本の出版というものは、あっという間に出来るものじゃありませんから、思い出した時点で、もう遅かったのです。

いよいよ戦後70周年目になろうとするところへ、うまい具合に、小説の事を思い出して、昔のフロッピーディスクを探して、昔のファイルを現代のパソコンで読めるように変えて、小説を読み直して、我ながら感動して、終戦70周年以後どれだけ長く生きていけるかと気が付いて、今度こそ自費出版ででも、出そうと、決めたというわけです。1987年に断られた当時より、強制収容所に対する関心がだいぶアメリカで広まって、社会全般の雰囲気が全く違うということも重要な要素でした。自費出版に取り掛かる前に、最後のチャンスとして、会社は小さいけれども、なかなか立派な本を出版する、シアトルのチン・ミュージック・プレス（Chin Music Press）に見せて、すぐさまＯＫという、嬉しい返事を受けました。東京にある新潮社の日本語訳の快諾はそのすぐ後でした。それで *The Sun Gods* が『日々の光』にもなったのです。

今日はだらだらと、村上春樹の猫やら、海底火山やら、バナナの皮やら、鶏を絞め殺す音やら、『坑夫』の読後の空白感やら、自分の書いた小説のことまでお話ししましたが、長らくのご清聴ありがとうございました。

以上

（淡江大学村上春樹研究センター設立一周年記念講演会／2015年10月30日）

村上春樹とドストエフスキー
—現代日本文学に対するロシア文学の影響をめぐって—

沼野　充義

1. 日本におけるロシア文学

私が外国に出たとき、海外の日本文学研究者からしばしば聞かれるのは、「純文学（真面目な文学）の分野において、いま日本で一番人気のある日本の現代作家は誰か？」ということだ。答はもちろん、その時々に変わる。日本でも流行の変遷は目まぐるしい。東京大学の学生であったころ、つまり1970年代ならば、私はその質問に対して、「安部公房と大江健三郎」と躊躇うことなく答えていたことだろう。

では、いま現在だったら、同じ質問に対してどう答えられるだろうか？「村上春樹とドストエフスキー」と答えるのではないかと思う。村上春樹については説明の必要はないだろう。彼の最近の長篇『色彩を持たない多崎つくると、彼の巡礼の年』は2013年4月に発売されると、一週間の間に100万部以上を売り上げた。また代表作の一つ『ノルウェイの森』は長年売れ続け、累計売り上げ部数が既に1千万部を超えているという。

その村上と並べて、ドストエフスキーの名前を挙げることは、奇異に思われるかも知れない。近代日本文学の歴史を知っている方ならば、「ははん、ドストエフスキーは近代日本では非常に重要な役割を果たしてきた作家であり、翻訳を通してであれ、他の日本作家と並べて論じられるべき存在である、と言いたいのだろう」と推測するかも知れない。しかし、それにしても、そのドストエフスキーがいま村上春樹と並んで人気が高い作家だというのはどういうことか？　この論文は、まさにその疑問に答えることを目的としている。つまり、現代日本文学において「偉大なロシア文学」の影はどのような形で現れているのか、それは現代の日本作家にとってどんな意味を持っているのか。

じつはドストエフスキーの代表的な長篇『カラマーゾフの兄弟』の新しい翻訳が2006年から2007年にかけて出版されたのだが、これが大変な評判になり、5分冊の合わせての累計なのだが、100万部を超えるベストセラーになったのである（亀山郁夫訳、光文社古典新訳文庫、全5巻)。これはこの小説の初めての日本語訳ではない。日本人はひょっとしたらロシア人以上にドストエフスキーを愛読してきた国民であり、おそらく世界でももっともドストエフスキーを頻繁に翻訳してきたと思われる。日本では、「ドストエフスキー全集」と銘打った多巻の翻訳著作集がすでにこれまで十回以上出ているし、『カラマーゾフの兄弟』に限っても大正時代以来、亀山訳が出るまでにすでに少なくとも11種類の翻訳が出ている。それがいまさらベストセラーになったのはなぜか？　一つには、今回の新しい訳が、清新な現代語による極めて読みやすいものであったためと思われる。そもそも亀山氏の訳は光文社という出版社が企画した「古典新訳文庫」というシリーズの一冊で、このシリーズは日本ですでに翻訳されて広く読まれてきた、主として西洋文学のモダンクラシックスを新しい読みやすい日本語訳で新たに出そうという趣旨のものである。その企画は成功し、ドストエフスキー以外の多くの作家が―シェイクスピアから、トルストイ、カフカに至るまで―現代日本語で生まれ変わり、新たな読者を日本で獲得するようになった。

村上春樹もこの流れのなかで、サリンジャーの『キャッチャー・イン・ザ・ライ』(白水社、2003年)、スコット・フィッツジェラルドの『グレート・ギャツビー』(中央公論新社、2006年)、カポーティの『ティファニーで朝食を』(新潮社、2008年)などの新訳を次々に手掛け、大きな話題になっている。私自身もポーランドのＳＦ作家スタニスワフ・レムによる名作『ソラリス』(国書刊行会、2004年)や、亡命ロシア作家ウラジーミル・ナボコフの『賜物』(河出書房新社、2010年)の新訳を手がけ、ロシアの作家アントン・チェーホフの有名な短篇を新訳して『新訳　チェーホフ短篇集』(集英社、2010年)という一冊にしている。

このような「古典新訳」の機運の文学史的な意味や、特に「翻訳研究」translation studies の観点から見たときの重要性については、別途論じられる大きなテーマであろう。その点にここで少しだけ触れておくと、ドストエフスキーの新訳に関しては、英語圏でもパラレルな現象がある。それは Richard Pevear, Larissa Volokhonsky という夫婦の共訳によるロシア文学の古典の新訳が最近次々に出て、以前の訳との違いを強調し、英語圏の読者たちに歓迎されているということであり、『カラマーゾフの兄弟』もこの２人による新訳が 1990 年に出ている[1]。ドストエフスキーの様々な英訳の間の質的な違いについて詳しく分析することは私の能力を超えるが、ここで一言指摘しておきたい興味深い点は、Pevear, Volokhonsky 訳が目指す方向が、亀山訳の方向と逆のように見えるということである。つまり英語圏では Constance Garnet などの先駆者による読みやすい（reader-friendly な）英訳が 20 世紀前半から存在しており、Pevear, Volohonsky はむしろドストエフスキーのロシア語の原文により近づこうとしているように見える。英語圏では、古典を単に読み易い翻訳で読むのではなく、より原文のコンテクストに忠実な翻訳で読もうとする傾向は、『源氏物語』の３つの英訳の変遷（Arthur Waley, Edward Seidensticker, Royall Tyler の訳）[2]にも認められる。それに対して、日本の場合は、現代の日本の読者には読みにくくなった訳をより読みやすくしようとする方向で新訳が作られているのだが、これは必ずしも時代とともに昔の翻訳の日本語が古びたという理由だけによるものではなく、原文に忠実なために難解であった翻訳を、現代的にパラフレーズすることによって日本の読者にわかりやすくする必要があるという理由も大きい。アメリカの翻訳理論家の Laurence Venuti の用語を借りて言えば、こういった翻訳の変遷の動きは、英語圏では domestication（馴化）か

---

1 Fyodor Dostoyevsky, The Brothers Karamazov, translated from the Russian by Richard Pevear, Larissa Volokhonsky, New York: Vintage, 1990.

2 Translated by Arthur Waley, London: G. Allen, 1925-1933; by Edward Seidensticker, Tokyo: Tuttle Publishing, 1976; by Royall Tyler, New York: Viking, 2001.

ら foreignization（異化）へ、日本では foreignization から domestication へ、という方向によって特徴付けられると言えるだろう。

ただし、日本において『カラマーゾフの兄弟』の新訳が時ならぬベストセラーになったことは、単に新しい訳が読みやすいから、では説明できない。そもそも以前から出ていて、いまも入手できる米川正夫、江川卓、原卓也などによる訳がそれほど読みにくいわけでもない。むしろ原因はドストエフスキーの作家としての力そのもの、彼の文学が現代の日本の読者に必要とされるような性格のものだ、という点に求めるべきであろう。

そもそもドストエフスキーに限らず、ロシア文学は明治時代以来、日本で非常によく読まれ、ゴーゴリ、トゥルゲーネフ、トルストイ、チェーホフなどの作家が翻訳を通じて近代日本文学の成立と発展そのものに大きな影響を与えたことはよく知られている。近代日本小説の創始者の一人、二葉亭四迷はトゥルゲーネフの『猟人日記』の翻訳を通じて、近代日本小説の文体そのものを作り上げていった。また彼の友人の内田魯庵は、明治 22 年にドストエフスキーの『罪と罰』を英訳で読んで「広野で落雷に会ったような」衝撃を受けてすぐに翻訳に取りかかった。明治から大正時代の有力な文学グループである「白樺派」がトルストイを師と仰いだことも、比較文学者によってすでに詳しく研究されている。

その後の近代文学の発展の歴史の中で、ロシア文学がどのような影響を日本の作家たちに与えてきたか、というのはあまりに大きな問題であり、ここで簡単に解明できることではないが、ロシア文学は常に日本において人気が高く、重要な役割を果たしてきた、ということは間違いなく言えるだろう。明治以来、外国語学習の対象としてのロシア語は、英・独・仏語ほど人気は高くなかったが、ロシア文学はつねに西洋文学の中では英独仏の文学とならんで、いや時にはそれ以上にメジャーな文学として意識されてきた。もっとも、日本人はロシアとは、隣国であるにも関わらず―特にソビエト政権成立以後は―直接の交流はあまりなく、日本人は現実のロシア人をあまりよく知らないまま、そしてソ連という国家には恐怖感や不快感を覚えることが多かったにもかかわらず―ロシア文学に親しんできた。森鷗外、夏目漱石、芥川龍之介、谷崎潤一郎など、日本近代の重要な作家の中で、ロシア文学に関心を持たなかった人は一人もいないだろう。例えば芥川には「山鷸（やましぎ）」（1920）という短篇がある。これはトルストイやトゥルゲーネフが登場人物として出てくる作品で、まるでロシア人がロシアを舞台として書いた小説の翻訳のようにも見えるほどだ。ことほどさように、当時の日本人にとってはロシア文学の影響は大きく、あまりよく知らない生身のロシア人よりも、作品を通じてよく知っていたロシアの作家のほうがよほど日本人にとっては「身近」に感じられる存在だった。

第二次世界大戦以後の日本では、ロシアの古典的文学もかつてほどの人気はなくなった。しかし、ロシア文学に深く通じ、ロシア文学の影響を受け、ロシア文学について熱心に論じてきた作家は少なくなく、現代日本文学の一つの大きな流れを作っているといっても過言ではない。戦後まもなく『近代文学』という雑誌を創刊したメンバーたちの多くは（埴谷雄高、本多秋五、荒正人、平野謙、佐々木基一ら）、ロシア語こそ読めなかったが、みなロシア文学には驚くほど精通しており、埴谷のドストエフスキー論、本多のトルストイ論、佐々木のチェーホフ論などは、いまでも古典的な評論として価値を失っていない。

雑誌『近代文学』によって切り拓かれた、私小説とは一線を画する戦後の新しい文学の流れは、「戦後派」と呼ばれるようになるが、この戦後派全体においてロシア文学の影響は依然として強く（例えば野間宏、椎名麟三の場合）、ロシア文学への興味はその後の現代作家たちに引き継がれ現代に至っている。1960年代以降の日本文学においては、早稲田大学露文科出身の作家の活躍が目覚しく、五木寛之、三木卓、後藤明生などの作家はみなロシア語を大学で専攻した「ロシア派」の作家たちである。また現代日本の作家たちの中には、丸谷才一、加賀乙彦、大江健三郎、井上ひさしなど、ロシア文学を専攻したわけではないにしても、ロシア文学に深い造詣を持っている作家は少なくない。大江健三郎は、大学ではフランス文学を専攻し、サルトルについて卒業論文を書いているが、その後の彼の評論や小説を見ると、フランス文学よりは圧倒的にロシア文学（特にドストエフスキー）の影響が強く感じられる。例えば、彼の最近の長篇の一つ『さようなら、私の本よ』（講談社、2005年）は、現代のテロリズムをドストエフスキーの時代の革命家像と結びつけていて、全編にドストエフスキーの影が感じられるだけでなく、そのタイトルはウラジーミル・ナボコフの『賜物』のフィナーレから取られている。

1980年代以降の日本では、ロシア文学に限らず、外国文学全般に対する関心が薄れてきた。ロシア文学もその例外ではない。日本で昭和初期からその頃までかなりの大部数で繰り返し出版されてきた「世界文学全集」と銘打った外国文学シリーズもぷっつり途絶え、その類の出版企画として大規模なものは、1989年から1991年にかけて出版された「集英社ギャラリー　世界の文学」(全20巻)が最後のものになった。こういった時代の流れの中では、ロシア文学への興味も前面から少し退いてしまったように見える。しかし、現代でも、ある特定の流派を形成しているとはいえないにしても、ロシア文学を愛好し、ロシア文学に学び、ロシア文学からインスピレーションを受けながら創作を続けている作家は、少なくない。おそらくこのような素地があってこそ、最近の『カラマーゾフの兄弟』ベストセラー現象も起こったのだと思われる。

2. 1980年代以降の日本文学とロシア

次に1980年代以降の日本文学において、ロシア文学の影響がどのように現れているか、あるいはロシアのイメージがどのような機能を果たしているか、5人の作家に即して具体的に見ていくことにしよう。5人の作家とは、池澤夏樹、島田雅彦、村上春樹、黒川創、鹿島田真希である。

池澤夏樹

池澤夏樹(1945年生まれ)は、村上春樹ほど国際的に広く知られていないが、日本では、現代の日本小説を代表する作家の一人として評価されている。小説家としては、中央公論新人賞と芥川賞を受賞した中篇「スティル・ライフ」(1987年) によって注目され、それ以来、旺盛な執筆活動を続けていて著作は多くが、ここでは主要な長篇小説として、南太平洋の島を舞台にした日本版マジック・リアリズムの長篇『マシアス・ギリの失脚』(新潮社、1993年、谷崎潤一郎賞受賞)、インドネシアを舞台とした『花を運ぶ妹』(文藝春秋、2000年)、北海道を舞台としてアイヌ人問題を扱った歴史長篇『静かな大地』(朝日新聞社、2004年、親鸞賞受賞) などを挙げるにとどめておく。

池澤氏の著作は多面的ですでにかなりの量にのぼるが、ここで取り上げてみたいのは、あまり知られていない彼の初期の中篇「ヤー・チャイカ」(1988年) [3] である。このタイトルは「私はカモメ」を意味するロシア語で、チェーホフの戯曲『かもめ』のヒロイン、ニーナの台詞だが、それと同時に、日本では、世界最初のソ連の女性宇宙飛行士、ワレンチナ・テレシコワの宇宙から地球に向かって呼びかけたときの言葉としてもよく知られている (ただし、テレシコワはおそらく宇宙でチェーホフの戯曲を思い出したわけではなく、予め決められていた彼女の宇宙飛行士としてのコールサインが「カモメ」だったらしい)。このような表題からもわかるように、この中篇ではロシアのモチーフが全面的に強く響いている。物語は二つの層で展開する。一つの層は、現実的な層で、高津文彦という中年のエンジニアとその高校生の娘カンナが主な登場人物となる。文彦は何年か前に妻と離婚し、娘を自分のところに引きとって養育し

3　この作品はその後、池澤夏樹『スティル・ライフ』中央公論社 (中公文庫)、1991年、に収録された。

ている。もう一つの層は若い娘カンナの夢想の世界で、ここでは彼女は恐竜を飼っている。物語の構造は、並行して展開するこの二つの層が絡み合うことによって作られていく。

文彦はたまたまソ連の木材輸出を扱う会社の代表をつとめる、クーキンというロシア人と知り合う。彼はイルクーツク出身だが、東京で一人暮らしを10年も続けており、日本語を流暢に話すことができる。彼はいかにもむくつけきロシアの「熊」といった印象の人物なのだが、その印象と裏腹に、じつはフィギュアスケートの名手であることがわかり、文彦の娘にもフィギュアスケートを定期的に教えてくれるようになる。こんなふうに、当時の日本では稀なことだが、クーキンというソ連人は文彦とその娘と個人的に親しく付き合うようになるのである。しかし、ある晩、クーキンは文彦とレストランでいっしょに酒を飲んでいるとき、奇妙な理屈を展開し、文彦が現在コンピューターの専門家として携わっているプロジェクトの企業秘密を教えるように説得しようとする。こうして、日本では珍しい、ソ連人と日本人の友情の物語の中に、ステレオタイプ的な「スパイとしてのロシア人（ソ連人）」というモチーフが現れる。しかし作家としての池澤の独創性は、このようなステレオタイプ的なスパイのモチーフを使いながらも、そこに地球の平和や愛国主義をめぐる哲学的な議論を盛り込み、スパイ活動の試みの物語を意図的に曖昧なものにしてしまうという点にある。スパイ活動は（それがどの程度本気のものだったかもはっきりしないまま）結局成立せず、クーキンと文彦は単なる普通の友達として付き合い続け、やがてクーキンは祖国に帰って行く。

この中篇小説には、もう一つ、クーキンのスパイ活動というプロットとは別個に、ロシア的モチーフが出てくることにも注目しよう。世界最初の女性宇宙飛行士テレシコワが地球の周りを飛んでいるとき、まだ子供だった文彦は不思議な感覚を抱く。女性宇宙飛行士がまるで神のような視力を獲得し、高い空から地球を眺めながら、地球を祝福している—まだほんの小さな子供だった文彦には、なぜかそんな風に感じられたのだった。本来ソ連は科学的共産主義の国であり、宗教を否定したはずなのだが、ここで興味深いのは、日本の作家の想像力においては、ロシアがこういった科学的であると同時に宗教的でもある宇宙的な感覚の源になっているという点である。ここでは、日本にはない「宇宙的な感覚」をもたらすものとしてロシアが機能していると言えるだろう。

島田雅彦

島田雅彦は1961年に生まれ、1983年に中篇『優しいサヨクのための嬉遊曲』[4]で鮮やかなデビューを果たし、現代日本文壇に現れた「アンファン・テリブル」infant terribleという印象を読書界に与えた。この小説は彼がまだ東京外国語大学の学生であったときに書いたものだ。先ほど述べたように、戦後の日本では、大学（主として早稲田大学）でロシア文学を専攻した「ロシアびいき」Russophilと呼んでもいい作家が次々に現れたが、おそらく島田雅彦はそういった「ロシア派」の作家の中の、いまの

4　この作品は最初月刊文芸誌『海燕』1983年6月号に掲載された。現在は新潮文庫に収められている。島田雅彦『優しいサヨクのための嬉遊曲』新潮社（新潮文庫）、2001年。

ところ最後の一人と見なすことができる。というのも、彼は大学でやはりロシア語を専攻し、ロシア文学に熱中し、卒業論文では反ユートピア小説『われら』の著者として知られるロシアの作家、ザミャーチンを取り上げているからである。彼のロシアへの深い興味と、ロシア文学に関する知識は、彼のエッセイ集『語らず、歌え』（福武書店、1987年）に明らかである。

こういった経歴から考えても、作家としての経歴の最初から、島田がロシアのモチーフを積極的に使ったことは当然のことだった。デビュー作『優しいサヨクのための嬉遊曲』では、舞台となるのは、作家自身が学んだ東京外国語大学を思わせる大学だが、そこで学生たちは「社会主義道化団」というサークルを作り、サハロフ博士を初めとする、ソ連で迫害されている反体制活動家を支援する運動を行っている。このような「ロシア的」（あるいは「ソ連的」）なテーマの作品によって島田雅彦がデビューしたことは、五木寛之の場合と比較できるだろう。五木のデビュー作は『さらばモスクワ愚連隊』（1966年）という作品だが、これはモスクワを舞台とし、主人公の日本人がそこでモスクワの「愚連隊」（ロシア語で「スチリャーギ」stiliyagi と呼ばれる不良たち）と出会う物語だった。ここで思い出すべきは、五木の時代のロシア（ソ連）は外国人に対してほとんど閉ざされた謎めいた国で、日本人の主人公にとって魅力的な「未知との遭遇」や冒険が可能な舞台だったということである。しかし、1980年代の島田の世代の学生たちは政治運動やイデオロギーには―それがどんな種類のものであり―すでに幻滅してしまっているだけに、ロシアという国も彼らにとっては、イデオロギー的な「大きな物語」の砕け散ったかけらや、時事的な情報の断片のとりとめもない寄せ集めにすぎず、ロシアやそれに結びついた政治的表象も「ポストモダン的遊び」を通じてパロディ化された形でしか現れない。まさにこのようにパロディ化されたロシアと政治的イデオロギーが、「島田ワールド」の重要な素材となった。

島田雅彦とロシアというテーマを論ずる場合、もうひとつたいへん興味深い彼の初期作品を忘れるわけにはいかない。それは『亡命旅行者は叫び呟く』(福武書店、1984年)という中篇である。これは二人の日本人が「亡命旅行者」、つまり亡命者のような振りをする旅行者としてロシアに旅行に行き、モスクワでの短い滞在中に経験したことを記述したもので、二人の日本人とは、若い公務員のキトーと、ロシア語を日本の大学で勉強し、旅行中日本人ではない振りをしたがる学生のワタシである。この小説ではモスクワはペレストロイカ以前の停滞の時代の混乱した町として描かれ、外国人旅行者が歩いているとすぐに闇屋が寄ってきてジーンズやセイコーの腕時計を買いたがったり、外貨を稼ぎたがる売春婦がつきまとったりする。たしかにこれは、まだ若くて未熟な作家が表面的にしか見ることができなかったかなり俗悪なモスクワではあるだろう。しかしそれでも、ステレオタイプ的なロシアのイメージの枠を超えるような要素もここには時折現れる。

さらに、この作品においては、もう一人の主要登場人物ワタシにおいてより鮮やかに、この後の作家としての島田の発展にとっても決定的に重要になるもう一つのテーマが響いている。

それは現代日本人のアイデンティティの問題である。ワタシはなぜか日本人であることがいやで、いろいろな外国語を（ロシア語も含めて）話そうと努力する。そしてモスクワでは日本人ではない振りさえするのである。そういった不自然で子供っぽい行動は現実的にはたいした意味はなく、結局のところ不審人物としてモスクワで警官に逮捕されたワタシは、自分の持っている日本のパスポートの威力に頼らざるを得なくなってしまう。ロシア（ソ連）はこの意味において、一種の歪んだ鏡のような役割を果たしており、それは日本人の民族的アイデンティティの不安定さと拠り所のなさを歪んだ形で映し出している。小説の結末で、すでに日本に戻ったキトーは苦いアイロニーをこめて、こんな風に言う―「日本人は変身が得意だからね。きのう戦争犯罪人であっても、きょうになれば平和主義者にだってなれるんだ。そうやって日本民族は生き延びてきたんだよ」それに答えて、ワタシはこう言う―「それでは日本人本来の姿というものはないのですね。そうですか。やはり僕は正しかったのです。僕はまったく、日本人である必要はないのです（……）」そして、「日本人であることはすなわち、囚人であること」[5]なのだ、というのが彼の結論である。囚人であることから解放されるためのきっかけを、島田雅彦は亡命という人工的な文学手法に、そしてロシアという国に、求めたのだった。

5　島田雅彦『亡命旅行者は叫び呟く』福武文庫、1986年、123ページ。

村上春樹

現在、日本だけでなく、世界的にもっともよく読まれている作家の一人である村上春樹は、日本作家の中でも特に「アメリカ的な作家」と見なされている。彼自身アメリカ文学を愛好し、アメリカ文学の影響を受け、英語をよく知っていて、文体的にもしばしば英語の直訳を思わせる「バタ臭い」日本語の文体を創出している上、彼自身優れたアメリカ文学の翻訳家であり、これまでレイモンド・カーヴァー、スコット・フィッツジェラルド、J.D. サリンジャー、レイモンド・チャンドラー、トルーマン・カポーティなどの作家の作品を精力的に日本語に訳してきた。彼ほどの人気作家が、自分の創作だけでなく、翻訳にこれほど多くの時間とエネルギーをいまだに割き続けているのは、世界的にもあまり類例がないことだろう。彼のデビュー作『風の歌を聴け』が出たとき、批評家たちはカート・ヴォネガット・ジュニアやリチャード・ブローティガンなどのアメリカ作家の影響を推定することが多かった。

しかし、ロシア文学はじつは村上春樹とって常に非常に重要なものだった。インタビューや談話で彼はしばしば正直に、若いころは19世紀ロシア文学を耽読し、むしろアメリカ文学よりもロシア文学のほうが自分にとっては先だったとか、『カラマーゾフの兄弟』を何度も繰り返し読んでいる、といったことを明言しているし、最近のインタビューでもショーロホフの『静かなドン』こそ最初に読んだ長篇小説で、中学生のとき、「あんまり面白くて三回も読んだ」「長篇小説というのはこういうものなんだ、というのがそのとき頭にしっかり焼きついた」と語っている[6]。現在、日本ではショーロホフという作家はまったく人気がなく、ほとんど誰も読まなくなっているから、この村上春樹の発言は意表をつくものである。村上に対するショーロホフの影響については、研究者の誰もこれまでおそらく真面目に取り上げたことがないが、検討に値するテーマかもしれない。

彼はすでに1985年に中上健次との対談で、こんな風に言っていた。

> 「僕は最初の小説の体験はロシア小説がほとんどだったんですよね。トルストイとかドストエフスキーとか、あんなものばかり読んでいた時期があって、それが小説を読んだ最初なんですね。アメリカのものを読みだしたのは英語が読めるようになってからで」[7]

それゆえ、様々な村上作品の中に、ロシア文学の古典に関する直接・間接が様々な形で出て来て、ときには重要な象徴的な役割を果たしていたとしても、驚くべきことではないだろう。初期の作品『1973年のピンボール』(1980年)では、再びドストエフスキーの名前が、主人公と二人の双子の娘との会話の中に出て来て、小説全体の雰囲気を決定する。

> 「殆ど誰とも友だちになんかなれないってこと?」と２０９。

---

6 「村上春樹ロングインタビュー」、『考える人』(新潮社)、No. 33、2010年夏号、52ページ。

7 『國文學』學燈社、1985年3月号、18ページ。

「多分ね」と僕。「殆ど誰とも友だちになんかなれない」
それが僕の一九七〇年代におけるライフ・スタイルであった。ドストエフスキーが予言し、僕が固めた。[8]

ドストエフスキーに対する執拗な言及は、ひょっとしたら、このころ村上春樹が愛読し、彼にもスタイルのうえで影響を与えているカート・ヴォネガット・ジュニアの『スローターハウス５』の手法を模倣したものかもしれない。この小説では、登場人物がこんな風に言っている―「人生について知るべきことは、すべてフョードル・ドストエフスキーの『カラマーゾフの兄弟』の中にある、と彼は言うのだった。そしてこうつけ加えた。『だけどもう、それだけじゃ足りないんだ！』」[9]。

しかし、村上春樹におけるドストエフスキー、そしてロシア文学全般に対する言及は、その後の彼の主要長篇で繰り返し何度も現れ、ここでその主なものだけでも列挙することはできない。ここでは、非常に印象的な例を一つだけ挙げておこう。

『世界の終りとハードボイルド・ワンダーランド』(1985年)の結末に近くで、近くこの世界から消え去ることを運命づけられている「私」は図書館の司書の女性に、「『カラマーゾフの兄弟』を読んだことは？」と尋ね、「あるわ。ずっと昔に一度だけ」という答を聞いて、こう言う。「もう一度読むといいよ。あの本にはいろんなことが書いてある」そして、彼は彼女と別れ

8　村上春樹『1973年のピンボール』講談社、1980年、44ページ。

9　Kurt Vonnegut, Jr., Slaughterhouse Five or the Children's Crusade (Delacorte Press, 1969), p. 87.

てひとりになると、公園で「目を閉じて、『カラマーゾフの兄弟』の三兄弟の名前を思い出し」、こう考えるのである。「ミーチャ、イヴァン、アリョーシャ、それに腹違いのスメルジャコフ。『カラマーゾフの兄弟』の兄弟の名前をぜんぶ言える人間がいったい世間に何人いるだろう？」[10]

村上にとってロシアとは、何よりもまず19世紀ロシア文学の国、ドストエフスキーやトルストイやトゥルゲーネフといった作家たちを生んだ国であって、現実のロシアやソ連ではない、と言えるだろう。実際、村上の小説には、現代の生身のロシア人が出てくることはほとんどなかった。

その点に関して、大きな転換点になったのは、『ねじまき鳥クロニクル』(1994-95年) である。この小説は全三冊からなる三部作だが、その第3巻では、間宮中尉という人物の驚くべき物語が語られる。彼は戦争捕虜としてソ連に不法に抑留され（こういう日本人が軍民あわせて百万人近くいたと推定されている)、シベリアの炭鉱で数年間、苛酷な強制労働をさせられた。間宮中尉が語るのは、ここで出会った「皮剥ぎボリス」という異名をとる非常に残酷なＮＫＶＤ（ソ連の政治警察）の将校のことで、彼は自分の部下のモンゴル人に命じて、多くの人々の皮を生きたまま剥ぐという拷問をし、最後には殺してしまう。この「皮剥ぎボリス」に歴史的なモデルがあったのかどうかは分からないが、村上がこの小説を書くためにソ連の強制収容所の歴史や、第二次世界大戦後の日本人抑留者の運命について詳しく

---

10 村上春樹『世界の終りとハードボイルド・ワンダーランド』新潮社、1985年、603ページ。

研究をしたことは間違いない。村上の以前の小説にはこのような現実の重い歴史的事件も、これほど残酷な行為も、出てこなかっただけに、この小説によって彼は新たな境地に足を踏み入れ、人間の底知れない悪や残酷さに取り組み始めたのだと言えるだろう。

村上春樹とロシア文学というテーマに関しては、その後の大作『1Q84』(2009-2010年)がまた大きな転機になっている。この小説では、ドストエフスキーではなく、新たにチェーホフに関連したモチーフが前面に打ち出され、特に「物語の中に拳銃が出てきたら、それは発射されなくてはならない」というチェーホフの格言(いわゆる「チェーホフの銃」)がプロット展開にとって重要な意味を持っている。

その他にこの小説で目につくのは、チェーホフの調査旅行記『サハリン島』がふんだんに引用されているということである。チェーホフは1890年、30歳のときに(つまりこの小説の主人公、天吾とほぼ同じ年齢である)思い立ってサハリンに無謀な(病身の彼にとってはほとんど自殺的な)大旅行を敢行し、この島に住む流刑囚たちの生活をつぶさに調べ、調査結果や見聞をこの著作にまとめた。それは『1Q84』の中で主要登場人物である天吾が「ふかえり」という名前の少女に説明する通り、「文学的な要素を極端に抑制した、むしろ実務的な調査報告書や地誌に近いもの」[11]であり、現在あまり広く読まれるものではない。村上春樹は、どうしてそのような作品をわざわざ取り上げたの

---

11 村上春樹『1Q84』Book 1、新潮社、2009年、461ページ。

だろうか？

作中で天吾はチェーホフがどうしてサハリンに行く気になったのか、その理由について考えるが、これはチェーホフの伝記上、いまだに謎になっている部分であり、研究者の間でも定説はない。しかし、村上春樹が『サハリン島』に強い共感を抱いた理由について、推測をすることはできる。それはおそらく、通常の文学的な営みを一時捨てて、医師としてサハリン島を調査するという途方もない社会的コミットメントを行ったチェーホフの行動を、オウム真理教事件後の自らの「調査」に重ね合わせることができるからではないだろうか。村上春樹はオウム真理教事件の後、被害者や信者に取材をし、裁判にも通い、『アンダーグラウンド』（1997年）や『約束された場所で』（1998年）といった、実際のインタビューに基づくノンフィクションを書いた。これは言わば、村上春樹にとっての社会的コミットメントの形であり、彼の『サハリン島』だったと言えるだろう。おそらく村上春樹は自分の作家としてのありかたを、チェーホフのそれと重ね合わせて考えていたのではないだろうか。

黒川創

最近の日本文学の収穫の一つとして、黒川創（1961年生まれ）の長篇『かもめの日』（新潮社、2008年）を挙げることができる。高く評価されて、2009年度読売文学賞を受賞した長篇だが、現代日本文学におけるロシアの影響を考えるうえでも新たな材料を提供してくれるという意味でも重要な作品である。

作品の舞台となるのは、現代の東京である。黒川は、高層ビルの三十五階にあるＦＭ局で働く人たちの人間模様を描きだしながら、その一方で、宇宙から「私はかもめ」という声を響かせたことで有名な世界最初の女性宇宙飛行士テレシコワの挿話や、さらにその背景にあるチェーホフの生涯や戯曲に言及し、複雑なモザイク状の物語を組み立てていく。作中人物の一人、作家の瀬戸山という男は、バルザックやゾラを引き合いに出しながら、「一つひとつの作品は、単独で完結したものでありながら、それぞれの話が互いにどこかで有機的につながっている。そして、それらの全体が、この世界のような姿をなしている」[12]ものを書きたいと考えるのだが、『かもめの日』自体が、そういう野心を秘めた作品になっていると言えるだろう。

そして、この作品には、複雑で多様な全体をとりまとめ、把握しようとする視点が存在する。とはいっても、それは十九世紀ヨーロッパの古典的リアリズム小説に現れる全知の「神の視点」ではなく、黒川創が言わばこの小説のために独自に編み出した「人工衛星の視点」、あるいは「かもめの視点」とでも呼ぶべきものである。タイトルそのものがすでに暗示しているように、じつはこの作品にはいたるところに「かもめ」のモチーフが出てくる。冒頭はちょっと意表をつくように、ソ連の宇宙開発の話である。世界で初めて宇宙に飛び出したガガーリン、そして世界で初めての女性宇宙飛行士テレシコワ、彼女が宇宙から地球に交信したときの「ヤー・チャイカ」（私はかもめ）という呼びかけ、その背景にあったと考えられるチェーホフの戯曲『かもめ』、というふうに連想はどんどん続いていく。チェーホフの『かもめ』との関係はその他にもいろいろ指摘できるが、

12 黒川創『かもめの日』新潮社、2008年、105ページ。

ひょっとしたらこのような多視点のモザイク的構成そのものも、一人の主人公に収斂することなく、多くの登場人物の関係を並行的に描いていくチェーホフの作劇術そのものから着想を得て出てきたのではないか、とさえ思われる。

「かもめ」のモチーフは黒川のチェーホフ好みに基づく文学史的なものだろうが、もう一方では人工衛星との連想のおかげで、上から俯瞰的に見る視点につながっていく。興味深いのは、ヒデという登場人物が研究しているのが「地上からほとんど目視することもできないような、薄い雲」だということで、地上からレーザーを発射したり、人工衛星から観測したりしなければいけないのだと彼は言う。これを少し敷衍して言えば、多彩なモザイクの個々の要素をなす人物が地上にいては見ることのできない全体の模様を把握するための視点が、この小説にもある、ということになるだろう。

ここまで池澤夏樹、島田雅彦、村上春樹、黒川創の４人の作品に即して、現代日本文学とロシアというテーマについて検討してきた。このリストはもっと延々と続けることができるが、ここでは最後に、より若い世代から鹿島田真希を取り上げることにする。

鹿島田真希

鹿島田真希（1976年生まれ）は、現代日本の最も注目すべき女性作家の一人であり、2012年に芥川賞を受賞している。彼女はもともとフランスのヌーヴォー・ロマンの影響を受けた前衛的な作風で知られていたが、その一方で、ロシア文化・文学に対する関心の深さにも並々ならないものがある。彼女自身が日本ではキリスト教徒の中でも少数派のロシア正教の信者であり、夫もロシア正教の聖職者を務めていて、そんな彼女のドストエフスキーへのオマージュとも言える作品が、長篇『ゼロの王国』（講談社、2009年）である。

この小説はドストエフスキーの名作『白痴』を全面的に踏まえた作品で、一種の「翻案」と呼んでもいいだろう。周知のように、ロシアの文豪は『白痴』を構想した際、その主人公ムィシュキン公爵をキリストのように「本当に美しい人」として描こうと考えた。しかし、それは彼自身認めていたように「この世にこれ以上困難なことはない」試みだった。美しいものは理想だが、理想はこの世のどこにも実現されていないからである。『ゼロの王国』は、この無謀な試みを現代の日本で引き継ごうとした。純真で、誰にも等しく愛を分け与えようとするがゆえに本当には誰も愛せない、そんな現代の「聖痴愚」―ロシア語で「ユロージヴィ」と呼ばれる佯狂者―が、主人公の吉田青年である。彼を取り巻く人間たちの多くにも、ドストエフスキーの世界の残響が響いている。『白痴』を知っている者ならば、『ゼロの王国』の多くの人物と場面の原型が『白痴』から来ていると、すぐに気づくことだろう。例えば、『白痴』にはナスターシヤ・フィリッポヴナが激高して暖炉に大金をくべる有名な場面があるが、こちらではそれが、多くの男たちに取り巻かれるエリという女性がピザ焼き窯に札束を投げ込む場面に変わっている。

ただし、それは『ゼロの王国』がドストエフスキーの亜流であるとか、パロディであるといったことを意味するわけではない。鹿島田真希は古風なあまりかえって前衛的で、同時にとても可笑しい文体を駆使しながら（これは紛れもなく彼女だけの個性的なものである）、独自の形而上的リアリティと官能性に満ちた作品世界を作り上げた。ドストエフスキーを踏まえながら、新たな日本文学を切り拓こうとする試みとして評価できるものだろう。この小説のユニークな特色として、その古風で、非現実的な会話の文体があるが、これも実は、日本でかつてドストエフスキーを初めとした19世紀ロシア文学の翻訳で見られた特有の文体を、換骨奪胎したものと言えるだろう。

3. ステレオタイプとそれを越えるもの

このように見てくると、現代の日本文学においても、ロシア文学の影響が依然として潜在的に非常に強いということがわかるだろう。これまで挙げてきた例はおそらく現代日本文学の主流とは言えないかも知れないが、非常に重要な部分を貫く流れとなっていることは確かである。

このようなロシア的素材が使われ、ロシア人が小説に登場するとき、そのイメージはしばしばステレオタイプ的であり、しかも日本に根強いネガティヴな要素を含んでいることが多い。一方、現代のロシアを見ると、対照的に、日本文化はたいへんな人気があり、一種のブームになっていると言っても過言ではないが、それでも現代のロシア文学に時折出てくる日本のイメージもまた、多分にステレオタイプ的なものあることに変わりはない。その典型的な例としては、人気推理作家ボリス・アクーニン[13]の一連の小説や、東洋的なものに惹かれる傾向の強いヴィクトル・ペレーヴィンの長篇『チャパーエフと空虚』[14]などが挙げられるが、ロシアにおける日本人のイメージは本稿の課題を超えるので、別途論じられるべきテーマである。しかし、日本文学に映し出されたロシアと、ロシア文学に映し出された日本という二つのテーマを合せ鏡のようにすることによって、私たちは初めて自分たちの姿を立体的に見ることができるのではないだろうか。

もちろんステレオタイプとは単純化されたもので、危険なものでもある。しかし、本論文で名前を挙げた日本の作家たちは、ステレオタイプをそのままなぞっている訳では決してなく、それぞれの創作の鍵として使い、ステレオタイプ的なイメージをより深め、複雑なものにし、それをインスピレーションの新たな源にし、自分の小説の新しい境地を切り拓くために

---

13 ボリス・アクーニンの小説の日本語訳は、いずれも岩波書店から以下のものが出版されている。『アキレス将軍殺人事件』(沼野恭子・毛利公美訳、2007年)、『リヴァイアサン号殺人事件』(沼野恭子訳、2007年)、『堕天使殺人事件』(沼野恭子訳、2015年)、『トルコ捨駒事件』(奈倉有里訳、2015年)。ファンドーリンというロシア人の探偵には、マサという日本人の助手がついている。

14 ヴィクトル・ペレーヴィン『チャパーエフと空虚』三浦岳訳、群像社、2007年。この小説には、現代のモスクワでオダ・ノブナガという日本人が勤める「タイラ商事」という会社が出てくる。多分に日本人がパロディ的に描かれているが、その一方で、日本の伝統文化に対するロマンティックな憧れも感じられる書き方になっている。

利用している。ロシアはこういった日本の作家たちにとって、日本の皮相で深みのない現実を異化し、より深い意味やより強烈な生の息吹を開示するための文学的手法になっていると言えるだろう。『1Q84』における村上春樹の場合は、文学的手法を超えて、チェーホフという作家に自分のロールモデルを見ているという側面さえある。

また、特筆すべきは、ソ連やロシアに関連したイメージはおおむね政治的・社会的なバイアスのかかった俗悪なものであるにもかかわらず、ときおりそうしたイデオロギー化された空間を超えて、宇宙的な倍音が聞こえてくるということだろう。これもまた日本人がロシアに関して抱いている特別な観念に深く結びついたものである。池澤夏樹の『ヤー・チャイカ』と、黒川創の『かもめの日』の両方に、「ヤー・チャイカ」（私はかもめ）という言葉が深く象徴的な意味を持つ、いわば人類に対する宇宙的な呼び声として現れるのも偶然ではない。皮相な日常生活の狭い世界に閉ざされがちな現代日本文学にときおり風穴を開け、そこから形而上的な息吹や、宇宙的な響きを呼び込むための創造的な文学手法として、ロシアは機能していると言えるだろう。ここでいうロシアは、もはや現実のロシア、プーチン大統領やメドヴェージェフ首相が率いる実在するロシアとはあまり関係のない「文学的ロシア」なのかも知れないけれども。

（2015年度台湾日本語文学国際学術研討会基調講演／
2015年12月19日　原稿に加筆修正）

男の嫉妬物語を視点に見た夏目漱石と村上春樹
—「木野」における「両義性」から示唆されつつ—

曾　秋桂

1. はじめに

1987年に刊行した『ノルウェイの森』の絶好の売れ行きを契機に、村上春樹は「現代の漱石である」という宣伝文句[1]で商業的には呼ばれるようになった。それから約4分の1世紀の歳月が流れ、2011年に至って、研究面でもようやく漱石と村上春樹を「二人の国民作家」とする柴田勝二の説[2]が登場した。柴田勝二の説が出る前から漱石と関係づけて村上文学を考える村上春樹研究[3]の動向は既にあったが、漱石と村上春樹を明確に「二人の国民作家」と同列においた柴田勝二の説は文学研究での嚆矢

1　当時、漱石専攻のために、広島大学留学中だった論者は、それを聞いてなかなか受け入れ難かった。

2　柴田勝二(2011)『村上春樹と夏目漱石—二人の国民作家が描いた<日本>』祥伝社p.4では、「国民の意識や関心を強く集めた時流のなかに身を置き、その流れが沈静化して人々を巻きこむ力を失っていく過程でその出発や成熟を遂げていった作家」と規定している。

3　佐藤泰正(2001)「村上春樹と漱石—<漱石的主題>を軸として」『日本文学研究』36号梅光女学院大学文学部、山根由美恵(2007)「螢」に見る三角関係の構図—村上春樹の対漱石意識」『国文学攷』195号広島大学国語国文学会、半田淳子(2007)『村上春樹、夏目漱石と出会う—日本のモダン・ポストモダン』若草書房、小森陽一・ルービン・ジェイ(2010)「対談『1Q84』と漱石をつなぐもの」『群像』65巻7号講談社など。

として認められよう。

村上春樹は新作『職業としての小説家』では、漱石の文体、登場人物を高く評価している[4]。また、これまでの漱石に関する発言を総合的に見ると、村上春樹は、繰り返し、漱石文学が面白く、漱石を好きな日本作家とし、よく『三四郎』に触れている[5]。自作の小説『スプートニクの恋人』(1999) では、『三四郎』が提起されており、『海辺のカフカ』(2002) では、『漱石全集』、『虞美人草』、『坑夫』[6]、『三四郎』、『こころ』が挙げられている。

---

4 村上春樹 (2015)『職業としての小説家』スイッチ・バブリッシング p. 87、p. 223。

5 http://paper.wenweipo.com/2008/11/17/OT0811170005.htm「葉蕙によるインタビュー」2008 年 10 月 29 日(2015 年 5 月 16 日閲覧)、松家仁之によるロングインタビュー (2010)「特集 村上春樹ロングインタビュー」『考える人』NO33 新潮社、http://www.douban.com/group/topic/37861034「村上春樹 公開インタビュー in 京都」2013 年 5 月 6 (2015 年 5 月 16 日閲覧)、http://www.welluneednt.com「村上さんのところ」2015 年 2 月 15 日では、「村上春樹が現代の夏目漱石である」(2015 年 5 月 16 日閲覧)。ただし、ジェイ・ルービンが台湾・淡江大学で「村上春樹から小説『日々の光』まで」を題に行った講演(村上春樹研究センター 成立 1 周年記念講演会、2015 年 10 月 30 日)では、「村上春樹は、漱石の全小説の中で『坑夫』が一番好きな作品だと云いました」(p. 11) と指摘している。それは、ジェイ・ルービン (2015)「村上春樹から小説『日々の光』まで」曾秋桂編集『淡江大學村上春樹研究中心成立周年紀念演講會議手冊』淡江大学村上春樹 研究センターに掲載され、特別講演寄稿として森正人監修小森陽一・曾秋桂編『村上春樹における両義性』村上春樹研究叢書第三輯淡江大学出版中心 (2016. 5 刊行予定本書)に再収録される。

6 松家仁之によるロングインタビュー (2010)「特集村上春樹ロングインタビュー」『考える人』NO33 新潮社 p. 62 では、「どうしても好きになれないのは、『こゝろ』と『明暗』(中略)『坑夫』と『虞美人草』、あの二つは個人的に好きです」とある。

また、『女のいない男たち』（2014）でも『三四郎』、『こころ』が触れられた。村上春樹がよく言及している『三四郎』をオマージュとして『1Q84』（2009-2010）に変換したことは、既に指摘された[7]。

現段階に限って言えば、『女のいない男たち』ほど潜めた漱石の影が色濃く感じられる作品はない。表で『三四郎』、『こころ』[8]が明白に出された一方、裏にも『彼岸過迄』、『行人』に隠されている。それに「木野」の主人公木野が旅に出たルート（東京→四国→九州）は、大学卒業後の漱石が辿ったルートの方向（東京→四国→九州）と一致している。このように、二人の国民作家の関わりを語る際には、これほど漱石の関連要素を多く取り入れた『女のいない男たち』における村上春樹の作為の解明を避けては通れない。そこで、試みに「木野」によく出てくる「両義的」（「両義性」）をキーワードに探求すると、少なくとも3層以上の複雑な重層的構造に置換された男の嫉妬物語として「木野」を読めば、その基底には近代という時代を描きだした漱石文学の男の嫉妬物語があることも、新たな発見に繋がる[9]。本論文では、まず、デリダの「両義性」（pharmakon）に基づ

7 曾秋桂（2012）「『1Q84』における記憶再生の装置－漱石の『三四郎』を原型として－」『台湾日本語文学会学報』32号 p.21-40 台湾日本語文学会を参照されたい。

8 『女のいない男たち』に収録された短編「女のいない男たち」の第1人称視点による過去と現在との間に行き来するような語り方も『こころ』に類似している。

9 詳しくは、曾秋桂（2015）「村上春樹の男嫉妬物語「木野」の蛇の持つ「両義性」―重層物語世界の構築へ向けて―」『台湾日本語文学報』第

き、『女のいない男たち』の「木野」の重層的構造をおおまかに解明した上で、導き出された男の嫉妬物語を視点に見た村上春樹文学と漱石文学の相違、そして村上春樹が時空を超えて漱石と行った対話の意味の究明を目的とする。

2．デリダの「両義性」（pharmakon）に基づいた「木野」の重層的構造への解明概要

東浩紀は、ジャック・デリダを論じた時、パルマコン（両義性、pharmakon）を「毒と薬を同時に意味するギリシャ語の単語」[10]で、「両義的概念を表す語」[11]と提起した。また、鈴村智久は、さらに明快に「Pharmakeia（パルマケイアー）、pharmakon（パルマコン）は隠喩ではなく、デリダにとって概念としての機能を持っている。（中略）それは「毒」でもあり、同時に「治療薬」でもあるという点で、あらゆる二項対立的な概念「～のあいだに」に位置する。例えば、善と悪、快と不快、内と外といった対立図式の極には位置しない。それは常にどちらでもあるのだ」[12]（下線部分「と網掛」は論者による。以下同様。）と的を射た説明をしている。このように、デリダの説に従って解釈すれば、「両義性」とは、同じ薬が使いようにより、「毒薬」

---

38 号 p.25-48 台湾日本語文学会を参照されたい。

10 東浩紀（2009・初 1998）『存在論的、郵便的』新潮社 p.90-91。

11 東浩紀（2009・初 1998）『存在論的、郵便的』新潮社 p.94。

12 鈴村智久の批評空間「ソクラテスはなぜディアレクティケーを重視したのか?――ジャック・デリダ『散種』所収「プラトンのパルマケイアー」読 解（2）」。http://borges.blog118.fc2.com/blogentry1679.html（2015年 5 月 21 日閲覧）

になる場合もあり、「治療薬」になる場合もあると同時に、常にどちらでもあるという決定不可能性の意味で用いられるという。

二項対立的な概念「〜のあいだに」に位置し、常にどちらでもあるという決定不可能性を「両義性」(pharmakon) と見たデリダの説に従って、「木野」の蛇の持つ「両義性」の構造を纏めると、下図のようになる。

NHK 教育番組から木野の伯母が得た、蛇が「両義的」に人を善き方向にも、悪き方向にも導くという古代神話の知識を、木野は継承した。実は、その情報源は『神話の力』、『生きるよすがとしての神話』などのジョーゼフ・キャンベルの神話学の著作に求められる。しかし、古代神話だけでは、作品中の蛇と柳との関係は十分に言い尽くせない。蛇と柳と言えば、日本の歌舞伎の『蛇柳』がまず典故として挙げられる。さらに、その『蛇柳』の典故を解き明かすと、その背後には柳にまつわる弘法大師と嫉妬の話が仕込まれていることが分かった。弘法大師を手掛かりに、木野に助言を与える謎めいたカミタは、実は、東京麻布の古寺「善福寺」の境内(カミタがよく言う「神様の田んぼ」)にある「柳の井戸」に関わりのある柳の化身だと解釈できる。これは今の近代的な東京の古層にある既に隠されてしまったかつて日本の文化や社会を支えていた仏教的世界とも言える。嫉妬の方からすると、嫉妬を象徴する蛇は木野を旅に導くだけではなく、漱石の名高い男の嫉妬物語群(『彼岸過迄』、『行人』、『こころ』)が「木野」に引き継がれたことをも示している。

図　「木野」の蛇の持つ「両義性」の構造

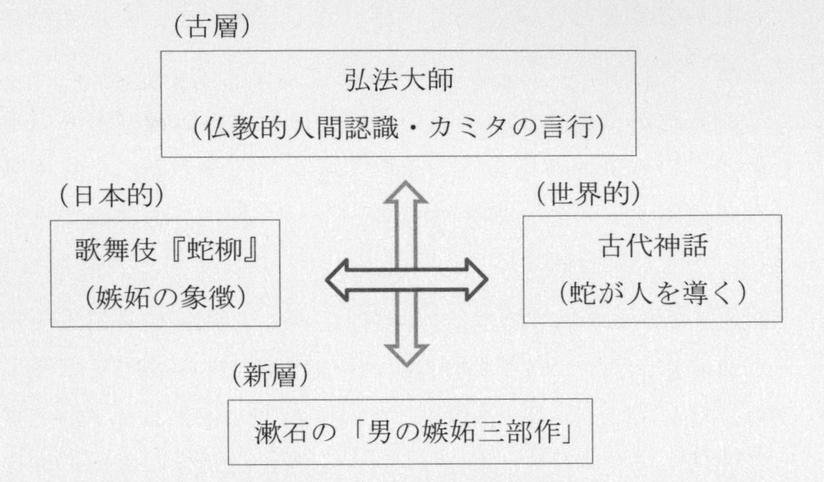

こうして「木野」は少なくとも 3 重以上（世界的古代神話と日本的歌舞伎との対比、『蛇柳』の典故そして古層の弘法大師の仏教的人間認識、新層の漱石の男の嫉妬物語群）を組み込んで重層的構造に仕上げられていた「木野」[13]を見ると、村上春樹が序文で「推敲に思いのほか時間がかかったこともある。これは僕にとっては仕上げるのがとても難しい小説だ」（p. 9）と明言したことも理解できる。

13『女のいない男たち』に収録された「ドライブ・マイ・カー」も「木野」と同じく妻の不倫を話題にした作品である。「ドライブ・マイ・カー」の主人公家福と妻の不倫相手高槻が入った店の一つが店「木野」である。それは、店の場所、内装、野良の灰色猫などの設定から判明した。そうだとすれば、「木野」の読みが自然に「ドライブ・マイ・カー」の作品時間を左右することになる。このように、『女のいない男たち』内の作品は、一見すると無関係のようだが、作品が相互的に関係し合うことによって、「木野」の世界をさらに重層化させることにもなる。詳しくは、曾秋桂（2015）「村上春樹《沒有女人的男人們》中的城市拼圖」『世界文學』9 期 p. 231−241 聯経出版を参照されたい。

3．男の嫉妬物語として読む「木野」――「両義的」な蛇の帰趨

「木野」における「両義的」な蛇が帰趨する所を見極めると、そこには男の嫉妬物語がある。一般的に不毛な心理だとされている嫉妬[14]を、「自分の所有するものを第三者に奪い取られるとき、または奪い取られそうになったとき、または奪い取られたのではないかと疑われるときの感情」[15]と岸田秀は定義している。それは火傷の女の連れ合いと木野の心理を説明する際にも、十分に援用できる。火傷の女と話しを交わし、女の連れ合いの男に「疑念を含んだ冷やりとする目」(p. 231) で見られた所で、木野は「人間が抱く感情のうちで、おそらく嫉妬心とプライドくらいたちの悪いものはない」(p. 231) と男の嫉妬を摘発した。また、「そのどちらからも、再三ひどい目にあわされてきた。おれには何かしら人のそういう暗い部分を刺激するものがあるのかも知れない」(p. 231) と、今まで「嫉妬心とプライド」に翻弄された経験が何回もあった。ここでの「嫉妬心とプライド」を木野の今までの経験に照らしてみると、それは人生最大事の離婚にほかならない。木野は、妻と不倫相手のベッドシーンを目撃し、

---

14 作田啓一 (1981)『個人主義の運命―近代小説と社会学』岩波書店 p. 22 では、「通常の嫉妬あるいは羨慕の心理学は、ライヴァルには単にそれだけのマイナスの機能しか、すなわち主体の欲求充足を妨げる作用しか認めておりません」とある。漱石の男の嫉妬物語の名作と見られる『彼岸過迄』「須永の話」十六では、須永自身も嫉妬を不毛な心理だと認識しているためか、「僕は今日迄その理由を誰にも話さずにゐた」によって、恋いのライバルと想定した高木に対する嫉妬の一部始終を語り始めた。

15 岸田秀 (1987)『嫉妬の時代』飛鳥新社 p. 203。

「彼女の形のよい乳房が下上に大きく揺れている」(p. 217) 様子が強く目に焼き付けられた。物語の結末近くでも、再び「妻はかたちの良い乳房を激しく宙に揺らせて」(p. 261) とその記憶を蘇らせた。妻の身体性を「会社でいちばん親しくしていた同僚」(p. 217) に奪われたことにより、夫としての木野の持つプライドは当然ではあるが極めて深く傷付けられ、嫉妬心が燃え上がったであろう。その一端は、「夏の終わりに離婚」(p. 238) が成立した後、別れた妻が店「木野」にやってきた時の描写からも窺われる。当時妻の着ていた「青いワンピース」(p. 241) を見て、それを脱ぐと、「何が見えるのか」(p. 241) と妻の身体を妄想した木野だが、結局、「その身体はもう彼のものではない。それを見ることも、それに触れることもできない。彼ただ想像を働かせるしかない」(p. 241) と、語り手はプライドが傷付けられ、嫉妬心に身を妬かれる木野の無念さを代弁している。そして、熊本のホテルでは、「青いワンピースを着たかつての妻の姿を思い浮かべた」(p. 260) 木野は記憶していた妻の「青いワンピース」を通して、妻への身体性への無念さを再び蘇らせた。別れた妻への思いに狂い乱れて生じた木野の深い嫉妬と無念さは、まさに歌舞伎『蛇柳』の持つ主題と同様である。ここには「両義的」な蛇が「木野」を男の嫉妬物語たらしめることが改めて示唆されている。蛇が木野を導く旅を通して、木野が自分の嫉妬に気づき、その囚われから抜け出し、成長したと見られる。その一部始終を以下に見てみよう。

4. 嫉妬物語「木野」における旅の意味——嫉妬からの再生

初めて別れた妻と対面した後、「人間よりも先に「木野」の居心地の良さを発見した」(p. 221) 猫[16]も店から離れていった。その後出現した蛇は、決して妻とは無関係なものではない。蛇の出現をカミタに相談したところ、カミタは「残念ながら多くのものが欠けてしまったようです」(p. 247) と言った。それでは、妻の不倫が発覚した木野の「奥行きと重みを失った自分の心」(p. 221) を「しっかり繋ぎとめておく場所」(p. 221) を拵えたはずのこの店「木野」には、一体何かが欠けてしまったのであろうか。それを木野が旅に出る前と、旅に出た後の2つの部分に分けて考えてみることにする。

4.1 旅に出る前——嫉妬への執着

この後、木野は、カミタの助言に従い、旅に出た。旅に出る前の木野の様子から見よう。

4.1.1 不倫が発覚した当初

不倫が発覚した当初、家出をした木野は「別れた妻や、彼女と寝ていたかつての同僚に対する怒りや恨みの気持ちはなぜか湧いてこなかった」(p. 221)、また「痛みとか怒りとか、失望と諦観とか、そういう感覚も今ひとつ明瞭に知覚できない」(p. 221)。それは、妻の不倫を目撃し、受けた衝撃による PTSD

---

16 妻の来訪と猫の失踪との関係は、曾秋桂 (2014)「生に寄り添う村上春樹の「モラル (倫理)」の体現— 日本の二つの大震災によるトラウマを超える模索—」『比較文化研究』NO114p. 79-93 日本比較文化学会を参照されたい。

（心的外傷後ストレス障害）[17]が引き起こした状態に違いない。村上春樹自身も河合隼雄と対談の中で、PTSDを「自分の受けた傷とかトラウマを、自分のなかで処理することができないということですか、かたちにすることができない」[18]と理解している。すなわち、木野が妻の不倫から受けた傷を自分の中で処理が出来なかったことがこうした症状の背後にあり、それは斎藤環の説に従えば、一種の「解離」[19]症状に陥っている状態と見てよい。

4.1.2　離婚した妻との初対面

離婚した妻と、離婚後初めて対面した時に、謝ってくれた妻に対して、「僕もやはり人間だから、傷つくことは傷つく。少しかたくさんか、程度まではわからないけど」（p. 239）と自分が受けた傷の程度について、口を噤んだ。また、「君（別れた妻・論者注）は謝ったし、僕はそれを受け入れた。だからこれ以上気にしなくていい」（p. 239）と、木野はプライドのため、平気を

---

17 同じよう心的外傷後ストレス障害も、同じ妻の不倫をテーマにした第1作「ドライブ・マイ・カー」の夫家福に見られる。また、家福が妻の不倫相手高槻と第5作「木野」に出たバー「木野」という店で会ったことは、村上春樹の意図的所作だと言わざるを得ない。詳しくは、曾秋桂(2015)「村上春樹最新短篇小說集《沒有女人的男人們》中的城市拼圖 --「Drive My Car」與「木野」之間 --」『世界文學』第9期 p. P231-241 淡江大学・聯経出版公司を参照されたい。

18 村上春樹（2003）『村上春樹全作品 1990 ～ 2000 ⑦約束された場所で 村上春樹、河合隼雄に会いにいく』講談社 p. 260。

19 斎藤環（2008）『文学の断層セカイ・震災・キャラクター』朝日新聞社 p. 198-199 では、「「解離」といって、心の中に断裂が走り、現実感が希薄になったり、記憶が飛んだり、別人格になったりするような症状を伴うこともある」とある。

装い、被害者から加害者の妻をまるで慰めるようなことを言った。さらに、早く告白すれば、ベッドシーンを目撃される気不味いことにならずに済んだはずだと後悔している妻に、「誰のせいというのでもない。僕が予定より一日早く家に帰ったりしなければよかったんだ。あるいは前もって連絡しておけばよかった。そうすればあんなことにはならなかった」(p. 240) と、予定通り帰宅するにせよ、しないにせよ、妻の不倫は前からの既定事実であるのだから、自分の方で責任を取るような強がりを見せなくてもよいはずなのに、木野はこうした言説で相変わらず受けた傷を隠蔽しようとしたと言えよう。しかし、何でも自分ひとりで引き受けようとした木野は「あの男との関係はいつから続いていたんだ？」(p. 240) とついに妻に聞いて、思わず夫の嫉妬心を露にしてしまったのである。このように、離婚が成立したにも関わらず、木野はなお「嫉妬心とプライド」(p. 231) の渦から抜けられなかった。それは正にカミタに言われた「正しからざることをしないでいるだけでは足りないことも、この世界にあるのです」(p. 247) の言葉の通りである。不倫をして他人を傷つけるわけではないにしても、傷ついた心を抱えながら、それをあくまでも偽装し、加害者の立場を労ったりするような姿勢では、この世界を生きて行くには十分ではないため、自分の持つ嫉妬、虚ろになった心を正視しなくてはならぬと、カミタは伝えたいのではないか。現実から回避する木野の嫉妬心、虚ろになった心は、とうとう蛇として投射され、目前に現れたのである。

4.1.3　木野の目の前に現れた3匹の蛇の象徴

1匹目の蛇は「褐色の蛇」（P242）で、「無数の暗褐色の火傷の痕」（p. 241）のある女が連想されよう。かつて、火傷の女と話した時に、その連れ合いの男に「疑念の目」で見られた木野は、「嫉妬心とプライド」に思いをめぐらしているが、それは他人事で、この時点ではまだ自分自身の嫉妬に思い至っていないと解釈される。「人のそういう位部分を刺激する」と続くことからも、そのように読める。そして、木野と性交した時に「女の長い舌が木野の喉の奥を探り、（後略）」（p. 236）と描かれた火傷の女の様子も、「唇を長い舌でゆっくりと舐めた。獲物を前にした蛇のように」（p. 227）と比喩された蛇の様子と似ている。また、この「妻と別れて最初に性交した相手　」（p. 230）とされた火傷の女が負った性的虐待の痕跡を、「青いワンピースを着た」（p. 260）妻に重ねて、「身体に傷を負ったりしないでいてくれるといい」（p. 260）と願った。色彩が「（暗）褐色」から、「青い」へと移り変わったことが2匹目の「青みを帯びた蛇」（p. 243）の出現を暗示する。2匹目の蛇は「青みを帯びた蛇」で、3回も強調された妻の着た「青いワンピース」と同じ色であることから、別れた妻が容易に連想されよう。その青みを帯びた蛇は、まさに、「青いワンピース」を纏った奪われた妻の身体性を感じたその嫉妬を象徴していると見て取れよう。

3匹目の蛇は「黒みを帯びた蛇」（p. 243）で、「木野」自身のことと見てよかろう。火傷の女の連れ合いに睨まれた時に、木野は今までの経験を振り返ってみて、前述の通り、自分には「そういう暗い部分を刺激するものがある」（p. 231）と悟った。

この「暗い部分」を言い換えれば、木野が執着している深い嫉妬で、「黒みを帯びた蛇」に象徴されている。しかし、その自分を受け入れずに回避してきた結果、カミタが言った「多くのものが欠けてしまった」(p. 247) 状態になったのである。カミタにそう言われた途端、店の様子も「心なしか空虚に」(p. 247)、木野の目に映るようになった。

以上は、旅に出る前の状況で、自分の内面にある嫉妬心、プライドなどに実は執着しながら、無事を装って日々を過ごしている木野を、嫉妬を象徴する蛇が旅に導き、まだ「良い方向なのか、悪い方向なのか」(p. 244) が定まらない状態にあると言えよう。

4.2　旅行中の熊本のホテルで——回避から直視へ

旅に出た木野は、結局、熊本のホテルで3回ノックされたことにより、徐々に傷ついた心を回避せずに直視するようになった。

4.2.1　「中身のない虚ろな心」に向き合わせた1回目のノック

1回目にノックされた際、離婚成立後初対面の妻に謝られた時に言った「僕もやはり人間だから、傷つくことは傷つく」(p. 239, 256) という言葉を否定し、「それは本当ではない。少なくとも半分は嘘だ。おれは傷つくべきときに十分に傷つかなかったんだ」(p. 256) と木野が認めるようになった。さらに、「本物の痛みを感じるべきときに、おれは肝心の感覚を押し殺してしまった。痛切なものを引き受けたくなかったから、真実と正面から向かい合うことを回避し、その結果こうして中身のない虚ろな心を抱き続けることになった」(p. 256) と自己の内面を分析した。このように、「真実」(妻の不倫から受けた傷)

を回避し、「中身のない虚ろな心」を抱き続けていることは、まさに旅に出る前にカミタに「多くのものが欠けてしまった」(p. 247) と言われた通りである。

4.2.2 「想像する」よりも「記憶」の力を気づかせた2回目のノック

2回目にノックされた際、「想像するという頭の動きそのものを消し去らなくてはならない。いずれにせよ、おれはそれを目にするわけにはいかない。どれほど虚ろなものであれ、これは今でもまだおれの心なのだ。たとえ微かであるにせよ、そこには人々の温もりが残されている。いくつかの個人的な記憶が、浜辺の棒杭に絡んだ海草のように、無言のまま満ち潮を待っている」(p. 258-259) と思った木野は、「想像する」よりも、「おれはそれを目にするわけにはいかない」と決心し、「想像する」に対峙する「個人的な記憶」の方を選んで、木野が「カミタ」(p. 259) から「古い柳の木」(p. 259)、「灰色の雌猫」(p. 260)、「青いワンピースを着た」(p. 260) 妻の姿へと記憶を辿っていった。そこで、「彼女（別れた妻・論者注）は面と向かって謝罪したし、おれはそれを受け入れたのだ。おれは忘れることだけではなく、赦すことを覚えなくてはならない」(p. 260) と考え、「忘れること」よりも積極的な意味を持つ「記憶」の重要さに認識が一段と深まるようになった。すなわち、妻の不倫を忘却するのではなく、その「真実」を見つめ、記憶し、心から「赦すこと」をも覚えない限り、嫉妬によって形成された「中身のない虚ろな心」をいつまでも抱き続け、逃げ回る道しか残されないということになる。ここでカミタが繰り返し言った「記憶は何かと力になります」(p. 226, 259, 260) が次第に意味深長に聞こえてくる。

4.2.3　傷の根源を直視させる3回目のノック

3回目にノックされた際、妻と不倫相手とのベッドシーンを木野は再度蘇らせた。今までよく繰り返し再生されたそのシーンは、木野に深い傷を負わせる根源的なものに相違ない。その払拭しきれないシーンを前に、「誰かが耳元で」(p. 261)、「目を背けず、私をまっすぐ見なさい」(p. 261)、「これがお前の心の姿なのだから」(p. 261) と、このシーンにずっと付き纏われてきた木野は、この時点で深く傷ついた自分をはじめて直視するようになった。木野の心的葛藤が一段落した後、「誰かの暖かい手が彼の手に向けて伸ばされ、重ねられようとしていた」(p. 261) とされている。それは、かつて「夏の終わり」(p. 238) の離婚成立後、妻が店にやってきて、「木野の手に優しく手をかさね」(p. 241)、「本当にごめんなさい」(p. 241) と謝ってくれた妻への記憶と呼応する。この手は、間違いなくその時に差し伸べてくれた妻の手であった。そして、「その肌の温もりを思い、柔らかな厚みを思った。それは彼が長い間忘れていたものだった」(p. 261) と気づき、「おれは傷ついている、それもとても深く、木野は自らに向かってそう言った」(p. 261) と、とうとう自ら初めて口に出せるようになった。このように木野は妻の不倫から受けた深い傷の根源に直面したとき、同時に記憶した妻の手の「肌の温もり」を思い出して、それが自分自身の持つ「嫉妬心とプライド」から解放される契機となり、力ともなったと言えよう。相手への深い嫉妬という深い傷への認識が、同時に思う相手からの働きかけの認知につながるという、両義性がここに表現されている。

男の嫉妬物語として「木野」を読む場合、妻の身体性が奪われたベッドシーンの記憶から嫉妬物語が始まり、嫉妬を象徴する蛇が木野を旅に導き、その結果、その記憶を正面から見つめ、妻の温もりの記憶を力に傷ついた自分を受け入れ、嫉妬物語の完結を迎えた。『蛇柳』に因んだ柳の化身と思われるカミタが言った「記憶は何かと力になります」から、男の嫉妬物語である「木野」の木野は、村上春樹が願ったが如く[20]、再生する兆しが生まれたのである。漱石の嫉妬物語との関連を以下に見てみよう。

5. 漱石文学との連結―「男の嫉妬三部作」[21]と言われた『彼岸過迄』『行人』[22]『こころ』

「木野」には男の嫉妬物語が仕込まれていることが分かった

20「毎日新聞村上春樹報道」http://sp.mainichi.jp/feature/news/20150501mog00m040004000c.html（2015年5月12日閲覧）。村上春樹が言うには「木野は奥さんに対して、怒りを持たなくてはいけない。本当に怒りをもって、本当に悲しむこと。それを通して木野はもう一度、再生してくる」ことで、「ネガティブなものに対抗するためには、ポジティブなものを自分で打ち立てなくてはいけない。そのためにはネガティブなものをはっきり見なくてはいけない」という。

21 石井和夫（1993）「彼岸過迄」『國文學解釈と教材の研究』第39巻2号學燈社 p.147では、漱石の「後期三部作」と言われた『彼岸過迄』、『行人』、『こゝろ』を「男の嫉妬三部作」としている。

22 松家仁之によるロングインタビュー（2010）「特集 村上春樹ロングインタビュー」『考える人』NO33新潮社 p.62では、「夫婦における宗教性と聞いて思い浮かべるのは、夏目漱石の小説の夫婦像ですね。『門』はもところで、更に、視点を、「木野」を収録した『女のいない男たち』に広げて、漱石の嫉妬物語との関連を見てみよう。漱石文学と関連して論じた論究には北村隆志の説[23]があり、主に『三四郎』、『こころ』の2作について論述されたが、本論文では、男の嫉妬という視点から、漱石の「男の嫉妬三部作」と言われた『彼岸過迄』、『行人』、『こころ』を中心に見てみよう。

5.1 男の嫉妬物語として読む『彼岸過迄』(1912)――須永の嫉妬

『彼岸過迄』でも、「木野」の「両義的」な蛇と同じく、浪漫冒険者森本から敬太郎が貰った蛇の頭のある杖は、「自分の様な又他人の様な、長い様な又短い様な、出る様な又這入る様なもの」(「停留所」十九 p. 89) と「両義的」に触れられている。その蛇の頭のある杖が敬太郎を導き、田口に頼まれた探偵の仕事を成し遂げたのである。そして、さらに深入りして須永の嫉妬物語を聞いた敬太郎のことを、語り手は「物足らない意味で蛇の頭を呪ひ、仕合せな意味で蛇の頭を祝した」(「結末」p. 334) と代弁している。蛇が「両義的」という点では、両作品で共通している。

また、漱石文学の中で、『彼岸過迄』ほど、「嫉妬」の言葉自体が頻出した作品はない。『彼岸過迄』は序文「彼岸過迄に就て」を除き、「風呂の後」、「停留所」、「報告」、「雨の降る日」、「須永の話」、「松本の話」、「結末」の7篇によって組み立てら

ちろんそうだけれど、『彼岸過迄』、それから『行人』、『こゝろ』、みんな夫婦が中心の設定です」とある。

23 北村隆志 (2014)「村上春樹『女のいない男たち』と夏目漱石」『民主文学』日本民主主義文学会 11 号。

れた作品である。今までの『彼岸過迄』に関する論文でも、聞き手の敬太郎を前に「世の中と接触するたびに内へとぐろを捲き込む性質」(「松本の話」一 p. 299) の須永が語った千代子との間柄には「嫉妬」[24]に絞った論究が多く見られ、「〈嫉妬〉という感情を再検討することで浮かび上がるのは、『彼岸過迄』の構造面と内容面とを有機的に結びつける糸である」[25]とし、「嫉妬」による作品全篇の統一性が図られるという伊藤かおりの説が示唆的である。また、誰よりも嫉妬深い男の須永は、恋のライバル相手の高木が現れてくると、嫉妬の心理について岸田秀の説いた「己惚れ」[26]、「欲望の対象を貶める」[27]、「すっぱいぶどうの論理」[28]の形で、須永が「嫉妬」の悪あがきとして千代子を強く貶めている。嫉妬心理を分析したことにより、須永が明確に言った「恐れない女と恐れる男」(「須永の話」十二 p. 232) の構図が『彼岸過迄』では一層浮き彫りにされた[29]。須永の嫉妬心理が

---

24 無署名 (1980)「新刊批評須永の話」『彼岸過迄』序」竹盛天雄編『別冊國文學夏目漱石必携』學燈社 p. 109 (初出、1914『帝国文学』二十の十一) では、いち早く「嫉妬」を主題として「須永の話」を見ていた。石井和夫 (1993)「彼岸過迄」『國文學解釈と教材の研究』第 39 巻 2 号學燈社にも、佐藤泉 (2002)『漱石 片付かない〈近代〉』日本放送出版協会にも同じ姿勢が見られる。

25 伊藤かおり (2013)「期待される男――夏目漱石『彼岸過迄』論」『日本近代文学』第 89 集日本近代文学会 p. 44。

26 同前掲岸田秀書 p. 213。

27 同前掲岸田秀書 p. 252。

28 同前掲岸田秀書 p. 252。

29 詳しくは、曾秋桂 (2005)「『彼岸過迄』の二人の母―須永にとっての「母なるもの」と「嫉妬」」『淡江外語論叢』第 6 期 p. 15-42 淡江大学外

作用した行方がどのようになったかは、描かれていない。須永が持つ「世の中と接触するたびに内へとぐろを捲き込む性質」(「松本の話」一 p. 299) は、キャンベルが『生きるよすがとしての神話』で触れた蛇の様子と似ており、それが「不活性のまま」[30] ということを意味する。とすれば、「不活性のまま」の須永が自分の嫉妬心理を直視して、なんとか打開策を講じるだろうとは考えられない。そこで、須永が明確に言った「恐れない女と恐れる男」(「須永の話」十二 p. 232) の構図は基本的に変わらないままに違いない。

5.2 男の嫉妬物語として読む『行人』(1912-1913) —— 一郎の嫉妬

一方、『行人』[31] は、「友達」、「兄」、「歸つてから」、「塵勞」の四つの小篇によって構成された作品である。『行人』にある「妾なんか丁度親の手で植付けられた鉢植のやうなもので一遍植ら

国語文学院を参照されたい。

30 須永の性質がジョーゼフ・キャンベル著・飛田茂雄・古川奈々子・武舎るみ訳 (1996)『生きるよすがとしての神話』角川書店 p. 120 で触れた蛇の様子と類似している。「「とぐろを巻いたもの」、すなわちヘビを意味しています。このヘビは、七つの肉体中心の最下位の中心で眠っていると考えられています。一般的に、東洋の神話ではヘビは死から脱出する活力の象徴とされています。(中略) 肉体の七つの中心のいちばん下の部分で、ヘビがとぐろ巻いて眠っているときは、ほかの六つの中心は不活性のままです」とある。

31 1912 (大正元年) 12 月 6 日から 1913 年 (大正 2 年) 11 月 17 日まで、東西の朝日新聞に連載されたが、その間、漱石の 3 度目の胃潰瘍のために、「東京朝日新聞」4 月 8 日から 9 月 15 日まで、「大阪朝日新聞」は 9 月 17 日まで) のほぼ五ヶ月半に及ぶ間、中断された。

れたが最後、誰か來て動かして呉れない以上、とても動けやしません」（「塵労」四 p. 640）の記述は、「イエスタディ」で語り手「僕」が友人木樽の彼女えりかを「植木鉢の中に収まらない強い植物のよう」（p. 98）だと述べた記述と対照的であるが、女を「植木鉢」、「鉢植」に植えられた植物に譬えたことは共通している。しかし、『行人』では、「誰か來て動かして呉れない以上、とても動けやしません」と記述されているのに対して、「イエスタディ」では、「植木鉢の中に収まらない強い植物のように」とされたのである。こうして見ると、「イエスタディ」のほうでは、女がより強い主導性を持っている。

とはいえ、『行人』の直は「ジョコンダに似た怪しい微笑」（「塵労」二 p. 635）のような意味不可解な表情を見せ、恐れることのない芯の強い女の一面が裏に隠されている。以前から直との「知り合だった」（「歸つてから」二十 p. 581）二郎に、「兄さんは妾に愛想を盡かしてゐるのよ」（「塵労」二十五 p. 694）、「妾を妻と思つてゐらしやらないのよ」（「塵労」二十五 p. 694）と訴えた直が、実は、一郎に「何うあつても女の靈といふか魂といふか、所謂スピリットを攫まなければ満足が出來ない」（「兄」二十一 p. 468）とまで切に求められた。直の「離婚」に至る最初の一歩を、「離婚」を決定できる実家への里帰りと、好意を抱く二郎の下宿の訪問という形で踏み出そうとした。二郎の下宿への訪問が二郎への愛を求める[32]ためであり、あるいは、「不貞の恋」[33]を実らせるためだとされ、直は自分の人生の次のス

32 仲秀和（2001）『漱石—『夢十夜』以後—』和泉書院 p. 127。

33 橋本佳（1991・初出 1967）「『行人』について」『夏目漱石作品論集第九

テップを考えるような女性[34]として捉えられる。他方、村上春樹は、日本現代社会にいる、「植木鉢の中に収まらない強い植物のよう」な自由奔放のえりか像を描出して、漱石の直像に献酬するように見えるが、表と裏の強さには程度の差があるにせよ、直とえりかがそれぞれの時代において、本質的に「恐れない女」である点では変わらない。

もう1つの共通点としては、妻・恋人を試すということである。『行人』では、妻と弟二郎との「肉體上の關係」(「兄」二十四 p. 479)を憶測し、夫の一郎は妻直の「貞操を試す」(「兄」二十四 p. 476)ために、「二人で和歌山へ行つて一晩泊つて呉れゝば好いんだ」(「兄」二十四 p. 477)と二郎に勧めた。これと同様に、「イエスタディ」では、「僕」に「おれの彼女とつきおうてみる気はないか?」(p. 80)と木樽が申し出た。一郎と木樽の行動を動かすものは、前述の岸田秀が下した「自分の所有するものを奪い取られたのではないかと疑われるときの感情」[35]である嫉妬が強く作用している。結局、一郎の嫉妬心理が作用した行方がどのようになったかは、描かれておらず、不毛のままに終ってしまうと推測されよう。このように、時空を超えた直とえりかの2人の「恐れない女」が物語で重なる一方で、一郎と木樽の2人の「恐れる男」も物語で再現されている。鮮明に

巻』桜楓社 p. 72が使った言葉である。

34 詳しくは、曾秋桂(2005)「『行人』の封印―隠蔽された「ジョコンダに似た怪しい微笑」『台湾日本語教育論文集』第8号 p. 134 − 165 台湾日語教育学会を参照されたい。

35 岸田秀(1987)『嫉妬の時代』飛鳥新社 p. 203。

漱石文学に刻印された一郎の嫉妬による「恐れる男と恐れない女」を、村上春樹は時空と意匠を変えて現代社会に再現したと言えよう。

5.3 男の嫉妬物語として読む『こころ』(1914) ―「先生」の嫉妬

「私」という人物を語り手とした「上先生と私」、「中両親と私」、そして「先生」という人物を語り手とした「下先生の遺書」によって『こころ』が出来た。いずれも第1人称の視点から過去のことを語る形を採っている。三角関係に置かれた「先生」、「御嬢さん」、「K」が主に「下先生の遺書」で語られている。以下「下先生の遺書」重要事項を見てみよう。Kが養父母を騙したことが発覚し勘当された後、経済の支えを失ったKを一緒に下宿で暮らすように誘った「先生」が「蔭を廻つて、奥さんと御嬢さんに、成るべくKと話しをする様に頼みました」(「下先生の遺書」二十五 p. 209)。しかし、四人で暮らしているうちに、「Kと宅のものが段々親しくなつて行くのを見ているのが、餘り好い心持ではなかつたのです」(「下先生の遺書」二十七 p. 216) と、「先生」が思うようになった。Kと二人で夏休みの旅行から帰ってきた暮れ頃に「御嬢さんに対する切ない恋を打ち明けられた」(「下先生の遺書」三十六 p. 237)「先生」が、その後Kの恋の悩み相談をされた時に、Kが常に信念に持つ「精神的に向上心のないものは、馬鹿だ」(「下先生の遺書」四十一 p. 250) という言葉でKに反撃した。さらに、その一週間後、Kを出し抜き、「奥さん、御嬢さんを私に下さい」(「下先生の遺書」四十五 p. 258) と、「お嬢さん」との結婚を申し込んだ後、

「おれは策略で勝っても人間としては負けたのだ」(「下先生の遺書」四十八 p. 266) と「先生」が反省もしたが、結局Kがその晩に自殺した。最後に、「明治の精神が天皇に始まって天皇に終つたやうな気がしました。最も強く明治の影響を受けた私どもが、其後に生き残っているのは必竟時勢遅れだ」(「下先生の遺書」五十五 p. 285) と言い残し、自殺した「先生」だが、Kと「先生」の2人の自殺については、荒井洋一が「嫉妬が引き起こすといわれる「自殺」も「他殺」も、私かも見ると、決して悲劇でも何でもなく、誤解と推論の間違いからもたらす、全く不要な蛮行にすぎない」[36] と見ている。とはいえ、「先生」にして見れば、「今から回顧すると、私のKに対する嫉妬は、その時にもう十分に萌していたのです」(「下先生の遺書」二十七 p. 216)、「私は今でも決して其時の私の嫉妬心を打ち消す気はありません」(「下先生の遺書」三十四 p. 232) と、「私」に残す遺書を書く時点でも、自分の持つ嫉妬に深く気づいていた。こうして見れば、「先生」が使った策略を駆動させたのは、男の嫉妬に他ならない。これらを通じて明らかなように、先生の嫉妬心理が作用した挙げ句に、Kと先生は自殺に追い込まれる羽目になったのである。

さて、漱石の嫉妬物語群に関連する要素を多く取り入れて創作した村上春樹の作為を、今度はキャンベルの『神話の力』に密着させて考えてみよう。

キャンベルは、かつて「神話」を「いま生きているという経

36 荒井洋一 (2010)「夏目漱石の『こころ』における嫉妬の構造」『東京学芸大学紀要人文社会科学系』II 61 東京学芸大学学術情報委員会 p. 224。

験」[37]と定義し、「人間生活の精神的な可能性を探るかぎ」[38]だと述べている。表でも裏でも『女のいない男たち』に漱石関連の要素を多く取り入れて創作した村上春樹の作為を考えれば、村上春樹は、漱石を「神話」（いま生きているという経験・人間生活の精神的な可能性を探るかぎ）のような存在として捉え、その「神話」の持つ力を現代に再現しようとしたと見られる。

6．男の嫉妬物語を視点に見た夏目漱石と村上春樹

漱石が生きていた20世紀始めの明治時代と村上春樹が盛んに創作している21世紀の平成時代とは、時空こそ大きく違っているが、漱石文学にある「恐れる男と恐れない女」の構図は時空を超えて、漱石文学の一読者としての村上春樹の文学において男の持つ嫉妬心を共通項に引き継がれている。しかし、漱石文学の嫉妬物語群では、殆ど不毛のままに終ってしまった男の嫉妬心理を、村上春樹は嫉妬物語「木野」の主人公木野が旅を通して、嫉妬心理を直視し、再生の道へと向かうように再構築したと見られよう。二人を結んでいるのは、正しくキャンベルの著作『神話の力』の書名に因んだ「神話の力」である。

漱石文学は村上春樹にとって、「いま生きているという経験」とされた「神話」の1つに位置づけられる。言い換えれば、漱石が村上春樹にとって「神話」なのである。その「神話の力」

---

37 ジョーゼフ・キャンベル＆ビル・モイヤーズ、飛田茂雄訳（2011・2010）『神話の力』早川書房 p. 43。

38 ジョーゼフ・キャンベル＆ビル・モイヤーズ、飛田茂雄訳（2011・2010）『神話の力』早川書房 p. 43。

が「二人の国民作家」を結びつける。漱石文学の一読者としての村上春樹が「記憶は何かと力になります」を実践した結果、好きな日本作家である漱石を目標に文学的営為を続ける中で、時空を超えて対話できる理解者である一方、超えてはならぬ永遠なる対象でもある、歴史と現在を結ぶ「両義的」なテクストとして「木野」を描き出したと言えよう。これこそ、小説を書く高い技法を駆使することで、時空を超えて漱石文学と対話する村上春樹の真意が込められた「両義性」の地平に相違ない。

付記

本論文は、103 年度科技部專題研究計畫（MOST 103-2410-H-032-060-MY2）による研究成果の一部分であり、淡江大学村上春樹研究センターが日本北九州国際会議場で主催した「2015 年第 4 回村上春樹国際シンポジウム」（2015.7.25-27）で口頭発表したものを加筆、修正したものである。

テキスト

村上春樹（2014）『女のいない男たち』文藝春秋

（1976・初 1966）『漱石全集』第 5 巻岩波書店

（1975・初 1966）『漱石全集』第 6 巻岩波書店

参考文献

（一）書籍・機関論文

久保田彦作編（1883)『歌舞伎十八番：市川団十郎お家狂言下』紅英堂

無署名（1980・初1914)「新刊批評須永の話」『彼岸過迄』序」竹盛天雄編『別冊國文學夏目漱石必携』學燈社

橋本佳（1991・初1967)「『行人』について」『夏目漱石作品論集第九巻』桜楓社

作田啓一（1981)『個人主義の運命—近代小説と社会学』岩波書店

ジョゼフ・キャンベル著、平田武靖、浅輪幸夫監訳（1984)『千の顔をもつ英雄　上』人文書院

岸田秀（1987)『嫉妬の時代』飛鳥新社

石井和夫（1993)「彼岸過迄」『國文學解釈と教材の研究』第39巻2号學燈社

ジョーゼフ・キャンベル著・飛田茂雄・古川奈々子・武舎るみ訳（1996)『生きるよすがとしての神話』角川書店

ジョーゼフ・キャンベル著・飛田茂雄訳（1996)『時を超える神話』角川書店

東浩紀（2009・初1998)『存在論的、郵便的』新潮社

村上春樹（2000)『神の子どもたちはみな踊る』新潮社

仲秀和（2001)『漱石—『夢十夜』以後—』和泉書院

佐藤泰正（2001)「村上春樹と漱石—〈漱石的主題〉を軸とし

て」『日本文学研究』36号梅光　女学院大学文学部

佐藤泉（2002)『漱石 片付かない〈近代〉』日本放送出版協会

村上春樹（2003)『村上春樹全作品1990～2000 ⑦約束された場所で　村上春樹、河合隼雄に会いにいく』講談社

曾秋桂（2004)「『行人』の再読―夫婦と女性の生き方のもう一つの可能性への示唆―」『台湾日本語文学報』19台湾日本語文学会

曾秋桂（2005)「『彼岸過迄』の二人の母―須永にとっての「母なるもの」と「嫉妬」」『淡江外語論叢』第6期淡江大学外国語文学院

曾秋桂（2005)「『行人』の封印――隠蔽された「ジョコンダに似た怪しい微笑」『台湾日本語教育論文集』第8号台湾日語教育学会

半田淳子（2007)『村上春樹、夏目漱石と出会う―日本のモダン・ポストモダン』若草書房

山根由美恵（2007)「「螢」に見る三角関係の構図―村上春樹の対漱石意識」『国文学攷』195号広島大学国語国文学会

斎藤環（2008)『文学の断層セカイ・震災・キャラクター』朝日新聞社

小森陽一・ルービン・ジェイ（2010)「対談『1Q84』と漱石をつなぐもの」『群像』65巻7号講談社

ジョーゼフ・キャンベル＆ビル・モイヤーズ、飛田茂雄訳（2011・初2010)『神話の力』早川書房

松家仁之によるロングインタビュー（2010)「特集 村上春樹

ロングインタビュー」『考える人』NO33 新潮社
荒井洋一（2010）「夏目漱石の『こころ』における嫉妬の構造」『東京学芸大学紀要人文社会科学系』Ⅱ 61 東京学芸大学学術情報委員会
柴田勝二（2011）『村上春樹と夏目漱石―二人の国民作家が描いた〈日本〉』祥伝社
曾秋桂（2012）「『1Q84』における記憶再生の装置－漱石の『三四郎』を原型として－」『台湾日本語文学報』第 32 号台湾日本語文学会
曾秋桂（2014）「生に寄り添う村上春樹の「モラル（倫理）」の体現―日本の二つの大震災によるトラウマを超える模索―」『比較文化研究』NO114 日本比較文化学会
北村隆志（2014）「村上春樹『女のいない男たち』と夏目漱石」『民主文学』11 号日本民主主義文学会
曾秋桂（2015）「村上春樹の男嫉妬物語「木野」の蛇の持つ「両義性」―重層物語世界の構築へ向けて―」『台湾日本語文学報』第 38 号台湾日本語文学会
村上春樹（2015）『村上さんのところ』新潮社
村上春樹（2015）『職業としての小説家』スイッチ・パブリッシング
ジェイ・ルービン（2015）「村上春樹から小説『日々の光』まで」曾秋桂編集『淡江大學村上春樹研究中心成立周年紀念演講會議手冊』淡江大学村上春樹研究センター
曾秋桂（2015）「村上春樹《沒有女人的男人們》中的城市拼

圖」『世界文学』9期聯経出版

（二）ネット資料

「毎日新聞村上春樹報道」http://sp.mainichi.jp/feature/news/20150501mog00m040004000c.html（2015年5月12日閲覧）

「葉蕙によるインタビュー」2008年10月29日 http://paper.wenweipo.com/2008/11/17/OT0811170005.htm（2015年5月16閲覧）

「村上春樹公開インタビューin京都」2013年5月6

http://www.douban.com/group/topic/37861034（2015年5月16日閲覧）

「村上さんのところ」2015年2月15日「村上春樹が現代の夏目漱石である」http://www.welluneednt.com（2015年5月16日閲覧）

http://www.weblio.jp/content/%E3%83%91%E3%83%AB%E3%83%9E%E3%82%B3%E3%83%B3（2015年5月20日閲覧）

「鈴村智久の批評空間　ソクラテスはなぜディアレクティケーを重視したのか？——ジャック・デリダ『散種』所収「プラトンのパルマケイアー」読解（2）」http://borges.blog118.fc2.com/blogentry1679.html（2015年5月21日閲覧）

「前から後から！」http://fujikko92.exblog.jp/12494874（2015年5月15日閲覧）http://www.kabuki-bito.jp/theaters/kabukiza/2015/05/post_87-Highlight.html（2015年5月16日閲覧）

「ABKAI―えびかい―」

http://www.kabuki-bito.jp/news/2013/04/_1abkai.html 市川海老蔵の第1回自主公演（2015年5月20日閲覧）

http://jin3.jp/otera/zenpukuji.htm、（2015年5月21日閲覧）

http://jin3.jp/otera/zenpukuji.htm（2015年5月21日閲覧）

http://deepazabu.com/m1/mukasi/mukasi.html（2015年5月24日閲覧）

「弘法大師の誕生と歴史」

http://www.koyasan.or.jp/shingonshu/kobodaishi.html（2015年5月21日閲覧）

『 1Q84 』に見る『平家物語』のリライトの両義性

楊　錦昌

1. はじめに

『1Q84』BOOK2 には、主人公天吾が、深い昏睡状態に陥って意識のない父親に向かって、自分の仕事や生活について語る場面がある。そこでは、一つの話題としてリライトが取り上げられ、以下のように述べられる。

> 彼はやがて小説を書き始めた。いくつかの作品を書いて、出版社の新人賞に応募した。そのうちに小松という癖のある編集者と知り合い、ふかえり（深田絵里子）という十七歳の少女の書いた『空気さなぎ』をリライトする仕事を持ちかけられた。ふかえりには物語は作れたが、文章を書く能力がなかったから、天吾がその役を引き受けた。彼はその仕事をうまくこなし、作品は文芸誌の新人賞を取り、本になり、大ベストセラーになった。（p. 484、以降下線部論者）

上記の記述は、天吾とふかえり（深田絵里子）をめぐる物語を纏めた粗筋であると見なすことができる一方で、この「リライト」は作品設定上の重要な要素であり、村上春樹の『1Q84』という作品と、ふかえり（天吾）の『空気さなぎ』という作品とにおいて、重要な役割と意味を有しているのではないかと思われる。

周知の通り『1Q84』BOOK2までは、形式的に青豆と天吾の視点が交互になる、いわゆるパラレル・ワールド型の表現法で書き上げられた作品だとされる。しかし実は『1Q84』BOOK1とその内部に位置付けられる小説『空気さなぎ』の両作品も、これと同じくパラレル・ワールド型のパターンの一つとして見てよかろう。ただ、両者は全く無関係に存在する側面を持ちながらも、緊密に関係し合う側面をも持っていると思われる。元々は別々の世界に存在する異なる物事や物語がなぜここで互いに関連し合うようになるのかというと、恐らくリライト（引用）によって惹起される語り手の行為とテクストの「事実」が効果的に機能するからであろう。このリライト（引用）には、いわゆる毒と薬の両方を意味するパルマコン（pharmakon）のような両義性（曖昧さ[1]、もしくは多義性）があり得ると考えられる。つまりリライト（引用）することにより、元々、既に別の「世界」[2]に存在する物事や物語の「事実」を、物語や小説など「虚構」の世界に取り入れ、「事実」と「虚構」の狭間において曖

---

1 F・レントリッキア等編・大橋洋一等訳『現代批評理論　22の基本概念』（平凡社）第3章のバーバラ・ジョンソン「エクリチュール Writing」に、「デリダはテクストの空白や、余白や、比喩や、反復や、逸脱や、不連続性や、矛盾や、曖昧さ＝両義性を、意味を生みだす」力とみなすのである。書くとき、人は考えている以上の（または以下の、あるいは考えているのとまったくべつの）ことを書く。読み手のなすべきことは、何が書かれているのかを読み解くことであって、意図されたであろうことを直感でいいあてることではない。」（p. 98-99）とある。初版第1刷は1994年7月に出たが、本論は1996年8月初版第3刷による。

2 私達が生きている世界、物語や小説に依存する作品の世界を意味する。

味かつ、有機的に溶け込ませる機能が発揮された結果、新しい意味を持つ物語や小説が作り上げられる。すなわち、リライト（引用）は、情報としての物事や物語の「事実」のパシヴァ（perceive、知覚する）にもなるし、物事や物語の「事実」を受けて虚構の物語や小説の「世界」を読み手や聞き手に伝えるレシヴァ（receive、受け入れて伝える）にもなるものだと考えられる。

このような曖昧さと両義性とを有するパルマコンとしてのリライトの例には、村上春樹『1Q84』のオーウェルの『1984』からのリライト（引用）や、その作品内部に設定される小説『空気さなぎ』の天吾のリライトの他に、『1Q84』BOOK1の岩波文庫版『平家物語』からのリライト等が挙げられる。そこで、小論は、『1Q84』に見る『平家物語』のリライトの両義性について、考察を加えてみたい。

2．リライトの再確認

『平家物語』のリライトについて触れるに先だって、『1Q84』BOOK2までにおいて4回使用されているリライト[3]に関する類似的な表現を改めてまとめた上で、それに対して簡単に定義を

---

3 「投書のリライトから、映画や新刊書の簡単な紹介記事から、果ては星占いまで、依頼があればなんでもこなした」（BOOK1 - p. 45）、「その物語をリライトすることによって、それが示唆する何かをより明確なかたちに置き換えようとしている」（BOOK1 - p. 267）、「十七歳の少女の書いた『空気さなぎ』をリライトする仕事を持ちかけられた」（BOOK2 - p. 484）、「他人の作品のリライトなんかじゃなく、自分の書きたいものを自分の書きたいように書くことでね」（BOOK2 - p. 485）の4例である。

試みたい。今回特に注目して挙げておきたいのは、天吾とふかえりの二人をめぐる小説『空気さなぎ』のリライトの話と関連して用いられる「書き直し（かきなおし）、書き換え（かきかえ）、改稿、作り替え、作り変え、引用」等の言葉である。先ず使用例数を具体的に示すと以下のとおりである。

類語	書き直し	かきなおし	改稿	書き換え	かきかえ	作り替え	作り変え	引用
回数	91	2	8	14	2	7	1	3
合計	93		8	16		8		3

ここに示されているように、もっとも多い例は「書き直し（かきなおし）」であり、93例用いられている。次いで多い例は「書き換え（かきかえ）」であり、「書き直し」の約6分の1を占め、16回用いられている。さらに「改稿」と「作り替え（作り変え）」がそれぞれ8回ずつ使用されているのに対して、「引用」は3回しか用いられず、最も少ない。

以下の表は、リライトの類語について、それに関連する解釈をまとめたものである。ここで使用したのは、約50種類の辞事典、叢書、雑誌が検索できる日本国内の最大級の辞書・事典サイトの『ジャパンナレッジ Lib』[4]である。

4 http://japanknowledge.com

<table>
<tr><th>類似用語</th><th>デジタル大辞泉</th><th>日本国語大辞典</th></tr>
<tr><td rowspan="3">リライト</td><td>他人の原稿を書きなおすこと。また、ある文章を目的に合わせて書きなおすこと。</td><td>文章に手を入れて書き直すこと。また、その書き直したもの。特に、執筆者以外の者が書き直すこと。</td></tr>
<tr><th>現代用語の基礎知識</th><th>情報・知識</th></tr>
<tr><td>他人の文章に手を加えて書き直すこと。その人はリライター。</td><td>[rewrite] 原稿・文章などに加筆・削除して書き直すこと。</td></tr>
<tr><td>書き直す</td><td>一度書いたものを書き改める。書きかえる。</td><td>書きかえる。書き改める。</td></tr>
<tr><td>書き換える</td><td>1 書き改める。書きなおす。
2 通用する別の文字を使って書く。</td><td>(1) 書きそこなったものを書き改める。書き直す。
(2) 書風を変えて書く。筆跡を変えて書く。趣向を変えてかく。
(3) 他の通用できる文字を用いて書く。</td></tr>
<tr><td>作り替える</td><td>1 古いものや今までのものにかえて、新たに作る。
2 すでにあるものに手を加えて、別の趣向のものを作る。</td><td>前のものの代わりに新しくつくる。新しくつくって前のものととりかえる。また、すでにあるものに手を加えて別なものをつくる。</td></tr>
<tr><td>引用</td><td>人の言葉や文章を、自分の話や文の中に引いて用いること。</td><td>自分の論のよりどころなどを補足し、説明、証明するために、他人の文章や事例または古人の言を引くこと。</td></tr>
<tr><td>改稿</td><td>一度書き上げた原稿を書きなおすこと。</td><td>原稿を書きあらためること。</td></tr>
</table>

この表に基づけば、これらの語の解釈について、主に三つのタイプにまとめることができるが、それを村上春樹『1Q84』の関連表現と照らし合わせると、およそ下記のように説明することができよう。

1. まずは、「リライト」と「引用」のように他人の原稿や文章を意識しつつ、ある目的に合わせて用いたり書き直したりするタイプである。これは、他人の原稿やある目的というレベルで「投書のリライト」、「その物語をリライトすることによって、それが示唆する何かをより明確なかたちに置き換えようとしている」、「少女の書いた『空気さなぎ』をリライトする仕事」「その引用のポイントはどこにあるんですか？」といった『1Q84』の記述と一致するものであると思われる。

2. 次は「書き直す」、「書き換える」、「改稿」のように、他人よりもむしろ自分が書いたものや書きそこなったものを書き改めるタイプである。これとやや違って、「君が書き直した『空気さなぎ』」、「『空気さなぎ』を書き直す許可」、「たしか言葉を書き換える部署で仕事をしているんだ」、「私は過去だとか歴史だとか、そんなものを書き換えたいとはちっとも思わない。私が書き換えたいのはね、今ここにある現在よ」、「天吾はその忠告に従って改稿した」、そして「『空気さなぎ』の改稿」といった言説の自他関係や書き改めの対象から見れば、村上春樹の『1Q84』に使われている「書き直す」、「書き換える」、「改稿」は、古今が対照され、スケールの大きな描写の下で、自分のみならず他人、社会、世界の作った原稿、歴史、過去、現在などの側面も視野に収められているのがその特色の一つである。一方、『ジャパンナレッジ Lib 』には「書きそこなった」という語義の説明があり、この点において、村上春樹の『1Q84』と『ジャパンナレッジ Lib 』で示される意味は、両者の間で異なるところはない。

3. 三番目は、「作り替える」のように、特に自分のものか他人のものかを示さず、古今や前後の対照に焦点を置きながら、すでにあるものに手を加えて別なものを新たに作ったり別の趣向のものを作ったりする類型である。例えば「父親は事実を隠し、話を作り替えている」、「現実を作り替えようとする機能」「新しい歴史が作られると、古い歴史はすべて廃棄される。それにあわせて言葉も作り替えられ、今ある言葉も意味が変更されていく」「私にはあなたの知らない過去がたくさんあるの。誰にも作り替えようのない過去がね」という表現がある。これらを『1Q84』の関連表現と照らし合わせてみると、両者とも古今や前後の対照を示す側面を有しながらも、『1Q84』のほうが、ある事実を隠すために、新たに別の虚構を加えることで事態に対応しようとする傾向が見られる。

以上を踏まえた上で、本論で扱う「リライト」について、その定義を示すと、すなわち、自分、他人、社会、世界、または現在、過去、歴史、原稿、テクストの内部・外部を問わず、古今、前後、自他等の時空で、「リライトが示唆する何かをより明確なかたちに」、「引用のポイント」といったように、ある目的に合わせて人間の言葉、文章、原稿、小説、物語をそのまま自分の話や文章、原稿、小説、物語に引いて用いたり、書き直したり、書き換えたり、作り替えたりすることを指す。したがって、作品の外部からの言説をそのまま作品の内部に取り入れたり、組み合わせたりすることにより、有機的な作用が機能しさえすれば、『1Q84』BOOK1 の『サハリン島』と『平家物語』からの丸ごとの引用があっても、それを一つのリライトとして認めることができるものとする。

以下では、前述の引用として取り上げた歴史、過去、現在の三つの側面を通して『1Q84』に見られる『平家物語』のリライトについて、改めて考察を進める。

3．『1Q84』に見る『平家物語』のリライト

3.1　『1Q84』と『平家物語』のリライト

『1Q84』において、『平家物語』に関わる記述は、主にBOOK1に見られる。それらを具体的に示すと、第8章、第16章、第18章、第20章の四つを取り挙げることができる。これまでの研究によれば、『空気さなぎ』と『平家物語』等を、作中劇や引用[5]と見なすのであるが、リライトに関連する論考としては、季刊『iichiko』(106)に掲載された中村三春「村上春樹『1Q84』論(Book1・Book2)--歴史の書き換え、物語の毒」[6]（p. 57-68、2010）がある。ただし、これは、タイトルのとおり「書き換え」に着目したものであり、『1Q84』における『平家物語』の論述に目を向けたものではない。直接的に『1Q84』における『平家物語』に言及するのは、渡部泰明の「平家物語、仮託、そして予言」[7]の

5　塩田勉（2010）「村上春樹『1Q84』を読み解く―連想複合の文体論的解明―」『国際教養学部紀要』第6号稲田大学国際教養学部 p. 243。

6　日本ベリエールアートセンターによる。

7　渡部泰明（2009）「平家物語、仮託、そして予言」ルービン　ジェイ<Rubin Jay>・藤井省三・渡部泰明・井桁貞義・明里千章ほか著『1Q84スタディーズ BOOK1』若草書房 p. 39-59。

論である。また『平家物語』に言及し、主人公「ふかえり」の「天吾」の求めに応じて『平家物語』の一節を暗唱する点について触れているのは、2009年8月10日に雲母出版から出された高岡健のコラム「『1Q84』論」である。このように、先行研究全体として見れば、『1Q84』に見られる『平家物語』についての論考は十分に多いとは言いがたい。

『1Q84』第8章において、天吾にとっていくつかのあまり愉快とは言い難い事実の一つとして、「ふかえりは自分で『空気さなぎ』を書いたのではない」(p. 180)と描かれている。この後に、『空気さなぎ』では「成立過程としては『古事記』とか『平家物語』といった口承文学と同じだ」(p. 180)と述べ、『平家物語』を、「古の事をしるせる記」を意味する『古事記[8]』と同じように扱い、それを「口承文学」と見ている。また、作中に、小説新人賞をとった「ふかえり」が、天吾に記者会見で想定される質問として「好きな小説は?」(p. 367)と聞かれて、「ヘイケモノガタリ」と答えた後、「『平家物語』のどんなところが好きですか?」と聞かれると、「すべて」という答えが返される。さらに、好きな小説としての「コンジャクモノガタリ」と、「ふかえり」のいわゆる新しい文学としての「サンショウダユウ(山椒大夫)」の話柄も取り上げられる。これらの中でとりわけ『平家物語』は、『今昔物語』とともに小説と見なされている点や、大正時代の初めに森鷗外が書いた『山椒大夫』が新しい文学として見なされている点が些か意味深いものとして、注目で

8 『古事記』は、上中下の三巻からできたもので、上巻は神代の物語、中巻と下巻は主に人代の物語で、歴史説話が中心となっている。

きる。

更に本番の記者会見の場では、テクストに関わる問題として『平家物語』について次のように語られている。

> 「好きな作品は?」という質問に対しては、彼女はもちろん『平家物語』と答えた。『平家物語』のどの部分がいちばん好きかと質問した記者がいた。彼女は好きな部分を暗唱した。長い暗唱が終わるまでにおおよそ五分かかった。そこに居合わせた全員が深く感心して、暗唱がおわったあとしばらく沈黙があった。ありがたいことに(というべきだろう)好きな音楽について質問した記者はいなかった。(p. 408–409)

上の引用文の前に記者会見のリハーサルの場面が描かれており、そこでは上の引用文と異なり「好きな作品は?」に対して「もちろん『平家物語』」という返答がなされる。この言葉の「もちろん」は、偶然に発せられたものではなく「ふかえり」の『平家物語』が好きな「事実」を強調する意味を持つように思われる。また「好きな部分を暗唱した」という模糊とした記述は、作中の次の部分で展開される『平家物語』のリライト(引用)を出す伏線として入れられたものだと見ることができる。読み手にとっては謎とも見えるこの暗唱は、物語を進行させ、読者の脳裏に鮮明な記憶を残す役割を果たしている。それと同時に、テクストのリライト的な「引用」としての機能をも担っており、構成としての緊密さがここで高められていると考えられよう。伏線としてリライト(引用)され、記者会見の席で「ふかえり」が『平家物語』を暗誦してみせたのは、『1Q84』第20章において、天吾が「ふかえり」に「『平家物語』も先生に読んでもらったの？」と質問した後のことである。

この記述の後、天吾は改めて「記者会見ではどの部分を暗唱したんだろう？」と質問をしたところ、「ふかえり」から「ホウガンみやこおち」という返事がなされる。これを聞いた天吾が「平氏を滅亡させたあと、源義経が頼朝に追われて京都を去るところだ。勝利を収めた一族の中で骨肉の争いが始まる」と述べた後、さらに「ほかにはどんな部分を暗唱できるの？」と聞く。これに対し、「ふかえり」は、聞き手の好みに合わせるように「ききたいところをいってみて」と求めると、突然の質問を受けた天吾は、「『平家物語』にどんなエピソードがあったか思い出してみた」結果、適当に「壇ノ浦の合戦」と答える。そして、20秒してから、ようやく『平家物語』の暗唱を始める。『平家物語』巻第11「先帝身投」と重なる文は約3頁に及ぶため、ここでは引用を避け、巻末（付録）に付すこととする。

『平家物語』のリライトに関する上述の考察に基づき、過去、現在、歴史という時間軸に着目し、言葉、口承文学、記憶の側面に関して、以下に纏めを試みたい。

まず言葉の側面から見る。音読される漢語は、外来的な文字として片仮名で「ホウガン」と表記される一方、訓読される和語は平仮名で「みやこおち」と表記される。また、約3頁にわたって和漢混淆文の代表作の『平家物語』を古文のまま引用するのは、言うまでもなく源平合戦の歴史を蘇らせようとする意図に基づくと解することもできる。しかしむしろ文語文を引用することによって古今を対照し、テキストに言葉の相違や歴史を表すという意味をも認めることができよう。

次に口承文学の観点から見る。このテキストには、時間軸に沿って過去と現在を結び付ける文学史上の軸線が見られる。また、作中の作品『空気さなぎ』を除いて、上代神話・史書『古事記』、中古説話『今昔物語』、中世軍記物語『平家物語』、そして近代歴史小説『山椒大夫』などは、『平家物語』に関連する作品と共通した歴史的な素材を持つものである。しかしこれらはそれぞれ時代による神話・史書・説話・物語・小説など表現手法としてのかたち（文学ジャンル）が異なる。一方、『空気さなぎ』は、これらの一連の作品に対して現在と虚構を代表するものとして見なすことができる。一方で『山椒大夫』は、歴史小説とは異なるものとして扱われているので、新しい文学としてのテクストの中で位置付けられている。

次に、現代と過去をリンクする記憶についてである。前述の一連の『平家物語』の関連記述で見たように、躊躇いもなく「もちろん好き」「すべて」好きだと言う「ふかえり」の『平家物語』に対する情熱と暗唱は個人レベルの記憶を表すのに対して、天吾の「ホウガンみやこおち」について突然の質問を受けた際の躊躇いがちの対応は、集団の中の一員としての集合的な記憶を表すと言えよう。実際に『1Q84』で「僕らの記憶は、個人的な記憶と、集合的な記憶を合わせて作り上げられている」と述べられ、「二つは密接に絡み合っている」ものであり、またはいわゆる歴史とは個人的な記憶をも含んだ「集合的な記憶」のことだと語られる。

このように、過去と現在を照らし合わせながら構成される『平家物語』の関連記述においては、言葉、歴史、記憶の側面において、いずれも書き換えたりリライトすることが可能である。例えば「ふかえり」の『平家物語』の暗唱の後に、以下の場面が見られる。

> 今年がちょうど一九八四年だ。未来もいつかは現実になる。（中略）情報は制限され、①歴史は休むことなく書き換えられる。（中略）新しい歴史が作られると、古い歴史はすべて廃棄される。それにあわせて②言葉も作り替えられ、今ある言葉も意味が変更されていく。歴史はあまりにも頻繁に書き換えられているために、そのうちに③何が真実だか誰にもわからなくなってしまう。④誰が敵で誰が味方なのかもわからなくなってくる。そんな話だよ。(p. 459)

本論が意図する『1Q84』における『平家物語』のリライトについて改めて見れば、『平家物語』も上記の言葉と同様に書き換えたりリライトされたりすることによって、何が原『平家物語』であるのか、あるいは原『平家物語』の真実に如何に近づくかを把握しにくい。とりわけ『平家物語』の場合は異本が多く、リライトされることにより真実が複雑に織り合わされ、その姿が一層曖昧になってしまう。とはいえ、その結果、言葉、歴史、そして記憶、真実など曖昧さを持つ「両義性」もより多様な相を呈するようになるのではなかろうか。

3.2 テクストに潜んでいるもう一つの『平家物語』

以上に示したように、『1Q84』の『平家物語』からのリライトは、『平家物語』の原文をそのまま直接に利用した明示的引用である。しかし一方、これとは異なり、『1Q84』BOOK1 の底流には別の『平家物語』が目に見えない形で潜んでいるのではないかと思われる。以下これについて少し触れることにする。

『平家物語』は、およそ 1219 年ごろに成立したと推定される。作者について『徒然草』226 段では以下のように記されている。

> この行長入道、平家物語を作りて、生仏といひける盲目に教へて語らせけり。（中略）武士の事、弓馬の業は、生仏、東国の者にて、武士に問ひ聞きて書かせけり。かの生仏が生れつきの声を、今の琵琶法師は学びたるなり。（『徒然草[9]』）

『徒然草』のこの記述から、『平家物語』は行長入道が作って、生仏という盲人に教えて語らせたということが分かる。盲人は教えてもらったことをもちろん目で読んで語ることはなく、耳で聞いて頭で覚えて語るだろう。そのためこの作品は、また記憶に関連するものとして扱うことができよう。作品成立の過程全体に目を向ければ、行長と盲人の二人による行為は、実態として一つの共同作業だと言える。この共同作業を行う行長入道と生仏は他でもなく、本論の「はじめに」で述べたパシヴァとレシヴァとしての存在である。この観点から見れば、

9　神田秀夫・永積安明・安良岡康作校注・訳（1995）『方丈記　徒然草　正法眼蔵随聞記　歎異抄』小学館 p. 257。

『平家物語』は、一つの〈書かれたもの〉とも、〈語られた〉[10]ものとも言える。このようなテクストには、少なくとも「共同作業であること」、「目の不自由な盲目が物語を語ること」、または「年代記的（編年）」な文学形式などの基本要素が必要である。これらの基本要素を『1Q84』と照らし合わせることにより、『1Q84』のテクストの底流に潜む『平家物語』のリライトの姿を、明瞭に浮かび上がらせることができる。

そこで『1Q84』の中に見られる共同作業に目を向ければ、BOOK1 第 8 章に「ふかえりはただ物語を語り、別の女の子（アザミ）がそれを文章にした」とある。さらに、BOOK2 第 13 章に「青豆」と「ふかえり」の父が天吾と「ふかえり」のことについて話し合う場面として、以下の記述がある。

> 天吾くんとわたしの娘は、偶然によって引き合わされ、チームを組んだ。（中略）二人はそれぞれを補う資質を持ち合わせていた。（中略）彼らは補いあい、力を合わせてひとつの作業を成し遂げた。そしてその成果は大きな影響力を発揮することになった。（p. 279）

---

10 兵藤裕己（2002）『物語・オーラリティ・共同体―新語り物序説』ひつじ書房 P22 に「平家物語には、今日ふつう読まれているいわゆる語り本（覚一本・流布本など）のほかに、読み本とよばれる一群の伝本がある（中略）近世以降は、語り本が版本として読まれたという事実があり、語る行為と読む行為は、平家物語において複雑に錯綜している。（中略）中世以降ひたすらテクスト（本文）として固定的に読まれてきたことに比べるなら、それは、物語における語りと読むことの問題のありかを、比較的見やすいかたちで見せてくれるともいえるのである」とある。

天吾と「ふかえり（絵里子）」の共同作業については、BOOK2の第13章において次のように述べられる。

> 天吾くんはリトル・ピープルと、彼らの行っている作業についての物語を書いた。絵里子が物語を提供し、天吾くんがそれを有効な文章に転換した。それが二人の共同作業だった。（p. P279）

二人が物語を作り上げる関係は、あたかも行長入道と生仏の関係のようである。リトル・ピープルについて理解の深い「ふかえり」の姿は、「武士に問ひ聞きて書かせけり」という生仏にたとえることができる。

そこで「目の不自由な盲目者」が物語を語る要素について見る。『1Q84』の『空気さなぎ』の物語を、所謂「口承文学」の『平家物語』にたとえるとすれば、目の障碍を示す差別用語「めくら」をめぐる記述の中に、目の見えない生仏のイメージを読み取ることができる。とは言え、「ふかえり」は、ディスレクシアに罹っており、「読字障害を抱えており、本をまともに読むことができない」（P180）。そのため「この少女は本が読めないぶん、耳で聞き取ったことをそのまま記憶する能力が、人並み外れて発達しているのではないだろうか」という姿として設定されている。テキスト全体として見れば、この人物像は、『徒然草』226段で述べられる『平家物語』を語る盲人生仏や琵琶法師のイメージとちょうど重なる。したがって、村上春樹は『1Q84』において、語り物としての『平家物語』を呼び出すことによってそれをリライトしていると解することができるこの点は、次の引用文によっても裏付けることができる。

目を閉じて彼女の語る物語を聞いていると、まさに盲目の琵琶法師の語りに耳を傾けているような趣があった。『平家物語』がもともとは口承の叙事詩であったことに、天吾はあらためて気づかされた。(BOOK1 p. 457-458)

このように、読字障害を抱えている「ふかえり」は、「盲目の琵琶法師」のように、口承の叙事詩『平家物語』を語ってしまう。これは、『徒然草』226段「かの生仏が生れつきの声を、今の琵琶法師は学びたるなり」の記述と重なるものである。

最後にテクストにおける口承の叙事詩『平家物語』の年代記的要素に関して触れる。年代記的要素に関する具体的な例として、『古事記』と『平家物語』を口承文学と見なす記述の後の第9章に、「青豆」が区立図書館へ行って1981年9月～11月の新聞の縮刷版の閲覧を請求する話がある。そこでは、月日に基づく年代記的な記述方法が集中的に採用されており、この点は一般の編年史書や『平家物語』に似ていると言える。

一九八一年の初秋には	その年の七月に
九月二十日には	三年前にジャカルタで行われた凧揚げ大会のニュースをいったい誰が覚えているだろう。
十月六日には	エジプトでサダト大統領が、イスラム過激派のテロリストに暗殺された。青豆はその事件を記憶しており、サダト大統領のことをあらためて気の毒に思った。
十月十二日には	
十月十六日には	青豆はその事故のことをよく記憶していた。
青豆の探していた事件は、夕張炭坑の事故の余波がまだ続いている十月十九日に起こっていた(P189)	

これらの年代記的な記述には、下線に示したように、記憶と関連する記述が少なからず存在する。「誰が覚えている」が集団的な記憶を表すのに対し、一方、青豆の記憶は個人的な記憶を表す。前述のように、個人的な記憶と集合的な記憶が絡み合うことによって集合的な記憶は歴史へと進化する。また 3.1 と 3.2 において示したように、『1Q84』の底流には、そこに流れる曖昧な『平家物語』からのリライトの事実もないとは言いがたい。『1Q84』に見られる直接で明示的にリライトされる『平家物語』と、模糊として暗示的にリライトされる『平家物語』は、あたかも 1Q84 年の空に浮かんでいるふたつの月のようである。『1Q84』では、ふたつの浮かんだ月は以下のような意味を持つ。

> 「線路が切り替えられたことのしるしなんだ。それによって二つの世界の区別をつけることができる。しかしここにいるすべての人に二つの月が見えるわけではない。いや、むしろほとんどの人はそのことに気づかない。言い換えれば、今が 1Q84 年であることを知る人の数は限られているということだ」(BOOK2 p. 272)

したがって、『1Q84』に見られる『平家物語』のリライトの両義性はそれぞれ二項対立のようなものではなく、デリダの言う曖昧さや矛盾を含んだまま真実にもなるし、虚構にもなるものである。そのため、気づく人もいれば気づかない人もいるし、知る人もいるし、知らない人もいることになる。ここにはパルマコンの両義性が存在すると言えよう。もちろん作中人物に限らず、テクスト外にいて『1Q84』における『平家物語』のリライトを読む人や聞く人も、すべてがそれに気付くわけではない。それだけに、これはパルマコンの両義性の範疇に入れられるべきものである。

4．まとめ

以上に述べたように、過去と現在を照らし合わせながら『平家物語』の関連記述を考察すれば、そこに見られる言葉、歴史、記憶の側面のいずれにおいても、書き換えやリライトを読み取ることが可能である。また、明示的にリライトされる『平家物語』と、暗示的にリライトされるもう一つの『平家物語』は、恰も「あちらに1984年があって、こちらに枝分かれした1Q84年があり、それらが並列的に進行しているというようなこと」(BOOK2 p. 271) と述べられるような、それぞれがパラレル・ワールドの関係を有したまま、同時に『空気さなぎ』ともパラレル・ワールドを構成する相互関係を持つ。そのため、そこで築き上げられたものは「まがい物の世界ではない。仮想の世界でもない。形而上的な世界でもな」く (p. 271) パルマコンのような両義性を有した世界であると言える。これは、『1Q84』BOOK1の本文前の見出しにあるように、「ここは見世物の世界何から何までつくりものでも私を信じてくれたならすべてが本物になる」というテクストの論理にも繋がるものである。1Q84の世界、物語の世界、人間の世界、真実や虚構の世界は実は表裏一体の関係にあるものであると考えられる。ちなみに『1Q84』BOOK1のp. 454-458の『平家物語』の関連記述とリライトは、天吾「ふかえり」の記者会見で暗唱した「ホウガンみやこおち」がp. 455に出るものの、p. 454-458のページ数とちょうど新編日本古典文学全集46『平家物語』巻第12「判官都落」の本文に出るページ数が重なる。これも一つ『1Q84』からの『1Q84』の最後に記される岩波文庫版『平家物語』、新編日本古典文学全集『平家物語』のリライトであり、村上春樹の仕掛けが見えてくるのではないか。紙幅が尽きたので、この点に関する委細は後日に稿を改めて論じたい。

テキスト

村上春樹『1Q84』BOOK1〈4-6月〉(2009) 新潮社

村上春樹『1Q84』BOOK2〈7-9月〉(2009) 新潮社

参考文献（五十音順）

市古貞次校注・訳 (1994)『新編日本古典文学全集 46 平家物語 2』小学館

神田秀夫・永積安明・安良岡康作校注・訳 (1995)『新編日本古典文学全集 44 方丈記徒然草 正法眼蔵随聞記 歎異抄』小学館

塩田勉 (2010)「村上春樹『1Q84』を読み解く—連想複合の文体論的解明」『国際教養学部紀要』第6号早稲田大学国際教養学部

渡部泰明 (2009)「平家物語、仮託、そして予言」ジェイ ルビーン<Jay Rubin>・藤井省三・渡部泰明・井桁貞義・明里千章ほか著『1Q84スタディーズ BOOK1』若草書房

高岡健（2009）「『1Q84』論」『雲母出版　コラム』雲母出版

中村三春（2010）「村上春樹『1Q84』論（Book1・Book2）−− 歴史の書き換え、物語の毒」『iichiko』106 日本ベリエールアートセンター

F・レントリッキア等編・大橋洋一等訳（1996）『現代批評理論　22 の基本概念』平凡社

兵藤裕己（2002）『物語・オーラリティ・共同体―新語り物序説』ひつじ書房

『ジャパンナレッジ Lib 』（http://japanknowledge.com）

付録

『1Q84』に見る『平家物語 』巻 11「先帝身投」の内容

【『1Q84』原文の一行空きで区切られた範囲を一つの段落としてみなす】

源氏のつはものども、すでに平家の舟に乗り移りければ　水手梶取ども、射殺され、切り殺されて　舟をなほすに及ばず、舟底に倒れ臥しにけり。新中納言知盛卿、小舟に乗ッて、御所の御舟に参り　「世の中は今はかうと見えてさうらふ。見苦しからんものども　みな海へ入れさせ給へ」とて、ともへに走りまはり、掃いたり、のごうたり　塵ひろひ、手づから掃除せられけり。女房たち、「中納言どの、戦はいかにや、いかに」と口々に問ひ給へば　「めづらしき東男をこそ、ごらんぜられさうらはんずらめ」とて　からからと笑ひ給へば、「なんでうのただい

まのたはぶれぞや」とて　こゑごゑにをめき叫び給ひけり。

二位殿は、このありさまをご覧じて、日頃思しめしまうけたることなれば　鈍色のふたつぎぬうちかづき、ねりばかまのそば高くはさみ　神璽をわきにはさみ、宝剣を腰にさし、主上をいだきたてまッて、「我が身は女なりとも、かたきの手にはかかるまじ。君の御ともに参るなり。おんこころざし思ひまゐらせ給はん人々は　急ぎ続き給へ」とて、舟ばたへ歩みいでられけり。

主上、今年は八歳にならせ給へども　御としのほどより、はるかにねびさせ給ひて　御かたちうつくしく、あたりも照り輝くばかりなり。御ぐし黒うゆらゆらとして、御背中すぎさせ給へり。あきれたる御さまにて、「尼ぜ、われをばいづちへ具してゆかむとするぞ」とおほせければ　いとけなき君にむかひたてまつり、涙をおさへて申されけるは　「君はいまだしろしめされさぶらはずや。先世の十善戒行の御ちからによッて、いま万乗のあるじと生まれさせ給へども、悪縁にひかれて　御運すでに尽きさせ給ひぬ。まづ東にむかはせ給ひて　伊勢大神宮に御いとま申させ給ひ　そののち西方浄土の来迎にあづからむとおぼしめし、西にむかはせ給ひて御念仏さぶらふべし。この国は粟散辺地とて、こころうきさかひにてさぶらへば　極楽浄土とてめでたきところへ具しまゐらせさぶらふぞ」　となくなく申させ給ひければ、山鳩色の御衣に、びんづらゆはせ給ひて　御涙におぼれ、ちいさく美しき御手をあはせ　まづ東をふしをがみ　伊勢大神宮に御いとま申させ給ひ　その後西にむかはせ給ひて、御念仏ありしかば二位殿やがていだき奉り、「浪の下にも都のさぶらふぞ」と　なぐさめたてまッて、ちいろの底へぞ入給ふ。(p. 455-457)

『海辺のカフカ』と江藤淳『成熟と喪失』

―〈母〉を〈求めること〉の両義性あるいは「恐怖と怒り」―

奥田　浩司

1. 村上春樹と江藤淳

『海辺のカフカ』では、〈母〉を〈求めること〉が中心的なストーリーになっている。この点について考える上で、有益な示唆を与えてくれるのが江藤淳の『成熟と喪失―〝母〟の崩壊―』[1]（以下、『成熟と喪失』）である。なぜなら『成熟と喪失』では日本文化における〈母〉の「喪失」が問題化されており、加えて、村上春樹がこのテクストに関心を寄せていた事実があるからである。本稿の問題意識は、〈母〉をめぐるこれら二つのテクストを併置させるとき、批評的シンクロニシティが形成されているのではないか、という点にある。このような問い立てのもとに、考察を進めていきたい。

村上春樹は、1991年にプリンストン大学の客員研究員として招聘される。翌1992年には「プリンストン大学大学院で、現代日本文学のセミナーを受け持つ」[2]ことになり、セミナーのテキストとして「第三の新人」の小説を取り上げる。その際に村上

1　1967年6月に河出書房新社より刊行。引用は講談社文芸文庫版（講談社2013年）に拠った。

2　「村上春樹　略年譜」（村上春樹研究会編『村上春樹　作品研究事典』鼎書房2001年）を参照した。

春樹が参考にしたのは、江藤淳の『成熟と喪失』であった。村上春樹は「僕はプリンストン大学で、学生たちと一緒に江藤淳さんの『成熟と喪失』という評論を、サブテクストとして読んだ」[3]と述べている。セミナーで取り上げられていることから、村上春樹は『成熟と喪失』を熟読していたことがわかる。

では、なぜ村上春樹は『成熟と喪失』に関心を抱き、熱心に読んだのであろうか。その理由として考えられるのは、まず江藤淳の『成熟と喪失』が「第三の新人」の評論として世評の高いものであったということである。さらには、江藤淳もプリンストン大学で日本文学について講義をしていたことなどが考えられる[4]。だが村上春樹が江藤淳の『成熟と喪失』に関心を寄せた理由には、もう少し複雑な背景があったのではないだろうか。

『成熟と喪失』には、江藤淳のアメリカ体験が色濃く反映されている。そのことは『成熟と喪失』を文庫本にするにあたって、新たに巻末に付された「著者から読者へ　説明しにくい一つの感覚」において明確に述べられている。江藤淳は、「二年間のアメリカ滞在から帰国して一年九ヵ月経ったばかりという時期」に、『成熟と喪失』を書き始めたと語り、安岡章太郎の『海辺の光景』について次のように述べている。

3　Reply to 1185（『少年カフカ』新潮社 2003 年）。

4　1962 年 8 月、渡米。ロックフェラー財団研究員として 9 月からプリンストンに住む。1963 年 6 月、プリンストン大学の教員となり、日本文学史を講ずる。1964 年 8 月、日本に帰国。（「年譜」武藤康史編（『アメリカと私』講談社 2007 年）より、適宜引用した。）

> 共同通信社の「文芸時評」でこの作品を批評したのは、まだプリンストンに行く前、昭和三十四年（一九五九）十一月のことだったが、そのときと比べてみると作品が全く違ったものに見えるようになっていたのには驚かざるを得なかった。作品の価値が変ったというのではない。おそらく作品の意味が変ったのである。あるいは、自己完結的な文学作品の枠組を超えて、『海辺の光景』の意味が拡がりはじめたのである。いうまでもなく、それはこのあいだに二年間、私がアメリカで生活するという経験をしたからに違いなかった[5]。

江藤淳は、「アメリカで生活」した後に、『海辺の光景』が「全く違ったものに見える」ようになり、「『海辺の光景』の意味」が「文学作品の枠組を超えて」広がり始めたという。『成熟と喪失』では、副題に示されているように、日本文化における〈母〉の「崩壊」が主題となっている。江藤淳がアメリカ体験を通して、『海辺の光景』に新たに見いだしたのは、戦後の日本文化における〈母〉の問題であった。

他方、村上春樹は、アメリカ滞在記である『やがて哀しき外国語』[6]の「あとがき」[7]で「でもただひとつ真剣に真面目に言えることは、僕はアメリカに来てから日本という国について、あるいは日本語という言葉についてずいぶん真剣に、正面から向かい合って

5　江藤淳（2013）『成熟と喪失』講談社 p. 253。

6　村上春樹（2015）『やがて哀しき外国語』講談社。

7　正確には「「やがて哀しき外国語」のためのあとがき」。

考えるようになったということである。」[8]と述べている。

「あとがき」は、滞在記を書き終えた村上春樹が事後的に付したものである。村上春樹は、改めてアメリカ滞在を振り返り、「日本」に向き合うことの重要性について再認識している。やや性急な議論になるかも知れないが、この点を参考にすれば、村上春樹が『成熟と喪失』を繙いた背景が見えてくる。村上春樹の念頭には、アメリカ体験を通して、同じように「日本」について意識的になっていった江藤淳の姿があったのではないだろうか。ただし留意しておきたいのは、先の一節に続いて、村上春樹が次のように述べていることである。

> （略）僕はだんだん日本語で小説を書くと言う行為が好きになってきた。日本語という言葉が、だんだん自分にとっていとおしい、なくてはならないものになってきた。これはべつに日本回帰だとかそういうことではない。外国に行った西洋かぶれの人が、 ころっと日本文化至上主義みたいになって帰ってくる例は多いけれど、僕が言っているのはそれとはまた別のことである[9]。

村上春樹は、「日本語」で小説を書くことが好きにはなったが、それは「日本回帰」とは「別のこと」であるとする。しかし村上春樹の認識はともかく、アメリカ体験を契機として「日本」に向き合うという身振りは、「日本回帰」と何らかの接点

8　村上春樹（2015）『やがて哀しき外国語』p. 281。

9　村上春樹（2015）『やがて哀しき外国語』p. 282。

のあることを示唆している。

上野千鶴子は、『成熟と喪失』の解説（「『成熟と喪失』から三十年」）で次のように述べている。

> 北米体験は、戦後民主主義と改革の理念に燃えたことのあるこの若い社会主義者（筆者注：西部邁）をも、「転向」させた。（略）一九七六年から七八年にかけての二年間の西欧体験で『蜃気楼の中へ』（日本評論社、一九七九年）という抒情的な滞在記を書いたのちに、頑迷でシニカルな保守主義者として論壇に登場する。この「転向」のなかには奇妙な共通点がある。
>
> 江藤もまた二年間の北米体験ののちに、あたかも日本文化における「父」の欠落を　発見したかのように、息せいて『成熟と喪失』を書き上げ（略）『一族再会』（講談社、一九七三年）という自己のルーツ探しに向かう。それは一言で言って、「治者」へ向かう道である[10]。

『成熟と喪失』は、江藤淳にとっての言わば「治者」への「転向」声明であった。後に確認するように、江藤淳は滞米中に国家主義に接近する。このような江藤淳の保守転向を、村上春樹は知っていたはずである。それのみならず、アメリカ体験後の保守化が、戦後知識人のステレオタイプなものであったことも知っていたと考える方が自然である。だからこそ、あえて「日本回帰」に言及し、否定して見せたのではないだろうか。

---

10 江藤淳（2013）『成熟と喪失』講談社 p. 277-278。

だが村上春樹が否定しようとも、『成熟と喪失』をセミナーで取り上げて熟読したことを考えれば、「日本回帰」の問題を無視することはできない。アメリカ体験後の村上文学と「日本回帰」の関係性について検証しておく必要はあると考える。

2. 村上春樹のアメリカ体験

村上春樹のアメリカ体験を考えるにあたって視野に収めておきたいのが、湾岸戦争の問題である。村上春樹は、アメリカ滞在中に『ねじまき鳥クロニクル』を執筆し、1995年に完結させる。村上春樹は、後に『ねじまき鳥クロニクル』を作品集[11]に収めるにあたって解題を付し、そこで「しかし現実に到着したアメリカは「準戦時体制」であり、普段は清潔で穏やかなプリンストンの街のいたるところに、湾岸戦争に従軍している兵士たちを讃える（略）いたるところに星条旗が翻っていた。」[12]と回想している。

湾岸戦争は、村上春樹が渡米した1991年に始まる。村上春樹は、「いたるところに星条旗が翻」るという、まさに「戦時」の「アメリカ」に滞在したのである。この一節に続けて、村上春樹は「その当時、何よりも僕がひしひしと感じたのは、人々の漂わせている高揚感だった。戦争だけが（略）こういう種類の高揚感を人々に与えることができる」と述べている。村上春樹が

---

11 村上春樹（2003）『村上春樹全作品 1990 ― 2000 ④　ねじまき鳥クロニクル１』講談社。

12 村上春樹（2003）『村上春樹全作品 1990 ― 2000 ④　ねじまき鳥クロニクル１』講談社 p. 548。

目の当たりにしていたのは、「戦争」がナショナリズムを煽り立て、人々を「高揚感」に浸らせている光景であった。

それだけではなく、村上春樹は、このような「戦時」の「高揚感」が具体的な暴力となって現れる場面を目撃している。『やがて哀しき外国語』では、次のような光景が描かれている。

> 教会の近くの家の庭にはポンコツのクライスラー・ダッジが置いてあって、ボンネットの上には白いペンキで〈SADAM〉と書いてあった。そしてその隣にはハンマーがあった。こいつをサダム・フセインだと思って、ひとつ思う存分叩いてくださいというわけである。（以下略）
>
> 誰が考えついたのかは知らないけれど、このアイデアはけっこう受けていて、僕の見ている前でも、町の住民らしい何人かが一ドル払ってハンマーを手に取り、思い切りその車を叩いて壊していた[13]。

軽い筆致で描かれているが、この光景は、暴力がいかにアメリカ人の日常を侵食していたのかということを如実に物語っている。人々は、敵を憎み、暴力を行使することをためらわない。このような人々の心性は、兵士のそれに近い。

恐らく村上春樹は、人々の暴力的な振る舞いを、滞在記に書き込まざるを得なかったのではないだろうか。なぜなら「戦争」が惹起する剥き出しの暴力性を、肌身に感じていたからである。無論のこと、村上春樹は日本人であり、その点では傍

---

13 村上春樹（2015）『やがて哀しき外国語』p. 27。

観者的な立場にいた。だが必ずしも、傍観者として「戦時」のアメリカ滞在をやり過ごせたわけではない。やや長くなるが、『やがて哀しき外国語』から引くことにする。

> しかしなんとかその戦争も終結し、これでやっと一息つけるかと思ったら、今度はパールハーバー５０周年記念にむけてアメリカ全土でアンチ・ジャパンの気運が次第に高まってきた。湾岸戦争によってもたらされた愛国的高揚感のようなものがそのまま流れ込んできたというところもあるし、アメリカ経済の長期的な不調に対するフラストレーションのはけ口をみんなが求めていたという要素もあった。（以下略）
>
> そのころのことだが、僕がアメリカ人の知り合いの家に夕食に呼ばれたとき、同席したある白人のアメリカ人（引退した大学教授）が話の途中で口を滑らせて僕のことを「君たちジャップが……」と言ったので、一座は一瞬にして頭から冷たい水をかけられたようにしーんと静まり返り、ホストはそれこそもう真青になっていた。（略）あとでホストが僕をこっそりと呼んで、「なあ、ハルキ、彼にはべつに悪意はなかったんだ。許してくれ。彼は若い頃に軍隊に取られて太平洋で日本軍と戦って、その時に受けた教育が今でも意識の中に残っているんだ。（以下略）」[14]と弁解した。

---

14 傍点原文、村上春樹（2015）『やがて哀しき外国語』p. 17-19。

周知のように「ジャップ」という言葉は、「戦時」における蔑称である。日本人も、アジア・太平洋戦争中にはアメリカ人に対して「米鬼」などという蔑称を使っていた。

「引退した教授」にとって、日本との戦争は、現在の彼自身に影響を与えているのであり、「戦争」は決して過去のものとはなっていないのであろう。「戦時」の心性が、湾岸戦争の「愛国的高揚感」によって呼び起こされ、彼の口から「ジャップ」という言葉が出てきたのではないだろうか。

村上春樹が「ジャップ」という蔑称で呼ばれたことは、図らずも「アメリカ」で当事者として「戦争」を体験したことを物語っている。「アメリカ」ではナショナリズムが高揚し、敵への憎悪が国全体を支配していた。「ジャップ」と呼ばれた村上春樹は、怒りと憎しみに満ちた空気を、痛いほど肌身に感じていたはずである。だからこそ村上春樹は、「戦争」の暴力性をアメリカ滞在記に書き込んでいくのである。

村上春樹は『ねじまき鳥クロニクル』について、「そのような「準戦時体制」の切迫した空気は、僕の書く小説に少なからざる影響を及ぼしたと思う」[15]と述べている。村上春樹は、滞米中に『ねじまき鳥クロニクル』を書き継ぎ、1995年に完結させる。本稿で扱う『海辺のカフカ』が出版されたのは2002年のことであるが、戦争や暴力性と言った点から『ねじまき鳥クロニクル』との連続性は明らかである。村上春樹における戦争体験を背景として、『海辺のカフカ』を読み解くことが可能なのではない

15 村上春樹（2003）『村上春樹全作品 1990 ― 2000 ④　ねじまき鳥クロニクル１』p. 549。

だろうか。

川村湊は、『海辺のカフカ』と「アメリカ」の関係について次のように指摘している。

> だが、本当に作者の村上春樹が「回避」しているのは、別なところにある「アメリカ」だ。つまり、それは「九・一一」以後のアメリカ–アフガニスタン戦争からイラク戦争へと前線を、根気よく前進させてゆくブッシュ大統領の率いる現在進行形の「アメリカ」といえるものだ[16]。

確かに、「現在進行形」の「アメリカ」の戦争は「回避」されているように見える。そしてこの事は、川村の言うように「「アメリカ」抜きに日米戦争や朝鮮戦争やベトナム戦争や湾岸戦争」が語られてきた「日本」と「相即的」であるのかも知れない。

だが本稿では、あえて『海辺のカフカ』の別の可能性を探っていきたい。村上春樹は「戦争」を遂行する「アメリカ」を物語の形で表象し、批判しているのではないだろうか。この問題を考えるための手がかりとなるのが、『成熟と喪失』である。

3. 江藤淳『成熟と喪失』について

『成熟と喪失』において主に取り上げられているのは、安岡章太郎『海辺の光景』、小島信夫『抱擁家族』、遠藤周作『沈黙』などいわゆる「第三の新人」の小説である。その内、本稿では

---

16 川村湊（2006）「「アメリカ」から遠く離れて—「九・一一」以降と『海辺のカフカ』」（『村上春樹をどう読むか』p. 47。

『海辺の光景』に焦点をあてる。なぜなら江藤淳は『海辺の光景』の読解を通して、〈母〉を問題化しており、その点で『海辺のカフカ』との関連性が着目されるからである。なお江藤淳については研究の蓄積があるが、本稿では、上野千鶴子、小熊英二の指摘を参考にしながら考察を進めていく。

上野は、『成熟と喪失』が『海辺の光景』の読解から始められたことについて次のように述べている。

> 江藤が冒頭に、安岡の『海辺の光景』を引用しているのは、意味深長である。それは、人殺しをしてきてもわが子を受け容れかねない、「圧しつけがましい」までの母の愛を描くが、江藤がそれを引くのは、ただそのような無条件の「母性」、もっと正確にいうならば、そのような「母性」の存在に対する無条件の信頼が、すでに失われたことを、証明するためだけになのである[17]。

日本文化における〈母〉の「崩壊」は、「母性」の「喪失」によるのではなく、「母性」を「信頼」しなくなったからである、というのが上野の指摘である。すべてを受け入れて許すという「母性」は、息子がその「存在」を信じなくなった時点で、日本文化から喪われてしまったのである。このような上野の指摘に留意しつつ、『成熟と喪失』について検討していきたい。

江藤淳は『海辺の光景』について、「母親という存在」が「狂気に侵されて崩壊」していき、息子は「個人」になることを

---

17 前掲「解説」（江藤淳（2013）『成熟と喪失』講談社 p. 261）。

「強いられ」るとする。その一方で江藤淳は、息子は「そのことによって無限に不自由になって行く」と述べる。

また江藤淳は、息子は「狂気」によって〈母〉から「救いようもなく切断され」ているとする。そして「拒否するのが狂人の側」であるにしろ、「拒否された者の心に自分こそが相手を見棄てたのだという深い罪悪感が生じる」と述べる。このように江藤淳は、「狂人」の〈母〉を「見棄てた」、息子の「罪悪感」を問題化する。

ここで『海辺の光景』の一節を見ておきたい。〈母〉に拒まれていることが明白になる場面である。

> 信太郎は握った掌の中に、シワのよった皮膚に包まれて意外に小さく柔らかな掌があるのを感じながら、何か想い出すものがありそうだった。しかし記憶をたぐりよせようとすると、看護人の声が彼を戸惑わせる。
>
> 「息子さんぞね、息子さん……」
>
> 母の呼吸はいくらか落ち着きはじめた。彼女は眼を閉じた。部屋の外に足音が聞えて父親があらわれると枕もとに坐った。そのときだった、「イタイ……、イタイ……」と次第に間遠に、眠りに誘いこまれるようにつぶやいていた母が、かすれかかる声で低く云った。
>
> 「おとうさん……」
>
> 信太郎は思わず、母の手を握った掌の中で何か落し物で

もしたような気がした[18]。

信太郎は、「母の手」を握りながら「記憶をたぐりよせよう」とする。「記憶」とは、「母」との親密な過去と考えてよいであろう。信太郎は、「母」に愛されたことを微塵も疑っていないし、その「記憶」こそはこの場に相応しいものである。しかし瀕死の「母」が呼び求めたのは「おとうさん」であり、それは信太郎にとって予想すらされないことであった。

「信太郎は思わず」「何か落し物でもしたような気がした」とあるが、信太郎の「落し物」とは〈母〉の愛への信頼ではなかっただろうか。信じて疑わなかった〈母〉の愛が、実は自分の思い込みに過ぎないものであったのかも知れないという疑念を、信太郎は抱いてしまった。信太郎は、〈母性〉への信頼を失ってしまったのである。上野の指摘が鋭いのは、このような信太郎の喪失感を正確に言い当てているからである。

この場面について、江藤淳は「母の拒否」が「決定的」なものであり、それゆえ息子には拭い難い「罪悪感」が残されるとする。そして、江藤淳は〈母〉を「見棄てた」「罪悪感」を「悪」と呼び、「「成熟」するとは、喪失感の空洞のなかに湧いて来るこの「悪」をひきうけることである。実はそこにしか母に拒まれ、母の崩壊を体験したものが「自由」を回復する道はない。」[19]と語る。

江藤淳は、〈母〉を見棄てた「罪悪感」を引き受けることで、

---

18 安岡章太郎（2011）『海辺の光景』新潮社 p. 88-89。

19 江藤淳（2013）『成熟と喪失』講談社 p. 32。

息子は「個人」として「自由」を回復する道」を歩き始めることができると考える。それが、江藤淳の言う「成熟」の意味である。

ところで江藤淳の言う「自由」とは、いったい何を意味しているのであろうか。江藤淳は、アメリカ文化における「個人」について、小島信夫の『抱擁家族』を論じつつ次のように述べている。

> ジョージの背後には「両親」がいるが、その背後にはさらに「国家」がある。「母なし仔牛」をつれたカウボーイは、孤独な「個人」として西のフロンティアに出発するが、その私的な歩みはそのまま合衆国という「国家」の版図拡張という公的目的につながっている。（略）しかしそのとき彼に影響力を及ぼしているのは「母」ではなくて「国家」というかたちをした「父」である。「母」は息子を旅立たせるために早く姿を隠してしまった[20]。

〈母〉は息子の前から姿を消し、息子は「国家」という〈父〉と出会う。この点から言えば、「個人」が「自由」に生きるとは、無制限の自由を獲得することではなく、「国家」と共に歩むことである。「国家」が、〈父〉というメタファーで語られていることに留意しておきたい。

ただし、江藤淳は漠然とした「国家」を想定していたわけではない。江藤淳は、滞米中に『朝日新聞』に掲載していた「ア

---

20 江藤淳（2013）『成熟と喪失』講談社 p. 70。

メリカ通信（中）」において、「国家・個人・言葉　礼賛できぬ国家意識のうすさ」と題して次のように述べている。

> いうまでもなく、「留学」の意味の変化に含まれているのは、国家と個人ーあるいは国家と知識人との関係の変化である。鷗・漱・荷三家の外国体験と私のそれとの違いは、とりもなおさず、明治時代とくらべて今日の日本でこのきずなが著しくゆるやかになっていることのあらわれである[21]。

江藤淳は、「国家」との「きずな」が希薄になっていることを指摘する。そして江藤淳は、「きずな」について、「国家から各個人に発せられる強力な義務の要請である。」と述べる。そのような「きずな」の理想的な姿を、江藤淳は明治国家と個人の関係に見ている。

小熊英二は、「江藤が「明治国家」を発見したのは、アメリカ体験からだといってよい」と述べる[22]。さらに小熊によれば、江藤淳は「アメリカが明治の日本に似ているなら、そこに同化することは、「真の日本人」になることだと意識できた」のであり「こうした〈明治＝アメリカ〉への同化は、戦後日本を否定する」[23]ことに繋がっていくのである。

だとすれば『成熟と喪失』には、〈母〉の崩壊という日本文

---

21 傍点原文、1964年6月15日付け（第11面）を参照した。

22 小熊英二（2002）『〈民主〉と〈愛国〉』新曜社 p. 701。

23 小熊英二（2002）『〈民主〉と〈愛国〉』新曜社 p. 703。

化の問題だけではなく、書かれてはいないが、実は明治国家(＝アメリカ）を理想とするということが含意されているといえよう。〈母〉の崩壊は、〈父〉なる明治国家へのオマージュと表裏一体となっているのである。

その一方で、江藤淳は『沈黙』について論じる過程で次のように述べている。

> その声にはげまされてついに踏絵に足をかけた彼は、同時にその行為によって「父」を抹殺し、「母」との合体をとげた。破壊し、汚すことによって「母」と合体すること。そのとき彼をつらぬいた燃えるような恍惚と痛みとは、ついに母子相姦の願望をとげた者のひそかな、しかし激しい歓喜にほかならない。これ以外に彼にとっての救済はなかった[24]。

〈父〉を殺し〈母〉と交わることは、「救済」となる。なぜなら、彼の「行為」は「「母」に赦され」ており、「「母」と合体」することで、彼は「「母」の欠落を回復する」ことができるからである。

しかし、江藤淳は「母」の「回復」に「秩序と行為をもたらす原理」の欠落を見いだし、「堕落」と呼ぶ。なぜなら、「回復されるのは幼年期の投射であって決して秩序でも社会でもあり得ない」からである。江藤淳が求めているのは、「秩序」や「社会」という規範であり、〈母〉はそれらを疎外する存在なのである。

---

24 江藤淳（2013）『成熟と喪失』講談社 p. 183。

先に見たように、江藤淳は明治国家を理想とし、〈父〉なる「国家」と「個人」が強い「きずな」で結ばれることを求めている。それは「国家」が規範であり、「個人」の行動「原理」となることである。したがって〈母〉を「回復」させ、そのため「秩序」や「社会」が欠落することは、「個人」を「国家」から遠ざけることを意味する。

このように『成熟と喪失』の言説編成を、「国家」をめぐる〈父〉と〈母〉のメタファーから捉え返すとき、『海辺のカフカ』と『成熟と喪失』の批評的交差点が浮き上がってくる。それは、〈母〉の「喪失」というモチーフが共に響き合うという点である。しかしその一方で、喪われた〈母〉を〈求めること〉は、江藤淳の言う「成熟」からは遙かに後退することを意味する。それでは両者は、いったいどのように交差しているのであろうか。

4. 〈母〉を〈求めること〉の両義性

カフカ少年は一貫して、喪われた〈母〉を探し求めている。甲村記念図書館で初めて佐伯さんを目にしたとき、カフカ少年は「この人が僕の母親だといいのにな」と思う。なぜなら、「僕は美しい（あるいは感じのいい）中年の女の人を目にするたびにそう考えてしまう」（上巻 p. 81）からである。

しかし、カフカ少年は〈母〉を〈求めること〉から逃げようともしている。そのことは、大島さんによって「「背反性といえばね」と大島さんは思い出したように言う。「最初に君に会ったときから、僕はこう感じているんだ。君はなにかを強く求めているのに、その一方でそれを懸命に避けようとしているって。君にはそう思わせるところがある」（上巻 p. 325）と指摘されている。

カフカ少年は、〈母〉を求めると同時にそこから逃げようとしている。どうしてカフカ少年が〈母〉から逃げようとしているのかと言えば、それは〈父〉の呪いがあるからである。カフカ少年は、大島さんに次のように語る。

> 僕は言う。「予言というよりは、呪いに近いかもしれないな。父は何度も何度も、それを繰りかえし僕に聞かせた。まるで僕の意識に鑿でその一字一字を刻みこむみたいにね」
>
> （略）
>
> 僕は言う。「お前はいつかその手で父親を殺し、いつか母親と交わることになるって」（傍点原文　上巻 p. 426）

〈父〉の「呪い」は、カフカ少年に〈父〉を殺し、〈母〉と「交わること」を求めている。だとすれば、カフカ少年は〈母〉を〈求めること〉を避けなければならない。なぜなら〈母〉を〈求めること〉は、〈母〉を犯すことを意味するからである。カフカ少年が〈母〉を〈求めること〉には、憧れと同時に母子相姦の意味も含まれているのであり、その点で両義的である。

前節で検討したように、『成熟と喪失』では、〈母〉と「合体」し、〈母〉を「回復」させることについて、「国家」から遠ざかる行為として批判的に捉えられていた。それに対して、これから見ていくように、『海辺のカフカ』では、〈母〉を〈求めること〉を通して、〈母〉の「回復」が図られていく。『海辺のカフカ』を『成熟と喪失』と対比して見る時、〈母〉の「喪失」という点で響き合いながらも、〈母〉の「回復」をめぐって鋭く対立していることがわかる。このように双方のテクストを接続させることで浮かび上がる、相同性と対立の二面性こそ、批評的シンクロニシティなのである。

『海辺のカフカ』に戻ろう。では、〈父〉はどうしてカフカ少年に呪いをかけたのであろうか。その理由について、カフカ少年は、佐伯さんに次のように説明している。

> 「父はあなたのことを愛していたんだと思います。でもどうしてもあなたを自分のところに連れ戻すことはできなかった。というか、そもそも最初から、あなたをほんとうには手に入れることはできなかったんだ。父にはそれがわかっていた。だからこそ死ぬことを求めたんです。それも自分の息子でもあり、あなたの息子でもある僕の手にかかって殺されることを求めた。そして父は僕があなたと姉を相手に交わることを求めました。それが彼の予言であり、呪いです。彼はそれを僕の身体の中にプログラムとしてセットした」（傍点原文　下巻 p. 138）

〈父〉は〈母〉から「ほんとうに」愛されることはなかったし、「連れ戻す」こともできなかった。だから、カフカ少年に呪いをかけたのである。その呪いは、まず息子の手で〈父〉を殺すことを求める。そして〈父〉の血にまみれた息子が、〈母〉と交わることを求めている。なぜなら、そうすることで〈父〉の血が〈母〉に埋め込まれ、〈父〉の世界に〈母〉を「連れ戻す」ことができると考えたからである。

それに対して、カフカ少年は「一連のプログラムをさっさと終え」(下巻 p. 311)、他者の思惑に巻き込まれず、自分自身として生きたいと願う。そこでカフカ少年は、〈父〉の呪いを「進んで引きうけ」実行に移す。だが、呪いのプログラムを実行したからといって、カフカ少年の抱えている問題が解決したわけではなかった。カラスと呼ばれる少年は、「**君は父なるものを殺し、母なるものを犯し、姉なるものを犯した。君は予言をひととおり実行した。君のつもりでは、それで父親が君にかけた呪いは終わってしまうはずだった。でもじっさいにはなにひとつとして終わっちゃいない。乗り越えられてもいない。**」(ゴシック体原文。以下同じ)(下巻 p. 348)、とカフカ少年に語る。

カフカ少年は、〈父〉の呪いを実行することによって、その呪いを解こうとした。しかし、何一つ解決することはなかったのである。カラスと呼ばれる少年は、カフカ少年に次のように語りかける。

> 「いいかい、戦いを終わらせるための戦いというようなものはどこにもないんだよ」とカラスと呼ばれる少年は言う。「それは暴力によって流された血をすすり、暴力によって傷ついた肉をかじって育っていくんだ。戦いというのは一種の完全生物なんだ。君はそのことをしらなくちゃならない」(下巻 p. 348-349)

カラスと呼ばれる少年の言葉によって、〈父〉の呪いの本質が明るみに出されている。〈父〉の呪いとは、「暴力」によって

「戦い」を「成長」させていくシステムのことである。カフカ少年は〈父〉の呪いを実行したが、それは〈殺し〉〈犯す〉と言う「暴力」を行使することであり、「戦い」のシステムに巻き込まれることに他ならない。だから、呪いは解かれないのである。

カフカ少年は、カラスと呼ばれる少年に、ではどうすれば「暴力」の連鎖から抜け出せるのかと問いかける。その問いに、カラスと呼ばれる少年は、「そうだな、君がやらなくちゃならないのは、たぶん君の中にある恐怖と怒りを乗り越えていくことだ」「そこに明るい光を入れ、君の心の冷えた部分を溶かしていくことだ。(以下略)」(下巻 p. 349) と答える。カフカ少年には、〈父〉の呪いから自由になるために、「恐怖と怒り」を乗り越えていくことが求められている。物語の鍵となっているのは、「恐怖と怒り」の感情である。

5.「恐怖と怒り」からの解放

先に見たように、村上春樹は、「戦時」のアメリカ合衆国における「暴力」を目の当たりにしていた。「戦い」は「暴力」の連鎖によって「成長」するという物語の言葉は、湾岸戦争、そして 9. 11 を想起させる。アメリカ合衆国と一部イスラム世界との亀裂は深まり、報復の連鎖は今なお続いている。恐らく暴力の応酬に終わりはないのであり、終わりのない血の報復は、まさに呪われた運命を暗示している。

『成熟と喪失』では〈母〉の崩壊が語られる一方で、「個人」が「国家」に帰属する道が示されていた。その「国家」を、江藤淳は〈父〉という比喩で語っていた。江藤淳が理想とする

「国家」(〈父〉)は、アメリカ体験を通して発見された「明治国家」である。周知のように「明治国家」は日清日露の戦争を戦い、国家の「版図」を拡大していく。

アメリカ合衆国はあからさまに領土の拡張を図ることはなかったが、敵視した国家には容赦のない攻撃を加えている。明治国家そしてアメリカ合衆国に共通して見られるのは、国家が目的のために戦争を遂行することであり、『成熟と喪失』はそのような「国家」(〈父〉)の姿を肯定していくのである。

それに対して『海辺のカフカ』では、〈父〉の呪いである「暴力」の連鎖から逃れ出る道が示されている。それは、「恐怖と怒り」を乗り越えることであった。「恐怖と怒り」の問題は第41章以降において繰り返し語られるのであり、この物語を考える上で鍵となる言葉であるといってよい。

ここで再びアメリカ合衆国を想起すれば、9.11がアメリカ国民に植え付けた感情は、まさに「恐怖」と「怒り」であったことに思いいたる。アメリカ国民に共有された感情は、アメリカ合衆国の中心が破壊されたという「恐怖」であり、「怒り」の発露としての戦争への強い欲望である。『海辺のカフカ』に引きつけて考えれば、アメリカ国民は、まさに〈父〉の呪いを実行に移しているといえよう。いささかアレゴリカルに過ぎるかもしれないが、アメリカ国民の抱え込んだ「恐怖と怒り」を背景として、『海辺のカフカ』を読み解いていきたい[25]。

---

25 柴田勝二(2015)「異世界を結ぶ者たち–村上春樹におけるメディウムと『色彩を持たない多崎つくると、彼の巡礼の年』–」(『村上春樹におけるメディウム—21世紀篇—』(2015)淡紅大学出版中心 p. 28)では、「と

「恐怖と怒り」は、佐伯さんの狂気について理解する上で、示唆的な言葉となっている。佐伯さんの恋人は、２０歳のときに、セクト間の争いに巻き込まれて激しい暴力を受け、死ぬ。佐伯さんは失踪するが、やがて恋人が暮らしていた場所に舞い戻る。それが甲村図書館である。佐伯さんには表面上は変わったところはない。

しかし大島さんは、「佐伯さんの人生」は恋人の死を境にして停止しているとする。そして大島さんは、そのような佐伯さんの姿について、「ある意味では心を病んでいる」と語る。失踪中に佐伯さんが何をしていたのか詳らかにされてはいないが、佐伯さんはナカタさんに「深い井戸の底で一人で生きているようなものでした。外にあるすべてを呪い、すべてを憎みました」（下巻 p. 361）と語っている。だとすれば、佐伯さんは、激しい「怒り」を抱きつつ生きていたといってよいであろう。言うまでもなく、佐伯さんの「怒り」は、恋人が殺されたことによって引き起これている。

だが注目しておきたいのは、甲村図書館における佐伯さんの時間は止まっていることである。佐伯さんが生きているのは、恋人との愛の時間であり、たとえそれが狂気に近いものであったとしても、「恐怖と怒り」の時間を生きているわけではない。

りわけ他国を侵犯し、個人を無化する戦争とそこに含まれる膨大な暴力行為は、近代の歴史でとめどなく繰り返されてきた。この暴力の偏在性は村上の主題として比重を高めていく」と指摘しつつ、『ねじまき鳥クロニクル』に言及する。本稿では、柴田の指摘に首肯すると同時に、『海辺のカフカ』においても同様であると考える。

佐伯さんの抱く「恐怖と怒り」は、物語の結末でも語られる。佐伯さんは、カフカ少年に次のように語る。佐伯さんは、「遠い昔」「私がなによりも愛していたものを」捨てた。なぜなら「それがいつか失われてしまうことを恐れた」からであり、それと同時に「薄れることのない怒りの感情もあった」（下巻 p. 470-471）からである。

佐伯さんの言葉から推測すれば、佐伯さんは再び愛する対象（息子）を手に入れていた。恐らく、その時、佐伯さんには再生の可能性が開かれていたのである。しかし佐伯さんは、「恐怖と怒り」に支配されて息子を捨ててしまった。そして佐伯さんは愛する対象を捨てたことについて、「それはまちがったことだった」と自らを責めている。

息子を捨ててしまった佐伯さんの「恐怖と怒り」が、何に由来するものであるかは明らかとなっていない。仮に佐伯さんが、カフカ少年の母親であるとすれば、父親に対するものであったかも知れない。また、「薄れることのない怒り」とある以上、恋人の死にまで遡ることができるのかも知れない。しかし、いずれにしても佐伯さんは「恐怖と怒り」にかられて愛することを放棄してしまった。

佐伯さんは故郷に舞い戻り、恋人との時間を生きる。恐らく佐伯さんにとっては、死んだ恋人との愛の記憶を生きることが、「恐怖と怒り」や自責の念から逃れることのできる唯一の方法であった。その意味で、佐伯さんの狂気とは、自己を守る手段でもあった。

〈父〉がカフカ少年に〈母〉と交わることを求めたのは、息子と交わらせることで、再び「怒りと恐怖」の感情を〈母〉に植えつけることを願ったからである。カフカ少年は、佐伯さんを母親だと信じようとしている。そのようなカフカ少年と交わることは、佐伯さんに、息子を捨てた「恐怖と怒り」の感情を想起させるであろう。

カフカ少年は、〈母〉と交わった後に森の奥深くに進み、「僕は自分自身の内側を旅しているのだ」と思う。そして突然「疑問」に行き当たり、次のように思う。

> 疑問。
>
> どうして彼女は僕を愛してくれなかったのだろう。
>
> 僕には母に愛されるだけの資格がなかったのだろうか？
>
> その問いかけは長い年月にわたって、僕の心をはげしく焼き、僕の魂をむしばみつづけてきた。（傍点原文　下巻 p. 373）

カフカ少年は、自分の心の奥深くに入る。そして、〈母〉によって「深く傷ついたし、損なわれてしまった」ことを知る。カフカ少年は、「もし僕のことをほんとうに愛していたんなら、どうしてそんなことができるんだ？」（下巻 p. 376）と激しく問う。

その問いに対して、カラスと呼ばれる少年は、〈母〉の行為は間違っていたと認めたうえで、しかし「彼女は君のことをとても深く愛していた。君はまずそれを信じなくてはならない。それが出発点になる」という。そして、次のようにカフカ少年に話しかける。

たとえ君を愛していたとしても、君を捨てないわけにはいかなかったんだ。君がやらなくちゃならないのはそんな彼女の心を理解し、受け入れることなんだ。彼女がそのときに感じていた圧倒的な恐怖と怒りを理解し、自分のこととして受け入れるんだ。それを継承し反復するんじゃなくてね。言いかえれば、君は彼女をゆるさなくちゃいけない。（下巻 p. 378）

カフカ少年には、〈母〉の「恐怖と怒り」を理解して「受け入れ」、許すことが求められている。なぜなら、そうすることで、「恐怖と怒り」の「継承」と「反復」を断ち切ることができるからである。そして、カフカ少年は、佐伯さんに「**お母さん**」と呼びかけ、「**僕はあなたをゆるします**」という。その時、カフカ少年の「**心の中で、凍っていたなにかが音をたてる。**」（下巻 p. 471）のであり、〈母〉への怒りや憎しみといった感情がゆるやかに溶け始める。同時に、佐伯さんは、〈母〉として生きる時間を取り戻すことができたのである。

大切なことは、愛の時間の回復は、ひとえに息子が〈母〉の愛を信じることから始まっていることである。『海辺のカフカ』の冒頭で、「君はこれから世界でいちばんタフな 15 歳の少年にならなくちゃいけない」（上 p. 11）と語られているが、少年が「タフ」になるとは、〈母〉の愛を信じきり、〈母〉の愛を再生させることであった。

江藤淳は『海辺の光景』から〈母〉の崩壊と喪失を読み解いたが、それは〈母〉の愛を信じないことからはじまる。それに対して『海辺のカフカ』は、〈母〉の愛を信じることで、〈母〉を蘇らせるのである。『海辺のカフカ』は、『成熟と喪失』で語られた〈母〉の喪失という戦後日本の問題を引き継ぎながら、〈父〉への道ではなく、〈母〉の再生を目指す物語になっているといえよう。

9.11を視野に収めるなら、『海辺のカフカ』が開示しているのは、「恐怖と怒り」を「反復」しない世界である。村上春樹が「戦時」のアメリカで体験した暴力的世界を回避することが、〈母〉の再生に託されているといってよいのではないだろうか。

また、ここに明らかなように、『海辺のカフカ』は「日本回帰」とは異なる方向性の物語となっている。なぜなら〈母〉の再生は、「国家」から限りなく身を遠ざけることを意味しているからである。

なお本稿は、『成熟と喪失』の関係から〈母〉の問題に焦点をあてたこと、さらには紙幅の問題もあり、ナカタさんの物語に言及することができなかった。この点については、いずれ稿を改めて論じていきたい。

テキスト

村上春樹（2005）『海辺のカフカ（上）』新潮社

村上春樹（2005）『海辺のカフカ（下）』新潮社

参考文献

江藤淳（2013）『成熟と喪失』講談社

江藤淳（2007）『アメリカと私』講談社

安岡章太郎（2011）『海辺の光景』新潮社

川村湊（2006）『村上春樹をどう読むか』作品社

『村上春樹におけるメディウム―21 世紀篇―』（2015）淡江大学出版中心

小熊英二（2002）『〈民主〉と〈愛国〉』新曜社

村上春樹（2003）『村上春樹全作品 1990 － 2000 ④　ねじまき鳥クロニクル１』講談社

村上春樹（2003）『少年カフカ』新潮社

村上春樹（2015）『やがて哀しき外国語』講談社

村上春樹研究会編（2001）『村上春樹　作品研究事典』鼎書房

【付記】

本稿を脱稿後に、大塚英志「村上春樹にとっての「日本」と「日本語」」（『村上春樹論―サブカルチャーと倫理』（2006）若草書房）に、①『やがて哀しき外国語』の本稿と同一部分の引用、②「日本回帰」の問題の指摘、③『成熟と喪失』の参照、④村上の「戦争体験」への言及があることを知った。しかし、大塚は、①・②・③より村上のアメリカ体験を江藤の「反復」であると指摘し、その補強として④に言及する。したがって、本稿の議論とは大きく異なる。

村上春樹作品における〈暴力〉の両義性（パルマコン）

—『海辺のカフカ』を中心に—

内田　康

“Terminate…with extreme prejudice.”

（『地獄の黙示録』[1]）

1. 村上春樹文学における「〈父殺し〉三部作」をめぐって

既に35年を越えた村上春樹の作家活動を、特に長篇を中心に見渡してみると、そこには、「〈父殺し〉の系譜」とでも言うべき幾つかの作品の存在を認めることができる。ことあらためて言うまでもなく、〈父なるもの〉との抗争とその打倒は、人類の神話や歴史、そして文芸を語る上でも看過しがたいものがあるが、村上の小説もまた例外ではなく、詳細な説明は後に回すとして、具体的に名前を挙げるとすれば、『羊をめぐる冒険』（講談社、1982年）、『海辺のカフカ』（新潮社、2002年）、『1Q84』（同、2009－2010年）といった作品がリストアップできるだろう。本研究では、この三篇を仮に、村上春樹の「〈父殺し〉三部作」と呼ぶこととする。さらに、これらのうちで『羊をめぐる

---

1 「僕は『地獄の黙示録』の圧倒的なファンです。もう20回くらいは見たと思います。「圧倒的な偏見をもって断固抹殺する」というトロくんの台詞は、『地獄の黙示録』の中の台詞を引用しました。『地獄の黙示録』のあのシーンは僕がいちばん好きなシーンです」（村上春樹編集長（2003）『少年カフカ』新潮社 p. 255）。

冒険』と『1Q84』については、稿者も以前考察を巡らしたことがあるため、今回は残る一篇である『海辺のカフカ』を中心に取り上げてみることにしたい。

さて、旧稿でも述べたように[2]、〈父殺し〉は屢々〈王殺し〉のモティーフとも重なり合うわけだが、この〈王殺し〉と関連して安藤礼二は、『羊をめぐる冒険』と『1Q84』の二作が「お互いがお互いの鏡像であるかのように、きわめてよく似た物語構造をもっている」とし、それを「いずれも血塗られた王位継承について書かれた物語、待ち望まれている王国の到来、破壊と構築、死と再生を同時にもたらすような王国、【中略】を統べる旧い王の殺害と新たな王の即位をめぐる物語だったからだ」と述べている[3]。次節で確認するように、管見によれば、これら二作品のポイントは、〈新たな王の即位が回避されること〉にあると考えられ、その点では安藤説に100％同意できるわけではないが、「血塗られた王位継承について書かれた物語」という解釈は、概ね妥当だと言えよう。ならば、この二篇の間に成立した『海辺のカフカ』の場合、如上の物語構造はどうなっているだろうか。

周知のように、『ねじまき鳥クロニクル』（新潮社、1994－1995年）以来7年ぶりの長い長篇小説にあたる本作は、〈父殺し

---

2 拙稿（2012. 12）「村上春樹『1Q84』論―神話と歴史を紡ぐ者たち―」中華民國『淡江日本論叢』26 淡江大學日本語文學系 p. 3-28 および拙稿（2013. 12）「回避される「通過儀礼」―村上春樹『羊をめぐる冒険』論―」中華民國『台灣日本語文學報』34 台灣日本語文學會 p. 27-52 を参照。

3 安藤礼二（2009. 9）「王国の到来　村上春樹『1Q84』」『新潮』第106巻第9号 p. 189。

＝王殺し〉の文学の代表作であるソフォクレスの『オイディプス王』等に描かれたオイディプス神話を下敷きとしている。しかし、やはり前稿で指摘したように、村上春樹作品には、時に神話的物語構造を引用しつつも、それを批判的に捉え返す視点が存する。そして『海辺のカフカ』に関しても、やや論点を先取りして言うなら、ソフォクレスによるオイディプスの物語が、主人公の「血塗られた王位継承」とそこからの失墜とを、一篇の悲劇の主軸としているのに対し、「放浪のプリンス」[4]としての少年「田村カフカ」の場合、〈父＝王〉たる「田村浩一」の〈弑殺〉の後、ひたすら「王位」から遠ざかっていくだけのように見えるのである。このことは当該作品にとって如何なる意味を持っているのか。本稿は、「血塗られた王位継承」とそれが構造的に孕む「暴力」の問題を、特にその両義的性格に注目しつつ分析し、併せて「〈父殺し〉三部作」における本作の位置づけについても、私見を提示することを目的とするものである。

2.「〈父殺し〉三部作」と、回避される「王位継承」

それでは以下、『海辺のカフカ』について検討していくにあたり、「〈父殺し〉三部作」の他の二作、とりわけその初発として物語の基本型を確立したと考えられる『羊をめぐる冒険』に目を向け、この作品を稿者が以前考察した際に注目した〈「王位(＝父なるもの）の継承」の回避〉という問題について、簡単に整理しておきたい。

4　村上春樹（2002)『海辺のカフカ』下、新潮社、第35章 p. 181。以下、本作品の引用は本書による。

この小説は、1978年、離婚した「僕」が、友人の「鼠」から郵送されてきた、背中に星型の紋様のある一頭の不思議な羊の写真を、仕事の広告用に使ったことを契機に、謎の組織から、その羊を探すことを強要され、仕事で出会った「耳のモデル」の女性と北海道に赴くものの、途中で彼女は失踪、また全ての謎を知っていた「鼠」も、彼の父親の別荘で、「僕」の到着前に、日本社会を裏で操作する能力のある問題の羊を斃すのと引き換えに自殺していた、という内容で、周知のように、発表当初からJ・コンラッドの小説『闇の奥』や、それを典拠としたF・F・コッポラの映画『地獄の黙示録』からの影響が指摘されてきた。これを受けて稿者は、「鼠」の父の別荘に、「コンラッドの小説」[5]（p. 301。恐らく『闇の奥』）に加えて「「プルターク英雄伝」や「ギリシャ戯曲選」」（p. 302）が置かれていた点に注目、本小説が、後者によって仄めかされるイアソンの黄金の羊毛探索伝説のみならず、「鼠」による〈父殺し〉を象徴的に暗示する、前者に載せられたテーセウスによる怪物退治伝説との、二つの神話的枠組の合成に規定されながら、「僕」も「鼠」も共にこれらの「通過儀礼」的物語を辿るのに失敗していることを述べた上で、その理由として、村上春樹に感銘を与えた『地獄の黙示録』の内包する〈王権継承の回避〉という思想がその背景にあることを推察した[6]。これは、佐藤秀明の示す、『羊をめぐる冒険』や『1Q84』の〈王殺し〉が、J・G・フレイザーの『金枝篇』のそ

5　村上春樹（1990）『村上春樹全作品 1979 ～ 1989 ② 羊をめぐる冒険』講談社。本作引用は以下本書に拠る。

6　注2拙稿（2013. 12）を参照。

れとは異なって、王権継承を阻止するためにこそ行われている、との指摘とも符合するものであり[7]、とりわけ、『1Q84』の構造をBOOK3まで見通した上でなされたこの佐藤の見解は、BOOK2までの段階で結論を下さざるを得なかった前節の安藤の論よりも、説得力を持つものと言えよう。

さて、これら両作品が如何に王位の継承を回避するかに注目してみると、『羊をめぐる冒険』の「鼠」と『1Q84』の「リーダー」という王権と結びついた人物たちが、どちらも自ら死を選ぶという共通性が認められるわけだが、その差異に関しては、また佐藤が『羊をめぐる冒険』における〈王殺し〉をめぐって、更に次のように述べている。「その徹底ぶりは、他の作品には見られないものだ。【中略】『1Q84』ではリトル・ピープルは放置するしかない。『羊をめぐる冒険』の鼠は、王である自分の身体を殺すだけではなく、王権である「羊」そのものも、仕掛けた爆破装置によって滅ぼすのである」(p. 113)。即ち、この小説に描かれているのは「全的に破壊することをいとわない」「完全な「王殺し」」(p. 116 − 117) だと言うのだ。共に王権継承の阻止の物語でありながら、『羊をめぐる冒険』と『1Q84』の間に横たわる差異は、一体何を意味しているのだろうか。「僕」は「鼠」(の幽霊) との最後の会見の場で、「羊」が憑依する代償として提示したものについて次のような答を聞き出す。「それを言葉で説明することはできない。それはちょうど、あらゆるものを呑みこむ

---

7 佐藤秀明 (2011)「村上春樹の「王殺し」」日本近代文学会関西支部編『村上春樹と小説の現在』和泉書院 p. 111-113 を参照。以下、本佐藤論文の引用はページ数のみを記す。

つぼなんだ。気が遠くなるほど美しく、そしておぞましいくらいに邪悪なんだ。【中略】宇宙の一点に凡る生命の根源が出現した時のダイナミズムに近いものだよ」（『羊をめぐる冒険』p. 355。傍点は原文。下線は引用者。以下同）。清眞人は、『1Q84』にまで継承されるところのこの「羊が体現するとされる「原初の混沌」的な《力》のイメージ源泉をなすもの、それはニーチェの「力への意志」の思想にちがいない」と解釈し[8]、稿者もこれを傾聴に値する見解だと考える。そう把えることで、『羊をめぐる冒険』第一章「1970／11／25」で、天皇という〈王＝父〉のもとへの結集を呼びかけていた三島由紀夫のアイロニカルな描かれ方の意味も、より明白となろう。そしてそこから、少なくともこの小説における、美しさと邪悪さが渾然一体となった「「原初の混沌」的な《力》」へのネガティヴな態度の表明を読み取ることができ、「羊」が徹底的に滅ぼされねばならなかった理由もはっきりする。

一方、『1Q84』に登場する「リーダー（深田保）」はこう語る。「リトル・ピープルと呼ばれるものが善であるのか悪であるのか、それはわからない。それはある意味では我々の理解や定義を超えたものだ」（『1Q84　BOOK2』p. 276）。ここで示されるのは、「リトル・ピープル」なる存在の持つ両義的性格であり、その正体はあくまでも不可知の領域に棚上げされている。どうやら「1Q84年」の世界では、「反リトル・ピープル作用」は存在するものの、「リトル・ピープル」自体は、「羊」の如く闘って

8　清眞人（2011）『村上春樹の哲学ワールド―ニーチェ的四部作を読む』はるか書房 p. 111。また、特に本書第３章「反・《力》としての愛」を参照。

打倒できるような相手ではないらしい。では、『海辺のカフカ』の〈父＝王〉の場合はどうか。

> 「【前略】父は自分のまわりにいる人間すべてを汚して、損なっていた。父が求めてそうしていたのかどうか、僕は知らない。【中略】でもどっちにしても父はそういう意味では、とくべつななにかと結びついていたんじゃないかと思うんだ。【後略】」【中略】大島さんは言う。「そのなにかはおそらく、善とか悪とかいう峻別を超えたものなんだろう。力の源泉と言えばいいのかもしれない」（『海辺のカフカ』上、第21章 p. 350）

この箇所に関連して清眞人はこう言う。「僕の視点からすれば、この大島の言い回しは『羊をめぐる冒険』と『1Q84』をつなぐ線と同一線上にあるニーチェ的な《力》のイメージを念頭に置いたものである」[9]。なるほど、確かにここでの「大島さん」の物言いには、先に見た「リーダー」による「リトル・ピープル」の両義性という解釈を髣髴とさせるものがあり、だとすればこの清の提唱する「ニーチェ的な《力》」こそ、本研究が解明を試みている「〈父殺し〉三部作」の共通の敵としての〈父なるもの〉、ということになりそうである。しかし、『1Q84』の「リトル・ピープル」が容易に斃せるような存在ではなく、その影響から逃れるために、「天吾」と「青豆」は「1Q84年」の世界を離脱せざるをえなかったのに対し、『海辺のカフカ』にお

9　同注8、清（2011）p. 131。

いて恐らく「羊」や「リトル・ピープル」に相当すると考えられる、「ナカタさん」の口から這い出てきた「白いもの」(『海辺のカフカ』下、第48章p. 401以下)は、最終的に「星野青年」によって息の根を止められるに至る。そしてその際、彼は次のように述懐するのである。「でも何があろうとこいつを〈入り口〉の中に入れるわけにはいかない。なぜならこいつは邪悪なものだからだ。【中略】たしかに一目見ればわかる。こいつは生かしてはおけないものだ」(同前、p. 403)。「白いもの」に対するこのような見解は、先に引用した『羊をめぐる冒険』の「気が遠くなるほど美しく、そしておぞましいくらいに邪悪なんだ」という一節を我々に思い起こさせる。更に、「田村カフカ」の父「田村浩一」の化身と思しい「有名な猫殺しのジョニー・ウォーカー」(『海辺のカフカ』上、第16章p. 241)が、「カラスと呼ばれる少年」の襲撃を受けて舌を引き抜かれる場面の、「ひどく太く、そして長い舌だった。喉の奥からひきずりだされてからも、それはまるで軟体動物のようにずるずるとあたりを這いまわり、そこに闇のことばをかたちづくった」(『海辺のカフカ』下、p. 368)という描写から、彼の「舌」と、「ナカタさん」の口から出た「白いもの」との相関関係が言えるとすれば、この「邪悪なもの」は「田村浩一」と結びついた「善とか悪とかいう峻別を超えた」「なにか」、「力の源泉」とも繋がっているとも推測される[10]。だとすると、善悪の両義性を備えている

10 加藤典洋(2004 ⇒ 2009)『村上春樹　イエローページ3』幻冬舎文庫 p. 293-294 脚注「「白いもの」の正体」にも、「「白いもの」の正体は、ジョニー・ウォーカーの舌かもしれない」云々との指摘がある。

という点で、後の「リトル・ピープル」の原型とも言える一方、「羊」と同様に抹殺の対象ともなる、「白いもの」の持つ過渡的な性格が指摘できそうである。そこで次に、安藤や佐藤が「王権（王位）継承」を考察する際に対象から外されたこの『海辺のカフカ』をめぐり、新たに検討を加えていくべきであるが、その前に今暫く、ここで述べられた「力の源泉」の両義的な性格の来歴について、更に深く探ってみることにしたい。

3.「パルマコン（pharmakon）」としての「力の源泉」

村上春樹が当初『世界の終りとハードボイルド・ワンダーランド』（新潮社、1985 年）の続編として構想し、21 世紀初の長篇となった『海辺のカフカ』には、殺人、戦争、強姦など様々な暴力が満ち溢れている。こうした要素は 1990 年代前半を費やして書き継がれた大作『ねじまき鳥クロニクル』にも既に見られたが、『海辺のカフカ』の場合には、「暴力」やそれと関わる「悪」が、両義性を帯びた存在として描かれているとの特徴が認められる。旧稿で述べたように[11]、『ノルウェイの森』（1987 年）の「永沢さん」や『ダンス・ダンス・ダンス』（1988 年）の「五反田君」の如く、元来村上の作品には自己の〈分身〉としての「悪」の体現者が登場していたが、それが 90 年代に入ると、『国境の南、太陽の西』（1992 年）の語り手「ハジメ」による自己の内面の「悪」の発見を経て、『ねじまき鳥クロニクル』

11 拙稿（2015）「〈他者〉〈分身〉〈メディウム〉―村上春樹、80 年代から 90 年代へ―」森正人監修、小森陽一・曾秋桂編集『村上春樹におけるメディウム―20 世紀篇―』淡江大學出版中心 p. 118-120 を参照。

の「綿谷ノボル」という、〈敵対者〉としての〈分身〉にまで変容していった、と考えられるのである。そしてこの段階での「悪」は、自己への明確な対立者として、語り手「岡田亨」の意識下の世界においてバットで叩き潰されねばならなかった[12]。ここに、〈継承〉の要素を欠いた本作と、〈父殺し〉との差異もある。かかる地点から、言わば善悪の相対化への村上春樹のシフトには、地下鉄サリン事件をめぐってなされた『アンダーグラウンド』(1997 年)から『約束された場所で』(1998 年)に至る一連の仕事の影響が認められよう。

> **村上** 悪というのは、僕にとってひとつの大きなモチーフでもあるんです。【中略】でもうまくしぼりこんでいくことができないんです。悪の一面については書けるんです。たとえば汚れとか、暴力とか、嘘とか。でも悪の全体像ということになると、その姿をとらえることができない。
> (「『アンダーグラウンド』をめぐって」[13]、p. 196)

---

12 これに対して、実世界での「綿谷ノボル」の息の根を止めるのが、彼の妹にして「岡田亨」の妻・久美子である点を、それまでの村上作品にない自立的で積極的な女性表象の創出として評価する研究に、山﨑眞紀子(2013)『村上春樹と女性、北海道…。』彩流社などがある。因みにこの『ねじまき鳥クロニクル』も、一種の〈王殺し〉の物語と解釈できるわけだが、「綿谷ノボル」の体現するものが必ずしも〈父〉とは認められず、またその両義的とは言えない「悪」の位置づけにより、本研究での〈父殺し〉の系譜からは外して考える。

13 引用は、ともに村上春樹(2003c)『村上春樹全作品 1990 ~ 2000 ⑦ 約束された場所で　村上春樹、河合隼雄に会いにいく』講談社による。

村上　昨年、先生とお目にかかったときに悪についてお話をして、それでいろいろ考えたんですが、悪というのは人間というシステムの切り離せない一部として存在するものだろうという印象を僕は持っているんです。それは独立したものでもないし、交換したり、それだけつぶしたりできるものでもない。というかそれは、場合によって悪になったり善になったりするものではないか【後略】(「「悪」を抱えて生きる」、p. 225)

これら二つの発言は、1997年5月と1998年8月に行われた河合隼雄との対談に基いたもので、ともに『約束された場所で』に収録されている。前者と後者の間では、後に『約束された場所で』にまとめられることになる、オウム真理教（元）関係者へのインタビューが行われた。『アンダーグラウンド』刊行の約２ヶ月後になされた前者の対談で、村上は河合に「悪の全体像」の把捉の難しさを吐露している。この時点での彼は、それまでの創作を通して「自己の内面の「悪」の存在」という認識には到達していたはずで、『アンダーグラウンド』のあとがき「目じるしのない悪夢」においても、そうした観点を敷衍するように、「「こちら側」＝一般市民の論理とシステムと、「あちら側」＝オウム真理教の論理とシステムとは、一種の合わせ鏡的な像を共有していたのではないか」（p. 646）と記していた[14]。それが、一年余りを経ての発言では、「悪」を独立的なものとは把え

14 村上春樹（2003b）『村上春樹全作品 1990 ～ 2000 ⑥ アンダーグラウンド』講談社。

ず、「人間というシステムの切り離せない一部として」「場合によって悪になったり善になったりするものではないか」との認識へ修正を施している。ここからは、『海辺のカフカ』の「善とか悪とかいう峻別を超えた」「なにか」、「力の源泉」というイメージへの接近が覗えよう。けれども、そこに辿り着く前の村上が 1999 年、その大規模長篇の着手に先立って刊行したのは、作家自身によって「『アンダーグラウンド』と『約束された場所で』の延長線上に立つ作品」[15] とも捉えられる中篇、『スプートニクの恋人』(1999 年、講談社) であった。

この小説における全体的な語り手は「ぼく (=「K」)」だが、彼が想いを寄せる後輩の「すみれ」は、性欲を持たない年上の在日韓国人女性「ミュウ」に恋した挙句に、ギリシャで消息を絶ってしまう。「すみれ」を探索すべくギリシャに飛んだ「ぼく」が、「ミュウ」に会うものの、何ら失踪の手がかりを得られないまま空しく帰国、最後に「すみれ」の帰還の可能性を暗示する電話で終わるというストーリーは、村上得意の「シーク・アンド・ファインド」の物語構造の反復と見ることができるが、ここで重要なのは、彼女たち二人の女性が体験する、「こちら側」と「あちら側」という二つの世界の往還というモティーフであろう。「ミュウ」は、スイスで観覧車に閉じ込められるという一夜の経験の後、自身の黒髪と、性欲と、音楽を作り出すための力を失う。そして小説家を目指していた「すみれ」は、彼女自身が失われることになるが、物語の結末において、「ぼく」への夢とも現実ともつかない電話の中で、「中国の

15 同注 13 前掲書、「解題」p. 386。

門をつくるときのように、象徴的に」「何かの喉を切ったんだと思う」（p. 474）と告げる[16]。これは嘗て「ぼく」が「すみれ」に語った、昔の中国で門を作る際に、数匹の犬の「温かい血が流されなくてはならな」かったのと同様、小説を書く場合にも「本当の物語にはこっち側とあっち側を結びつけるための、呪術的な洗礼が必要とされる」（p. 253）という逸話を受けたものであり、彼女が真の〈芸術家〉として生まれ変わって帰ってくることを示すものであるかと思われる。例えば以前『ねじまき鳥クロニクル』でも、「僕（＝岡田亨）」が「壁抜け」を経験した後、不思議なヒーリング能力を身に着けるというエピソードがあったが、『スプートニクの恋人』、そしてそれを受けた『海辺のカフカ』においては、「あちら側」の世界自体が、越境してくる者たちにプラスもしくはマイナスの影響を齎すものへと位置づけを変えているかに見える。即ち『海辺のカフカ』において、『スプートニクの恋人』における小説の創作というモティーフに対応するのが、「田村浩一」が雷に打たれた後に開花させた彫刻家としての才能であり、また、異世界で不思議な二つのコードを見つけた「佐伯さん」のシンガー・ソングライターとしての才能であるわけだろう。更に「ナカタさん」の、猫と話すことができる能力も加えてもいいかもしれない。だが彼らは、そうした特殊な才能の獲得と引き換えに、「まわりにいる人間すべてを汚して、損な」うようになったり（「田村浩一」）、恋人を惨殺されたり（「佐伯さん」）、文字の認識能力を

---

16 村上春樹（2003a）『村上春樹全作品 1990 ～ 2000 ② 国境の南、太陽の西 スプートニクの恋人』講談社。

失ったり（「ナカタさん」）と、必ず負の側面を背負う破目に陥る。ルネ・ジラールは『暴力と聖なるもの』の中で、「古代ギリシア語でパルマコン（pharmakon）という言葉が、毒薬と同時にその解毒剤を意味し、病気と治療薬、さらには遂に、場合と状況と使用法にしたがってはきわめて有利な作用も、きわめて有害な作用も及ぼすことのできる一切のものを意味したとしても、何ら驚く必要はないのである」[17]と述べているが、やがて『海辺のカフカ』において、単なる「暴力」に止まらない〈暴力〉の、「力の源泉」と名指される「あちら側」の世界こそ、まさに「パルマコン（pharmakon）」と呼ぶに相応しい両義的空間として構想されるに至ったものであることは、間違いないようである[18]。したがって、『海辺のカフカ』に登場する「ナカタさん」「田村浩一」「佐伯さん」ら、特異な能力と〈暴力〉による毀損とを同時に兼ね備えた、両義的な「あちら側」との往還者たちの原型は、『スプートニクの恋人』の中に既に出揃っていたと言うことができるであろう。

因みにやや先走って言えば、こうした「力の源泉」として

---

17 ルネ・ジラール著、古田幸男訳（1982）『暴力と聖なるもの（*La violence et le sacré*）』法政大学出版局 p. 154。

18 重岡徹（2006. 3）「村上春樹論—『海辺のカフカ』を中心にして」『別府大学大学院紀要』第８号は、「村上春樹が「あちらの世界」と言うとき、自我を抜きとられた、争いのない、静謐な世界というイメージと、それとおよそ逆の暴力と流血を伴う「混沌」の世界というイメージと、矛盾するふたつの面があ」り、「この両者が同じひとつの根株から発するものであるかどうかの検証は、これもまた今後の課題としたい」（p. 4）と述べている。「パルマコン」の概念の導入は、この重岡の出した課題への一つの仮説の提示ともなるだろう。

の「あちら側」という設定は、『海辺のカフカ』を挟んで刊行された中篇『アフターダーク』(2004年、講談社)になると影を潜めてしまうようである。深夜の東京の街を舞台に、外国語大学に通う女子学生・浅井マリを中心として、激しい殴打を受けた中国人娼婦・郭冬莉、マリの姉でひたすら眠り続けるエリ等、様々な人物の行動が入れ替わりつつ語られるうちに、都会に巣食う暴力の様相が徐々に明らかになっていく。だがその暴力は、都市の底において隠微なかたちでひっそりと滲み出るように振るわれる性質のものである[19]。本作が怖さを感じさせるのは、そこに描かれる暴力の圧倒的な大きさ等ではなく、それがいつ誰に対してどのように関わってくるのかがわからない、という点にあるかと思われる。そのことを端的に示すのが、エリの高校時代の同級生で法学部の学生・高橋が、裁判の傍聴を繰り返すうちに、自らと凶悪な犯罪者とを隔てる壁の不確かさに気づいた、という事実を吐露する場面であろう。

> 二つの世界を隔てる壁なんてものは、実際には存在しないのかもしれないぞって。もしあったとしても、はりぼてのぺらぺらの壁かもしれない。ひょいともたれかかったとたんに、突き抜けて向こう側に落っこちてしまうようなものかもしれない。というか、僕ら自身の中にあっち側がすでにこっそりと忍び込んできているのに、そのことに気づいていないだけなのかもしれない。(村上春樹『アフター

19 水牛健太郎(2005.6)「過去・メタファー・中国―ある『アフターダーク』論」『群像』のように、作中に描かれた暴力について、嘗ての日本の中国東北部などへの侵略の隠喩を読み取る立場もある。

ダーク』、p. 137-138)

ここで語られる「向こう側」や「あっち側」は、『スプートニクの恋人』や『海辺のカフカ』におけるどこか特権的な領域としての「力の源泉」といったような代物とは異なり、もとより戦って打ち倒せるような存在でもなければ、そことの往還で何らかの能力を身に着けられるような特殊な場所でもない。また、その「パルマコン」的な両義性は、却って曖昧な不確定性の中に融解し、ただフラットな都市空間の中に偏在しながら、ある時突然誰かに取り憑くものの如くである。恐らく、村上のこうした発想の転換の中に、『1Q84』の「リトル・ピープル」の登場が準備されていたことは確実であろう。そうした意味でも、この『アフターダーク』の示唆する問題には甚だ興味をそそるものがあるが、村上文学における両義性（パルマコン）の追究を目指していく本稿としては、ここでの深入りを避け、再び『海辺のカフカ』へと目を向けることにしよう。

4．デリダ「プラトンのパルマケイアー」を通して読む『海辺のカフカ』

さて、かくて「パルマコン（pharmakon）」の概念が浮上してきたところで、我々は、『暴力と聖なるもの』においてジラールも参照したところの、ジャック・デリダの著名な論考「プラトンのパルマケイアー（La pharmacie de Platon）」（1968年『テル・ケル（*Tel Quel*）』初出。1972年刊行の『散種（*La dissémination*）』[20]に所収）に導かれて行かざるを得ない。村上春樹の文学とデリダの哲学との親和性に関しては、周知の如く1980年代、鈴村和成が『テレフォン―村上春樹、デリダ、康成、プルースト』[21]において早くも論じている。ちょうど『ノルウェイの森』が刊行された直後の日本で、鈴村は村上の初期短篇「土の中の彼女の小さな犬」（1982年11月『すばる』初出。1983年刊行『中国行きのスロウ・ボート』中央公論社に所収）における「電話のフェティシズム」に注目しつつ、それを「村上春樹に独特なものであって、拡散するフェティシズム、あるいはデリダの用語を用いて〈散種〉するフェティシズムと呼んでもいいだろう。電話のフェティシズムはその典型だが、それは複数性と反復を原則とするフェティシズムである」（鈴村（1987）p. 102）と述べ、また如上のデリダ『散種』所収「プラトンのパルマケイアー」より引用しながら、「電話のフェティシズムはまさに、デリダが言うところの〈エクリチュール〉の神であるトート（ヘルメス）、境界領域の神、そこを通り過ぎてゆく神である」（同前p. 118）との指摘を行なった[22]。更に興味深いのは、鈴村がここでこの水平的な「電話のフェティシズム」と対比するに、『愛の渇き』の三島由紀夫を持ち出し、そこに垂直のフェティシズムとしての「ファロゴサントリスム」を見出

---

20 ジャック・デリダ著、藤本一勇・立花史・郷原佳以訳（2013）『散種』法政大学出版局。

21 鈴村和成（1987）『テレフォン―村上春樹、デリダ、康成、プルースト』洋泉社。

22 鈴村のここでの「プラトンのパルマケイアー」（『散種』）の引用箇所は藤本他訳版でp. 143に相当する。

しながら（同前 p. 120）、同時に、「土の中の彼女の小さな犬」には、それら二種類のフェティシズムが混在している、としている点だろう（同前 p. 102 など）。我々の「〈父殺し〉三部作」考察の出発点となったのは『羊をめぐる冒険』―その冒頭には、三島由紀夫が顔を覗かせていた―における〈「王位（＝父なるもの）の継承」の回避〉という問題だったわけだが、この小説こそまさに、垂直のフェティシズムと鬩ぎ合いながら拡散していく、水平的フェティシズムの物語ではなかったか。（因みに「土の中の彼女の小さな犬」は、『羊をめぐる冒険』の刊行直後に発表されている。）尚も付け加えれば、既に見てきたように、本来古代ギリシャ語である「パルマコン」（或いは／としての「力の源泉」）が、『羊をめぐる冒険』―『スプートニクの恋人』―『海辺のカフカ』という〈ギリシャ〉の脈絡と繋がってくるのは、果たして偶然だろうか。就中『海辺のカフカ』の場合、単に物語のベースとしてギリシャ悲劇の一つであるソフォクレスの『オイディプス王』が用いられているのみならず、語り手の「田村カフカ」が甲村図書館での第一日目に唐突に出会うのが、「大島さん」との会話に登場する「プラトン」であった[23]。そこで本節では、やや迂遠にはなるが、プラトンの『パイドロス』の分析を基に展開するデリダのエクリチュール論「プラトンのパルマケイアー」に目を向け、そこで繰り広げられる「パルマコン」に関する議論を通して、この概念が『海辺のカフ

23「大島さん」が、「人間がひとりで生きていくのはなかなか大変だということ」を言いたいがために敢えて引合いに出すのが、「プラトンの『饗宴』に出てくるアリストパネスの話」であった。『海辺のカフカ』上、第5章 p. 65–66。

カ』の構造の解明に資するところを探っていきたいと思う。

「プラトンのパルマケイアー」において先ず提示されるのは、エクリチュールとは薬をも毒をも意味しうる「パルマコン」だ、ということである。『パイドロス』でソクラテスが語った神話によれば、エジプトの発明の神・テウトが神々の王・タモスに披露した発明品である文字は、テウトに言わせれば、記憶力と知恵のための「治療薬（pharmakon）」であったが、タモスの判断では、人がそれに頼ることで記憶力を減退させるという害悪を齎すもの、ということになる。そこからソクラテスの発話は、ものを書くということの孕む問題点へと進み、それは「絵画の場合」と同様、恰も実際のもののように見えるが、問いかけても適切な返答をしようとはしないし、相手を構わずに「転々とめぐり歩く」一方、「ものを知っている人が語る、生命をもち、魂をもった言葉」は、「父親の正嫡の子」であり、「書かれた言葉とくらべて、生まれつきどれだけすぐれ、どれだけ力づよいものであるか」が述べ立てられる[24]。デリダはこれらの議論から、「ロゴスの父（ロゴスの起源）」にとっての正嫡の子としてのパロール（或いはロゴス）と、孤児であり、また「パルマコン」でもあるために不当に貶められるエクリチュールとの対比を導き出すことで、プラトンに由来する西洋形而上学の土台としての「ロゴス中心主義」を明らかにしていく[25]。

---

24 プラトン、藤沢令夫訳（1967）『パイドロス』岩波文庫 p. 136-137 。

25 以上の整理にあたっては、高橋哲哉（1998 ⇒ 2003）『デリダ―脱構築』講談社、特に第二章「形而上学とは何か」も参照した。なお高橋は、ここで述べられる「孤児」を「私生児」という語で表現している。

差し当たりここまででは、ロゴスとしてのパロールと「パルマコン」としてのエクリチュールとの対立がポイントの一つとなるが、これを『海辺のカフカ』の構造に当て嵌めて見た場合、図書館や読書と深く結びついていながら口下手で、家出をして「転々とめぐり歩く」上に、「僕は法律的には庶子っていうことになる。要するに私生児」(『海辺のカフカ』下、第25章p. 29)という「田村カフカ」の設定が、〈エクリチュール〉と奇妙に符合するのに気づかされる。そして彼が、「ときどき自分の中にもうひとりべつの誰かがいるみたいな感じになる。そして気がついたときには、僕は誰かを傷つけてしまっている」(同前、第27章p. 64)という暴力性をも発揮するところからすると、そこに「パルマコン」的な性格を読み取ることは充分可能であろう。ならば、長大な舌を持って「ナカタさん」や「カラスと呼ばれる少年」を相手に言葉を滔々と捲し立てる「ジョニー・ウォーカー」は、差し詰め〈パロール〉を体現していることになろうか。それでは、彼と彼が関わっていると思しき「力の源泉」としての「パルマコン」との関係は、如何に考えたらいいのだろうか。

実はデリダは「プラトンのパルマケイアー」において、『パイドロス』で「パルマコン」としてのエクリチュールを糾弾する、さながらパロールの体現者の如きソクラテスが、自ら「パルマケウス(呪術師)」として、「パルマコン」と関わっている点に注目している。これは、高橋哲哉がまとめるように、「パロールは一定の「本質」をエクリチュールと共有しており、両者は構造的に共通性をもっている。パロールはある意味ではまさにエクリチュールの一種であ」(高橋哲哉(1998⇒2003)『デリダ─脱構築』講談社 p. 89）るためだと考えられよう。「このパロールのなかにあるエクリチュール性を、デリダは、【中略】「根源的」エクリチュールという意味で「原エクリチュール」と名づける」（同前）。よって、たとえパロールであろうとも、本来根源的なエクリチュール性─原エクリチュール─を含んでいるからには、それが「パルマコン」と結びついていたとしても何ら不思議はない。また、デリダは「アルキビアデスは、ソクラテスの魔術が、道具を介さないロゴスによって、付属品のない声によって、サテュロス族であるマルシュアスの笛を使わない声によって作用すると指摘している」（デリダ「プラトンのパルマケイアー」p. 185）ことを述べているが、かかる「笛吹き」に譬えられるソクラテスのイメージが、「集めた猫の魂を使ってとくべつな笛を作る」（『海辺のカフカ』上、第 16 章 p. 242）という「ジョニー・ウォーカー」に通じると考えたとしても、必ずしも無理ではないのではないか。尚も言えば、死刑宣告を受け容れて自ら毒（＝「pharmakon」）を仰いだソクラテスを、デリダはアテナイで都市の浄化のために殺された「パルマコス（人身御供）」であると見做すが[26]、これも、本稿次節で述べる如き、「ジョニー・ウォーカー」の、〈王権継承のための王殺し〉を目的に自らを惨殺させる、という態度と重ね合わせられなくもない。

　こうした相関性は、単なる偶然とは思えないかたちで両テクストの間に見出だせる。例えば、例のエジプトの発明の神・テウトと結びついているトート神に関して言うと、

---

26 デリダ「プラトンのパルマケイアー」p. 206–213。

> 「書物の主」であるトートは「神の御言葉」を書き留めることによって、【中略】「神の御言葉の主」となる。トートの連れ合いもまた書く。その名セシャトはおそらく**書く女**という意味である。「図書館の女主人」である彼女は、王たちの偉業を記録する。（デリダ「プラトンのパルマケイアー」p. 140、**ゴシック体**は原文）

とあり、或いはここに、図書館と結びついた「佐伯さん」（彼女は、最終的に「ナカタさん」の手で燃やされるファイルを書き続けた、〈書く女〉でもあった）やその恋人の「甲村青年」を関連づけるのは牽強付会の誇りを免れないだろうか。だが彼らを、「絵画の場合」との繋がりも含めて、「田村カフカ」と同様にエクリチュール＝「パルマコン」的存在と見ることには何の不都合もない。更に、やはりデリダがエクリチュールの特性として述べる、「事象そのものの真理から、パロールの真理から、パロールに開かれる真理から、度外れに遠ざかるのである。／つまりは王から遠ざかるのだ」（同前 p. 219）との指摘からは、我々の追究する〈「王位継承」の回避〉という命題を連想しない方が難しかろう。本節で問題提起した村上文学とデリダの思想との通底は、まだまだ遥かに長い射程を持つものと思われるが、これ以上は本稿の範囲を大きく超えてしまうため、已むを得ず、今回扱った『海辺のカフカ』に関しては、差し当たり上の如く、作品中にしばしば〈「パルマコン」としてのエクリチュール〉に寄り添う姿勢が認められる点のみを、指摘するに止めておくこととしたい。

5.『海辺のカフカ』における〈父殺し＝王殺し〉の意味

ここで我々は再度、小説中における「王位継承」問題の行方に戻ることにしよう。実の父親から「父を殺し、母と姉と交わる」という呪いのような予言をなされた「田村カフカ」は、「なぜあなたのお父さんは、そんな呪いをあなたにかけなくてはならなかったのかしら？」という「佐伯さん」の質問に、「たぶん自分の意志を僕に引き継がせたかったからだと思います」(『海辺のカフカ』下、第31章p. 112）と答え、その方法とは「自分の息子でもあり、あなたの息子でもある僕の手にかかって殺されること」（同前p. P111）であった、と言う。〈王権継承のための王殺し〉については、言うまでもなく『金枝篇』に述べられ、『1Q84』でも明確に引き合いに出されているとおりであるが[27]、一方「近親相姦」に関しては、再びジラール『暴力と聖なるもの』における、次のような指摘が注目に値する[28]。

> 王は、ある種の盛大な儀式の場合に、とくに即位の時とか周期的な《若返り》の儀礼の中で、実際の、あるいは模擬の近親相姦をするように義務づけられている。さまざまな社会において、王の相手となることのできる女性の中に、

27「人間神の持つ自然力が衰える前に彼を殺すことで、崇拝者たちは、人間神の衰弱で世界が衰退するという危険を、確実に排除できるのである。それゆえすべての目的は適えられる。人間神を殺し、その魂を、まだ盛時のうちに強壮な後継者に移しかえることにより、あらゆる危険は回避される」(J.G. フレイザー、吉川信訳（2003)『初版 金枝篇』上、ちくま学芸文庫p. 303)。また村上春樹（2009)『1Q84　BOOK2』p. 241も参照。

28 同注17前掲書p. 167-168。

> 普通婚姻の規則が絶対的に禁じているような、母親、姉妹、娘、姪、従姉妹などというほとんどあらゆる女が見られる。【中略】幅広い意味をもった近親相姦の違犯の本質は、王が具現すべき義務を負うたものがいかなる種類の人格かを、明瞭に示している。それは、この上もない違犯者、いかなるものも尊重することのない存在、残虐極まりないものであれ、「過剰」（hubris）のあらゆる形態をわがものにする存在の、人格なのである。

つまり〈王〉は、自らのある種の〈力〉―〈聖なるもの〉と一体化した〈暴力〉―との結びつきを身を以って示すため、王権儀礼として「実際の、あるいは模擬の近親相姦」をすることになるというのである。こうした現象が一定の普遍性を持ちうるとして、それを『海辺のカフカ』の世界と重ね合わせることが可能だとすれば、「田村カフカ」が、オイディプス神話とは真逆に、〈父＝王〉からこそ不吉な予言を与えられたのは、「田村浩一」が自らの息子への〈譲位〉を望み、その継承儀礼の次第を、早くから叩き込むためのものであった、と考えれば、納得がいくものと思われる。

だがその息子が、恰も「羊」に憑依された「鼠」の如く「王位継承」を拒み、若きオイディプスが運命から逃れようとしたのと同様に家出を決行するや、「田村浩一」は、息子の代役として、嘗て「あちら側」との往還で「空っぽ」の存在となった「ナカタさん」を〈メディウム〉に仕立て[29]、「猫殺しのジョ

29〈メディウム〉の概念については注11前掲の拙稿（2015）を参照。こ

ニー・ウォーカー」の姿の自らを殺させることに成功する。これについては一方で柴田勝二が、「オイディプス神話を踏まえた形での〈父殺し〉の想像上の遂行者がナカタさんであることの意味」を、それが戦争の「暴力の犠牲者」として「彼自身に内在する〈父〉に相当する存在を葬るべき動機に導かれた行為」であり、また「ここで葬られる存在として位置づけられている〈父〉が〈王〉の隣接存在としての〈天皇〉だったからだ」[30]と述べているとおりであろうし、そこに、小森陽一による「ナカタさんは、一九三三年一二月二三日生まれのアキヒトとほぼ同年齢」[31]という指摘を重ね合わせるなら、〈父殺し＝王殺し〉の象徴性は、更にその度合を増すことになろう。

かくて〈王〉の本体（「白いもの」）は、臨時の「後継者」となった「ナカタさん」の体内に入り込んで息子の後を追い四国を目指す。恐らくそれは、「入り口」から「むこう側」の世界に侵入し、先にその世界へ赴くに至った「田村カフカ」に憑

の、素朴なパロールのみを操り、文字が認識できないために〈エクリチュール〉とも距離を置いて暮らしてきた「ナカタさん」は、「ジョニー・ウォーカー」との邂逅を契機に、「転々とめぐり歩く」等の「パルマコン」性を獲得することとなる。

30 柴田勝二（2009)『中上健次と村上春樹』東京外国語大学出版会 p. 266–271。また、本稿の土台となった口頭発表（2015年度第4回村上春樹国際シンポジウム）の質疑応答の場において、柴田氏本人より、「浩一」が「浩（ひろ）」「一（ひと）」と読めることからも、「田村カフカ」の父親が昭和天皇を表象していることは明らかである、との指摘を受けた。首肯すべき見解であると考えるとともに、ここに記して柴田氏に謝意を表したい。

31 小森陽一（2006)『村上春樹論―『海辺のカフカ』を精読する』平凡社新書 p. 221。

依しようとしたものと推測されよう。しかしその野望は、「ナカタさん」の後継者たる「星野青年」によって見事に阻まれる。「ナカタさん」が眠っている時に限って彼の半身のように登場しては「星野青年」を援助する「カーネル・サンダーズ」とは、ちょうど『1Q84』の「リトル・ピープル」に対して「反リトル・ピープル作用」が存在するように、言わば「反ジョニー・ウォーカー作用」の如き存在であると思しく、『雨月物語』の「貧福論」を引用して自らを「人間の善悪を判断する必要もない。また善悪の基準に従って行動する必要もない」(『海辺のカフカ』下、第30章p.97)としているという点で、「ジョニー・ウォーカー」と同じく両義的な「力の源泉」と関わるものだと言えよう。逆に、かかる両義性の対概念となるのが「偏見」である。猫の「トロ」が「圧倒的な偏見をもって断固抹殺するんだ」(同前、第48章p.396)と「星野青年」に教え込み、また「ジョニー・ウォーカー」自身も、「ナカタさん、躊躇しないことだ。巨大なる偏見を持って、速やかに断行する—それが人を殺すコツだ」(同書上、第16章p.247)と述べる台詞が、『地獄の黙示録』の冒頭、ウィラード大尉が、カーツという〈王〉の殺害をミッションとして引き受ける場面で耳にする、“Terminate… with extreme prejudice.”からの引用であることは明白だが[32]、この「善悪の峻別を超えた」「力」として「偏見

32 注2拙稿(2013.12)において、『羊をめぐる冒険』と『地獄の黙示録』および『スター・ウォーズ』との結びつきについて考察したが、徳永直彰(2009.9)「闇の奥へ—『海辺のカフカ』を中心に」『埼玉大学紀要教養学部』第45巻第1号は、『海辺のカフカ』とこれら二本の映画、特に『スター・ウォーズ』との繋がりを詳細に検討しており、本研究が主

というものがない」（同書下、p. 365）「ジョニー・ウォーカー」（＝「白いもの」）を「断固抹殺する」ことが可能なのは、それを、「ナカタさん」への個人的な好意に突き動かされた結果として「邪悪なもの」と見做しうる、「圧倒的な偏見」を持ちえた「星野青年」だった、ということではないだろうか。また、その一方で、少年「田村カフカ」が、父からオイディプス的な予言を与えられながら、自身による遂行をメタファーの次元に止められているのも、物語が「王位継承」を無効にするための一つの方法ではなかったかと考えられる。

6. まとめと今後の課題

最後にまとめれば、稿者の仮定する村上春樹の「〈父殺し〉三部作」には、共通して〈父なるもの〉としての〈王〉と〈王権継承回避〉という枠組が特徴的に認められながらも、表現方法にはそれぞれ差異のあることがわかる。『羊をめぐる冒険』では、〈王〉の本体を無理心中によって葬るという単純な形だったのが、『海辺のカフカ』においては、〈王〉がその意志を継承するために自らを殺させるという、後の『1Q84』以上に『金枝篇』的な構図が見られた。だが同時にそこでは、〈父＝王〉が体現する暴力も実は「善とか悪とかいう峻別を超えた」「なにか」、即ち「パルマコン（pharmakon）」的「力の源泉」と結びついた、より両義的な〈暴力〉として把握されるようになって

張する〈「王位継承」の回避〉という立場とは異なるものの、今後とも「〈父殺し〉三部作」におけるインターテクスチュアリティを検討していく上で非常に興味深いものがある。

きている。一方、本作で「偏見」の力によって打倒可能なように描かれた〈父＝王〉は、『1Q84』になると更に別の意味でそのambiguousな両義性を強めていったようであり、そこには、〈父との和解〉的モティーフさえ垣間見られる。村上が今後も〈父殺し〉の物語を追求していくか否かは措いて、かかる〈暴力〉の両義的把握が如何に展開していくのか、注視に値すると言えよう。

なお、以下は紙幅の関係で略述となるが、少年「田村カフカ」が甲村図書館で読み耽ることになるのが、もう一人の「プリンス」の生涯を描いた『源氏物語』である。この点は、よく指摘されるＴシャツの血と六条御息所の護摩の相似性のみならず、恐らく光源氏の、〈母〉と〈恋人〉のダブル・イメージと関わる藤壺との逢瀬との対比からも、今後検討されるべき問題ではないかと思われる。そもそも、「田村カフカ」と「佐伯さん」との交わりには、元来〈母子〉と〈恋人〉という両義性（二重性）が孕まれていたわけだが、詳細に見てみるなら、二人が〈恋人〉として結ばれるのが甲村図書館の日常的空間であるのに対して、森の奥の異空間においては、二人はそれぞれ〈母〉と〈子〉として互いに向き合っていることがわかり、かつ、前者の「佐伯さん」が〈生き霊〉である一方、後者の彼女は既に〈死霊〉になっている点も見逃せない。もし「大島さん」の言うように、「信義や親愛や友情のために人は命を捨て、霊になる。生きたまま霊になることを可能にするのは、【中略】やはり悪しき心だ。ネガティブな想いだ」（『海辺のカフカ』上、第23章p.391）とすれば、死んだ恋人に捉われ続けた結果、「田村カフカ」と交わりさえした「佐伯さん」は、死を迎えることで漸く解放され、〈子なるもの〉としての「田村カフカ」に赦しを請うことも可能となったのだろう。また両義的「パルマコン」であった「田村カフカ」の方も、〈母なるもの〉としての「佐伯さん」を赦すことで自らも救われ、日常性に回帰して新たな人生へと歩を進めるに至ったのだと考えられる。彼のこの再生へのプロセスは、本作がその続編として構想された『世界の終りとハードボイルド・ワンダーランド』よりも、更にその原型となった「街と、その不確かな壁」のリメイクといった意味合いが強いように感じられる。この中篇において、死んでしまった「君」を求めて「街」の図書館にやって来た「僕」が、結局「君」を残し、分身である「影」とともに暗い想いに閉ざされて日常世界へと帰還する、という結末は、『世界の終りと…』では、逆に「影」のみを「街」から脱出させ、自らは〈図書館の彼女〉と「森」に留まる、というかたちに改変されたわけだが、『海辺のカフカ』の場合、主人公は「森」の奥の街で「佐伯さん」（という〈図書館の彼女〉）に別れを告げ、「影」のような「カラスと呼ばれる少年」と連れ立って東京に戻って行く。だがそこには「街と、その不確かな壁」の「僕」のような暗い想いはなく、この原型中篇および長篇『世界の終りと…』からの新たな発展が確かに見て取れる。こうしたラストを齎したのは、本稿で取り扱った〈父＝王〉との抗争という問題以上に、〈深層的喪失〉の要素をも含みこんだ〈母なるもの〉との接触だったのではないかと思われるが、その詳細な解明については、『源氏物語』との相関性などとも併せて、目下、次なる課題とするほかはない。

注記

本稿は、淡江大学村上春樹研究センター主催の「2015年第4回村上春樹国際シンポジウム」(2015. 7. 25-27)における口頭発表に基づき、加筆および修正を施したものである。当日席上にて貴重な御意見を賜った方々に、あらためて深謝申し上げる。なお、口頭発表に際しては、台湾科學技術部104年度「國內專家學者出席國際學術會議」の補助を受けたことを明記しておく。

テキスト

村上春樹(1990)『村上春樹全作品 1979 ~ 1989 ② 羊をめぐる冒険』講談社

村上春樹(2002)『海辺のカフカ』上・下 新潮社

村上春樹(2003a)『村上春樹全作品 1990 ~ 2000 ② 国境の南、太陽の西 スプートニクの恋人』講談社

村上春樹(2003b)『村上春樹全作品 1990 ~ 2000 ⑥ アンダーグラウンド』講談社

村上春樹(2003c)『村上春樹全作品 1990 ~ 2000 ⑦ 約束された場所で 村上春樹、河合隼雄に会いにいく』講談社

村上春樹(2009-2010)『1Q84』BOOK1・BOOK2・BOOK3 新潮社

参考文献

プラトン、藤沢令夫訳(1967)『パイドロス』岩波文庫

ジラール, ルネ、古田幸男訳(1982)『暴力と聖なるもの』法政大学出版局

鈴村和成（1987）『テレフォン―村上春樹、デリダ、康成、プルースト』洋泉社

フレイザー，Ｊ．Ｇ．、吉川信訳（2003）『初版 金枝篇』上・下　ちくま学芸文庫

村上春樹 編集長（2003）『少年カフカ』新潮社

高橋哲哉（1998 ⇒ 2003）『デリダ―脱構築』講談社

加藤典洋（2004 ⇒ 2009）『村上春樹　イエローページ３』幻冬舎文庫

水牛健太郎（2005. 6）「過去・メタファー・中国―ある『アフターダーク』論」『群像』

重岡徹（2006. 3）「村上春樹論―「海辺のカフカ」を中心にして」『別府大学大学院紀要』第８号

小森陽一（2006）『村上春樹論―『海辺のカフカ』を精読する』平凡社新書

柴田勝二（2009）『中上健次と村上春樹―〈脱六〇年代〉的世界のゆくえ』東京外国語大学出版会

安藤礼二（2009）「王国の到来　村上春樹『1Q84』」『新潮』第106 巻第９号

徳永直彰（2009. 9）「闇の奥へ―『海辺のカフカ』を中心に」『埼玉大学紀要教養学部』第 45 巻第１号

佐藤秀明（2011）「村上春樹の「王殺し」」日本近代文学会関西支部編『村上春樹と小説の現在』和泉書院

清眞人（2011）『村上春樹の哲学ワールド―ニーチェ的四部作を読む』はるか書房

内田康（2012）「村上春樹『1Q84』論―神話と歴史を紡ぐ者たち―」『淡江日本論叢』26 淡江大學日本語文學系

デリダ，ジャック、藤本一勇・立花史・郷原佳以訳（2013）『散種』法政大学出版局

山﨑眞紀子（2013）『村上春樹と女性、北海道…。』彩流社

内田康（2013）「回避される「通過儀礼」―村上春樹『羊をめぐる冒険』論―」『台灣日本語文學報』34 台灣日本語文學會

内田康（2015）「〈他者〉〈分身〉〈メディウム〉―村上春樹、80年代から90年代へ―」森正人監修、小森陽一・曾秋桂編集『村上春樹におけるメディウム―20世紀篇―』淡江大學出版中心

村上春樹文学における両義性
―「パン屋再襲撃」における“学生風のカップル”を中心に―[1]

楊　炳菁

1. はじめに―メルロ＝ポンティの「両義性」

いわゆる「両義性」は、普通「ある概念や言葉に、相反する二つの意味や解釈が含まれている」[2]ことを指す。一方、フランスの哲学者であるメルロ＝ポンティの哲学においては、「両義性」が重要なキーワードとなり、彼の哲学は「両義性（Ambiguïté）の哲学」とも呼ばれているのである。メルロ＝ポンティの哲学における「両義性」は「単に曖昧にしてごまかすことではなく、人間が矛盾や曖昧さを抜け出すことが出来ずに生きていることについての厳密で明確な意識の表現」[3]で、「不純であると同時に純粋ななにごとか」[4]でもある。要するに、「両義性」はメルロ＝ポンティにとって、存在の本質を表す概念で、曖昧さと混乱を表しているのではないと同時に、対立する二項のうち、一方を選択して他方を排除するということでもないのである。

1　本研究は北京外国語大学“基礎科研経費”の助成を受けたものである。

2　松村明（1999）『大辞林（第二版）』三省堂 p. 2079。

3　加国尚志（2012）「メルロ＝ポンティ哲学における文学と両義性」『立命館文学』625 立命館大学人文学会 p. 98。

4　同上 p. 99。

以上のようなメルロ＝ポンティの哲学における「両義性」は、実は文学と大きな関係があり、メルロ＝ポンティから見れば、哲学の言語も文学の言語と同様、両義性を引き受けているのである。ただ、メルロ＝ポンティはいきなり文学の言語に注目したわけではなく、文学作品における「両義性のモラル」からスタートしたのである。彼はボーヴォワールの小説『招かれた女』を例として、次のように指摘した。「そこで真と偽が、正義と不正が裁決されるような事の真相などというものは存在しないのである。われわれは解きがたい混乱の中で、世界や他者と混ざり合っているのである。」[5]これを言い換えればつまり、メルロ＝ポンティは文学作品である小説を道徳ジレンマの内部で生きる人間の葛藤として肯定的に読んでいるわけで、その文学作品は単なる概念の組合せや演義によるものではないと同時に、生きられた矛盾を裁くものでもない。正しくかつ誤っている現実の経験を記述するものこそ文学であり、そこには「存在の秘密」とも言うべき「両義性」が満ちているのである。

本稿は以上のようなメルロ＝ポンティの「両義性」を念頭に、村上春樹文学における両義性を研究するものである。具体的な方法としては、1985年に発表された短編小説「パン屋再襲撃」を例として取り上げ、小説の後半に出てきた“学生風のカップル”を分析し、その背後に隠れた両義性を究明したい。

5　同上 p. 96。

2．昏睡する“学生風のカップル”

1985年に発表された「パン屋再襲撃」は、深夜の空腹に耐え切れず新婚夫婦がかつてのパン屋襲撃の失敗がもたらした「呪い」を解くため再び襲撃に出かけ、結局パン屋の代わりにマクドナルドを襲ったことを描いた。登場人物のうち、「僕」と「僕」の妻は再襲撃の主体であるため、従来の研究の重点となっているが、小説の後半に登場した“学生風のカップル”も看過できない存在と言えよう。なぜなら、“学生風のカップル”に関する描写はいかにも不思議なもので、彼らの存在はいったいどんな役割を果たしているのかという疑問が自然に涌いてくるからである。

「パン屋再襲撃」における“学生風のカップル”は次のように登場した。

> 僕はできるだけ急いで毛布をといて銃をとりだし、それを客席に向けたが、客席には学生風のカップルが一組いるだけで、それもプラスチックのテーブルにうつ伏せになって、ぐっすりと眠っていた。テーブルの上には彼らの頭がふたつとストロベリー・シェイクのカップがふたつ、前衛的なオブジェのように整然と並んでいた。二人は死んだように眠っていたので、彼らを放置しておいたところで我々の作業にとくに支障が生じるとも思えなかった。それで僕は銃口をカウンターの中に向けた。[6]

6　村上春樹（1991）『村上春樹全作品⑧』講談社 p. P24。

中古のトヨタ・カローラに乗って、パン屋漁りの「僕」と「僕」の妻は、結局パン屋探しを諦め、深夜営業のマクドナルドを襲撃のターゲットにした。二人はマクドナルドの駐車場に車を停め、スキー・マスクと毛布にくるんだ散弾銃を武装に店内に入った。そもそも「襲撃」というのは店の従業員と客の抵抗がややこしいもので、その対策として、妻が「店員に銃をつきつけて、全部の従業員と客を一ヶ所に集めさせる」[7]と「僕」に指示を出した。しかし、深夜のマクドナルドには店員のほか“学生風のカップル”しかいなく、しかもその二人はプラスチックのテーブルにうつ伏せの姿で、「ぐっすりと眠っていた」のである。予想していた厄介もなくなるし、当然この「死んだように眠っていた」二人をわざわざ起して、どこかに集めさせる必要もないだろう。「それで僕は銃口をカウンターの中に向け」、マクドナルドの従業員に専念した。

以上は“学生風のカップル”の小説における初めての登場であるが、勿論その前に目撃した「赤いぴかぴかのブルーバード」はおそらく彼らの車だろう。なぜなら、襲撃のターゲットになったマクドナルドの駐車場にはそれだけ停まっていて、店にはほかの客もいなかったからだ。「ぐっすりと眠っていた」彼らは当然「僕」たちの襲撃を何も妨げなかったが、しかし面白いことに、この二人の睡眠は非常に深くて、たとえどんな大きな音を立てても、どんな事が起こっても彼らに影響が及ばないように描かれているのである。

7　同上 p. 23。

(一)

正面のシャッターがバットでバケツを叩いてまわるような大きな音を立てて閉まったあとでも、テーブルのカップルはまだこんこんと眠りつづけていた。僕はそれほどまで深い眠りというものをもう長いあいだ目にしたことがなかった。[8]

(二)

僕は毛布に銃を包み、妻は両手にマクドナルドのマーク入りの手さげ袋を持って、シャッターの隙間から外に出た。客席の二人はそのときになっても、まだ深海魚のようにぐっすりと眠りつづけていた。いったい何がこの二人の深い眠りを破ることになるのだろうと僕はいぶかった。[9]

上記(一)と(二)はそれぞれ襲撃進行中と襲撃終了時の描写である。「こんこんと眠りつづけていた」、「深海魚のようにぐっすりと眠りつづけていた」と描かれているように、とにかく"学生風のカップル"は終始目が覚めず、しかも「僕」たちの襲撃にも邪魔をせずに眠りつづけていた。

体の動きが止り、外的刺激に対する反応が低下して意識も失われていることが睡眠の基本的定義となっているが、簡単に目覚めるのも睡眠の特徴だと言えよう[10]。深夜2時ごろであるた

8　村上春樹(1991)『村上春樹全作品⑧』講談社 p. 28。

9　同上 p. 27。

10「睡眠」について、『大辞林』では次のように解釈している。「ねむるこ

め、この“学生風のカップル”はマクドナルドを利用し、さらにその店でぐっすりと眠っていたとして無理はないが、「バットでバケツを叩いてまわるような大きな音」でさえ彼らを起せないのは不思議としか言いようがないだろう。これは単なる睡眠の深さ或いは気持ちよさで解釈できる現象ではなく、いわゆる「昏睡状態」と言ってもいいだろう。そして「昏睡状態」に陥っていたために、“学生風のカップル”は「僕」らの襲撃と何も関わりがなく、いわば登場しなくても物語の展開に差し支えない存在になったわけである。そうすると、この襲撃の当事者でも目撃者でもない“学生風のカップル”はなぜ小説の後半に登場したのだろうか。彼らに関する不思議な描写はいったいどんな役割を果たしたのだろうか。

3．将来性のない“学生風のカップル”

「パン屋再襲撃」の後半に登場した“学生風のカップル”は「僕」たちの襲撃を妨げるどころか、終始目が覚めずに眠りつづけていた。「僕」たちの襲撃に関わっていないためか、このいかにも不自然なまで深く眠りつづけていたカップルに対し、日本の研究界はほとんど論じていないようである。管見の限り、高橋龍夫氏が唯一詳しく論じた研究者で、彼は「村上春樹「パン屋再襲撃」の批評性――グローバリズム化へのレリーフ――」という論文で次のように彼らのことを分析した。

と。ねむり。周期的に生じ、感覚や反射機能その他種々の生理機能が低下し、意識は喪失しているが容易に覚醒しうる状態。」松村明（1999）『大辞林』三省堂 p. 1326。

> 夫婦が襲撃したマクドナルドの店内には、最後まで眠り続ける「学生風のカップル」が描かれる。彼らはパン屋再襲撃を挙行した夫婦よりも約十年ほど若い。彼らは、夫婦の乗る中古車ではなく「赤いぴかぴかのブルーバード」で移動し、深夜営業のマクドナルドを利用している。かつて社会に背を向けた七十年代の「僕」とは大きく異なり、彼らは八十年代の日本社会に浸透したマクドナルドに既に学生時代から馴染んでいる。マクドナルドに代表される画一的、効率的な企業支配に順応した彼らは、周囲で何が起ころうとも、文字通り目覚めることはない。[11]

確かに高橋氏が指摘したとおり、再襲撃事件と関わっていない“学生風のカップル”の設定は、“カップル”であるためマクドナルドを襲撃する「僕」と「僕」の妻の対照になっていると同時に、“学生風”だったのでかつてパン屋を襲撃した「僕」と「僕」の相棒を彷彿させる。しかし、この「昏睡状態」にある“学生風のカップル”は十年前及び現在の「僕」らと決定的に異なっており、むしろ「僕」らの対立面に立っていると言えよう。

調べれば分かるように、彼らが利用した「赤いぴかぴかのブルーバード」、つまりマクドナルドの駐車場に停まっている車はおそらく1979年に発売されたブルーバード6代目の910型であろう[12]。1970年代における開発・販売での低迷を乗り越えようと

---

11 高橋龍夫（2008）「村上春樹「パン屋再襲撃」の批評性――グローバリズム化へのレリーフ」『専修国文』83 専修大学国語国文学会 p. 52。

12「赤いブルーバード」をキーワードにヤフージャパンで検索したら、「赤いブルーバード」は ブルーバード6代目の910型モデルを指すこと

するブルーバードは、従来の設計を見直し、910 型のモデルを開発した。機能的にはもちろんのこと、クリーンなスタイルも原因で、当時の 910 型は小型車で連続 27 か月登録台数 1 位を記録した。そして広告から見てみれば分かるように、そのポスターに「ザ・スーパースター」、「ブルーバード、お前の時代だ」などのキャッチコピーが使われ、歌手・俳優などで活躍した沢田研二氏も起用されていたことなどから、この「赤いぴかぴかのブルーバード」はまさにその時代の代表的なものの一つと言えよう。したがって、それを利用する“学生風のカップル”は時代の最先端を走っている存在であり、中古のトヨタ・カローラで移動し、時代遅れのイメージが強い「僕」と「僕」の妻と好対照となっているのである。

車の利用だけでなく、行動から見ても両者の違いは一目瞭然である。従来の研究が指摘しているように、「パン屋再襲撃」は「1970 年安保後の全共闘運動世代の社会帰属の行方と、80 年代の高度資本主義社会における均質的な社会の到来」[13] を寓意している。つまり、「僕」と「僕」の相棒が全共闘運動の世代として、10 年前にパン屋襲撃という行動で社会に抵抗したが、「僕」と「僕」の妻はどのような目的であるにせよ反社会的行為である再襲撃を挙行したのである。10 年を隔てた二回目の襲撃は結局似たような結果をもたらしたが、前後二回にわたる行動だけがアイデンティティを保つ行為と言えよう。それに対して、マクドナルドにいる“学生風のカップル”は「ぐっすりと」、「死

が分かる。

13 前掲高橋論文 p. 39 － 40。

んだように眠って」いて、「バットでバケツを叩いてまわるような大きな音」でさえ彼らを起せなかった。そもそも睡眠は周囲への反応が低下するとともに意識喪失に陥った状態であるが、“学生風のカップル”は「僕」らの行動に対し反応低下というよりむしろまったく無反応と言ってもいいだろう。おそらく彼らは「深海魚」のように、厳しい環境に適応できるように自分自身の構造まで変え、たとえどんな事態が周囲に起こっていても「ぐっすりと眠りつづけ」る姿勢を保つことができるだろう。このような彼らは「マクドナルドに代表される画一的、効率的な企業支配に順応し」ているだけでなく、マクドナルドを構成する一部となり、「僕」と妻並びに「僕」と相棒と決定的に違い、社会に対立・反抗するどころか、その対立・反抗の意欲さえ起さないだろう。従って、「昏睡状態」にある彼らは主体性、批判性のない今日の若者の象徴であり、たとえ「赤いぴかぴかのブルーバード」のようないかにもしゃれた車を利用していても、将来性のない人間だと言うしかない。

時代の最先端にあり、襲撃のような過激行動に全く無関心な“学生風のカップル”の存在によって、10年前の「僕」と相棒の襲撃及び今現在進行中の再襲撃にいくらか果敢かつ悲劇的なイメージがもたらされた。そして、もし前後二回の襲撃を「僕」たちが社会と対抗し、アイデンティティを保つ行動だと見なすなら、その対照になった“学生風のカップル”はまさに批判の対象となる。「パン屋再襲撃」における彼らは、おそらく村上春樹が高度資本主義及びそれに無批判に順応している人間を批判するために描かれたのであろう。

4．幸せに向かう“学生風のカップル”

「パン屋再襲撃」における“学生風のカップル”の登場によって、おそらく当時新語・流行語大賞に選ばれた「新人類」という言葉が思い出されるだろう。「新人類」とは、日本の経済人類学研究者、法社会学研究者である栗本慎一郎氏が作り出した言葉で、1980年代に用いられた新語である。「新人類」という言葉は1979年頃からテレビやラジオ、大衆週刊誌などで広く用いられていたが、実は否定的にも肯定的にも、つまり都合よく使われていたのである。現在では、この用語の意味を「従来とは異なる価値観や感性をもつ若い世代を、新しく発見された人種のようにいう語」[14]と規定しているが、普通1961年から1970年までの間に生まれた人間のことを指しているのである。また、「新人類」は「個性的で感性面に優れた特性を有しており、感性社会をリードする層」[15]と見なされると同時に、その言葉には「これまでの既成の価値観、生活感覚では律することのできない、大人世代から見て不可解な何かが、今の若者世代を動かしているという感覚がある」[16]ことから、マイナスイメージも伴っている。

「パン屋再襲撃」が1985年8月号の『マリー・クレール』に発表されたことを踏まえると、小説に登場した“学生風のカップル”はおそらく1960年代後半の生まれだろう。年齢から見てみ

---

14 松村明（1999）『大辞林（第二版）』三省堂 p. 1301。

15 亀井肇など（1987）『現代用語の基礎知識’87』自由国民社 p. 251。

16 同上 p. 1087。

れば、彼らは「新人類」と呼ばれてもよいであろうが、実は彼らを「新人類」と見なしてもよい理由は何も年齢の点だけにはなく、「昏睡」に表象される襲撃に対する価値判断、つまり「無関心」というところにあるに違いない。全共闘世代の熱血と社会に回収されても“飢餓感”（＝主体性を保つ衝動）が残された「僕」と違い、“学生風のカップル”は深海魚のように体温が低く、つまり情熱など持ち得ない人間で、高度資本主義の代表であるマクドナルドで眠り続ける彼らは深夜営業のマクドナルドを利用する客というより、むしろマクドナルドを構成する風景の一部と言っていいだろう。こういう彼らはまさに「新人類」の特徴を帯びており、従来とは異なる価値観をもつ世代の一員であろう。

「僕」は彼らの深い眠りを「もう長いあいだ目にしたこと」もないし、「いったい何がこの二人の深い眠りを破ることになる」かも想像できない。この“学生風のカップル”に向けた「僕」の視線はまさに全共闘世代が1960年以降生まれた「新人類」を見ている態度で、まさしく「新人類」という言葉が使われる背景に、「深刻な世代間のギャップがある」[17]ことは否定できない。いわゆる「新人類」は青春が過ぎ去った世代が自らの価値観をもって次の世代を評価する言い方と言っていいだろう。「伝統的な価値観や生活感覚から無縁な」世代とか、「不可解な何かが、今の若者世代を動かしている」など、その評価の基準となったのは自分の青春を全共闘運動に捧げた世代にあり、全共闘運動世代及びさらに年上の人からの評価であろう。従って、「僕」は当然

---

17 亀井肇など（1987）『現代用語の基礎知識’87』自由国民社 p. 1087。

彼らのことを理解できず、「僕」と同様の立場にある研究者なら彼らを将来性のない、批判の対象と読み取るのも当然のことである。しかし問題なのは、これが全て全共闘世代及びさらに年上の世代の考え方で、所謂「新人類」と呼ばれてもよい“学生風のカップル”は自分のことをどう受け取っているのだろうか。勿論、彼らは小説においてはずっと眠りつづけており、自分のために何も弁明していなかったが、しかし作中の小道具から彼らの考え方がある程度窺われるだろう。

前述のように、マクドナルドの駐車場に停まった「赤いぴかぴかのブルーバード」はおそらく“学生風のカップル”が使用するもので、彼らはそれに乗ってあちこちを移動するのだろう。この「赤いぴかぴかのブルーバード」は時代の最先端を象徴していると同時に、その車名にも深い意味が含まれていると思われる。実は「ブルーバード」という車名は『青い鳥』にちなんで川又克二社長に命名されたのである。そして『青い鳥』は 1908 年に発表された童話劇で、ノーベル文学賞を受賞した[18]モーリス・メーテルリンクの代表作でもあった。欧米では古来青い鳥は「幸せの青い鳥」と見なされていたので、『青い鳥』における 2 人兄妹のチルチルとミチルは夢の中で過去や未来の国に青い鳥を探しに行ったが、結局のところ幸福の象徴とされる青い鳥は自分たちの最も手近なところ、すなわち鳥籠の中にいたという物語が描かれた。

車名の由来及び童話劇『青い鳥』の物語から次の二点が導

---

18 1911 年にノーベル文学賞を受賞。

かれると思う。一つ目は「ブルーバード」という車名はつまり「青い鳥」のこと、それは古くから幸せの象徴である。これを言い換えればつまり、「ブルーバード」と命名された車は単なる時代の最先端を代表するしゃれた車両のことだけでなく、幸福の象徴とみなしてもよいのであろう。二つ目は「ブルーバード」という車名はメーテルリンクの童話劇『青い鳥』にちなんだもので、その『青い鳥』における幸福の鳥が結局手近にあるゆえに、幸せは実は人々の身近なところに存在し、普段は気がつかないだけなのだという意味も含まれていると言っていいだろう。

マクドナルドの駐車場に停まった「ブルーバード」にもし以上のような意味が含まれているとすれば、「パン屋再襲撃」の後半に登場した"学生風のカップル"に対しおそらく今までと異なった視点から考察でき、さらに違った解読が得られるだろう。従来の研究では、襲撃こそ主体性を維持する行為で、理想の実現、いわば将来の「幸福」を得るため必然的に奮う行動である。したがって、「ぐっすり眠りつづけていた」"学生風のカップル"は幸福の正体がわからず、将来性のない若者の象徴である。しかし、「赤いぴかぴかのブルーバード」を利用した彼らから見れば、幸福は何も襲撃して手に入れる必要がなく、遠い将来にあるものというよりむしろすでに手に入れており、身近に存在しているものである。したがって、「ぐっすりと眠りつづけていた」彼らは高度資本主義の代表であるマクドナルドのシステムに回収されたため目を覚ませないのではなく、幸せの今を享受するため目を覚ましたくないのである。そうすると、「パン屋再襲撃」に登場した“学生風のカップル”の役割は「僕」らの襲撃をより果敢な行動にさせるためではなく、むしろ襲撃のような反社会的行動への否定、いわば別の可能性を提示したものであろう。

5. 終わりに――“学生風のカップル”に見られる村上文学の両義性

従来の研究[19]に従って見れば、「パン屋再襲撃」における“学生風のカップル”は「僕」らの襲撃に何も関心を寄せていないため、高度資本主義のシステムに順応する若者を象徴し、主体性、アイデンティティの維持もできない、将来性のない人間を批判するために描かれた存在である。しかし一方、彼らは幸福の象徴である「ブルーバード」を利用し、将来性がないどころか、すでに現在幸せを手に入れ、幸せを享受する世代と言ってもいいだろう。相反する二つの解釈が含まれた“学生風のカップル”は村上春樹文学における両義性を表現する好例の一つであろうが、このような両義性のある事物は単なる違う解釈の可能性を読者に提示する役割を果たすだけなのだろうか。

ここで、もう一度本稿の「一」の部分におけるメルロ＝ポンティの「両義性」を想起していただきたい。メルロ＝ポンティの哲学においては、両義性は「単に曖昧にしてごまかすことではなく、人間が矛盾や曖昧さを抜け出すことが出来ずに生きていることについての厳密で明確な意識の表現」で、要するに

---

19 “学生風のカップル”に関する研究はめったに行われていないため、「従来の研究」は主に高橋龍夫の研究を指す。

「両義性」こそ存在の本質を表す概念である。そうすると、「パン屋再襲撃」における“学生風のカップル”の象徴及び役割に関する異なった解読は、決して立場の違いによって得られた相反する解釈ではなく、むしろ1980年代を生きる若い世代の本質を表象しているからこそ生じた両義性のある事物の一つであろう[20]。そして彼らの登場によって確かに「僕ら」の襲撃に果敢かつ悲劇的な効果が生まれたが、と同時に襲撃のような反社会的行為にも疑問を問いかけ、幸福を獲得する方法及び幸福そのものに対し別な可能性も提示してくれた。これを言い換えればつまり、反社会的行為をもって幸福が得られるか、それとも社会に順応して幸福が得られるか。また、幸せは何かの手段（襲撃又は順応）によってこそ得られるものなのか、それともそもそも身近なところにあり、見つからなかっただけのものなのかということになる。

実は、以上のような問題及び答え自体には矛盾が満ちており、こういう生きられた矛盾に直面した場合、人間は決してある根拠に基づいて簡単に裁決することができないであろう。“学生風のカップル”を「パン屋再襲撃」に登場させた如く、村上春樹は人間存在の本質である「両義性」を、文学という手段

20 勿論“学生風のカップル”の両義性は“僕”の視点から捉えたもので、眠り続ける彼らは「両義性」の有無について毛頭にも考えていないだろう。そして、そういう彼らの存在によっ て、“僕”と妻の時代遅れ更に“僕”の敗北感が読み取れると思われる。なぜなら、マクドナルドを襲った“僕”は「パン屋襲撃の話を妻に聞かせたことが正しい選択であったかどうか」について、「いまもって確信が持てない」からである。これを言い換えれば、つまり再襲撃を挙行しても未来の幸福が得られず、“僕”は今日に至ってもその喪失感及び敗北感を抱いているのである。

をもってよりよく表現したのではないだろうか。

参考文献

加国尚志（2012）「メルロ＝ポンティ哲学における文学と両義性」立命館大学人文学会『立命館文学』625

高橋龍夫（2008）「村上春樹「パン屋再襲撃」の批評性——グローバリズム化へのレリーフ」専修大学国語国文学会『専修国文』83

村上文学における都市空間の両義性
―『ノルウェイの森』を例として

范　淑文

1．はじめに

都市という言葉は一般に商業や流通など経済面が発達し、そのため人口が集まった場所を意味する言葉である。これはイギリスに起こった産業革命を機に近代化が起こり、より快適な暮らしのために経済が発達することにつながる。

猪木武徳は、都市の生成、またその特徴について以下のように言及している。

> 都市の生成は、多くの場合、経済成長や工業化過程の一側面として論じられることが多い。日本の場合も、明治以降の工業化過程で「都市圏」への人口集中が加速する現象は、いくつかの時期と地域で観察された。とくに高度経済成長期と呼ばれる一九五〇年代半ばから七〇年代はじめまでの二十年弱の歳月には、東京・大阪・名古屋の三大都市圏の人口は、実に一五〇〇万人以上の増加を見たのである。[1]（下線引用者、以下同）

1　猪木武徳（1999.4）「近代都市と失業者群　戦間期日本の場合」（青木保・川本三郎・筒井清忠・御厨貴・山折哲雄編『都市文化　近代日本文化論５』株式会社岩波書店 p.78。

都市という言葉を使う際に、「経済成長」や「工業化」といったイメージが伴ってくるのは一般の認識でもあろう。言い換えれば、都市とは近代化の象徴とも言えるからである。そうした象徴のもとである都市へ人が集まるのは極自然のことではなかろうか。日本で最も近代化した都市の代表である東京の特徴について、川本三郎が次のように述べている。

> しかも、近代におけるこうした異質な様式や形態の混合も無節操に進行したのではない。そもそも、東京では、相反する二つの要素が様々な次元でせめぎ合い、組み合わさることによって、変化と活力に富んだ都市を産み出してきた。このような<u>都市の両義的な性格こそ、東京の最大の特徴</u>だろう。[2]

「都市の両義的な性格こそ、東京の最大の特徴」だと語られている。

村上春樹の小説では東京が物語の中心舞台となるのは少なくない。『ノルウェイの森』もその一つである。主人公「僕」（ワタナベ）は、親友キズキの死で故郷神戸を離れて「誰も知っている人間がいないところで新しい生活を始めた」（上、p. 52）。幼いころからキズキと恋人のように付き合っていた直子もキズキの死で、その町を出て東京の女子大学に入り、そこで新たな人生を始めようとしたが、そんな直子は中央線の電車の中で

2　陣内秀信（1999. 4）「日本の都市文化の特質」（青木保・川本三郎・筒井清忠・御厨貴・山折哲雄編『都市文化　近代日本文化論５』株式会社岩波書店 p. 23。

偶然にワタナベと出会ったのだった。そして、直子の二十歳の夜、二人は結ばれたが、その直後直子は東京を引上げ、京都の山にある阿美寮という療養所に入った。「僕」は二回阿美寮へ直子を訪ねて行った。が、東京では同じ大学に通う緑という明るい女の子に惹かれ、その後直子が自殺してしまった、というのが物語の粗筋である。

管見では、これまでの先行研究のなかには、異様な雰囲気が漂う療養所である阿美寮をトポスとして言及する先行研究[3]はあるが、東京に関する研究は見当たらない。都市に象徴される進歩、それを推進させる主体性を持った人々の集まり、そうした求心力を秘めた都市の力学の視点からの考察はなされていないのである。何故物語の中心が都市でなければならないのか。そこには温度差が見えてはこないだろうか。小稿では、ワタナベと直子の地方から都市への移動や進歩する大都市東京の描写、主人公の内面描写を考察し、『ノルウェイの森』にある東京という都市空間の両義性やその空間を生きている相反するタイプの人間などを明らかにすることを試みてみる。

2.『ノルウェイの森』に描かれている大都会

京都の山中にある阿美寮から東京に戻ったワタナベは、二つの世界の差異に「だんだん頭が混乱して、何がなんだかわからなくなっ

3　例えば、「阿美寮と名づけられる「山の中の療養所」とは死者の住む山中他界である。」という加藤弘一の論文がある。加藤弘一（1999. 8）「意象の森を歩く——村上春樹論」『村上春樹スタディーズ 03』栗坪良樹・柘植光彦編、若草書房 p. 110。

てきた。」（下、p. 42）と、目の前の東京の世界に改めて驚いた。

2.1　ダイナミックな東京

ワタナベが驚いた東京、住み慣れていた東京という大都会の特徴を明らかにするために、阿美寮という空間の描写も東京のそれと一緒に次に並べておこう。

東京	阿美寮
家族づれやらカップルやら酔払いやらヤクザやら、短いスカートをはいた元気な女の子やら、ヒッピー風の髭をはやした男やら、クラブのホステスやら、その他わけのわからない種類の人々やらが次から次へと通りを歩いて行った。ハードロックをかけるとヒッピーやらフーテンが何人か集って踊ったり、シンナーを吸ったりただ何をするともなく座りこんだりした。	僕はそこで門衛の戻ってくるのを待ってみたが、戻ってきそうな気配がまるでないので、近くにあるベルのようなものを二、三度押してみた。
僕がレコードを持ってきてかけてやると、彼女は指を鳴らしてリズムをとり、腰を振って踊った。	大声を出すこともなければ、声をひそめるということもなかった。誰もが同じような音量の声で静かに話をしていた。
十五分おきに救急車だかパトカーだかのサイレンが聴こえた。みんな同じくらい酔払った三人連れのサラリーマンが公衆電話をかけている髪の長いきれいな女の子に向って何度もオマンコと叫んで笑いあっていた。	地面は黒々として、松の枝は鮮やかな緑色で、黄色の雨合羽に身を包んだ人々は雨の朝にだけ地表をさまようことを許された特殊な魂のように見えた。

勿論、療養所という隔離された閉鎖的な世界ということも関係があろうが、入口でベルを押しても門衛がなかなか出て来ないとか、療養所の中で皆が「大声を出すこともなければ」とか、「同じような音量で静かに話をしていた」という表現から、右の

阿美寮という世界では、生活のテンポが遅く、異常とも思われるほど静かに皆が動いている雰囲気が強く感じられる。一方、それとは対照的に東京は描かれている。家族やカップルという絆のシンボルからもたらされる暖かさと共に、ヤクザやヒッピー、元気な若い女の子、酔っ払いのサラリーマンなどによる町に響く音と声の大きさや救急車やパトカーのサイレンによる町全体に漂うテンポの速さが、阿美寮から東京に戻ったばかりのワタナベの眼や耳を通してありありと伝えられている。言うまでもなく、人が沢山集まっている東京は、時々喧しいほど賑やかで生活のテンポが速く、派手でダイナミックな空間として構築されている。

2.2　東京でスローテンポで静かに動いている少数派

しかし、東京という空間で生活している人々が誰でもありのままその空間の雰囲気を感じ、そのような都会に馴染んでいるとは限らない。

上記のような動的で華やかな東京にいながら、一方で都会の喧しさが遮断されているかのように静かに動いている場面の描写が目立っている。中央線で偶然に再会したワタナベと直子がその後、毎週のように「デート」している二人の空間である。

> 彼女はとても質素に簡潔に暮しており、友だちも殆んどいないようだった。そういう生活ぶりは高校時代の彼女からは想像できないことだった。僕が知っていたかつての彼女はいつも華やかな服を着て、沢山の友だちに囲まれていた。そんな部屋を眺めていると、彼女もやはり僕と同じように大学に入って町を離れ、知っている人が誰もいないと

ころで新しい生活を始めたかったんだろうなという気がした。(中略)我々は二人で東京の町をあてもなく歩きつづけた。坂を上り、川を渡り、線路を越え、どこまでも歩きつづけた。どこに行きたいという目的など何もなかった。ただ歩けばよかったのだ。まるで魂を癒すための宗教儀式みたいに、我々はわきめもふらず歩いた。雨が降れば傘をさして歩いた。(中略)あいかわらず我々は過去の話は一切しなかった。キズキという名前は殆んど我々の話題にはのぼらなかった。我々はあいかわらずあまり多くはしゃべらなかったし、その頃には二人で黙りこんで喫茶店で顔をつきあわせていることにもすっかり馴れてしまっていた。(中略)僕も直子もゴム底の靴をはいていたので、二人の足音は殆んど聞こえなかった。道路に落ちた大きなプラタナスの枯葉を踏むときにだけくしゃくしゃという乾いた音がした。(上、p. 57、58、59、61)

「デート」とはいえ、一般の恋人のように映画を見たり、カラオケに行ったりレストランで食事をしたりするような明るく楽しい雰囲気の時間を過ごすのではなく、二人はただ町を歩いているのである。そればかりか、言葉を交わすことも少なく、恋人同士のように並んで歩くのでもなく、直子が前に、ワタナベが「そのあとを追うように歩い」ていたのである。しかも、どこかに目的地があるわけでもなく、ただただ暗黙のように黙ってずっと歩いていたのである。二人とも「ゴム底の靴をはいていた」せいもあろうか、二人の足音が「殆ど聞こえなかった」のは納得できないこともない。が、「プラタナスの枯葉を踏むときにだけくしゃくしゃという乾いた音がした」という程の静けさは聊か不思議に思わずにはいられない。飯田橋にしろ、神田にしろ、また御茶ノ水にしろ、交通の便利な点から考えれば、それほど静かなところばかりではなかろう。語り手が都会の喧しさを二人の空間から意図的に遮断したとしか考えようがない。二人の内面の象徴のように、賑やかで明るい街、テンポの速い都会に馴染まない、浮いている状態が訴えられているのである。故に、如何に周りの人々が楽しく振る舞っていようとも、当てもなくマイペースで動いているワタナベと直子のその空間はまるで薄い膜がかかっているかのように常に静かであった。

2.3　静的な直子／動的な緑

登場人物のなかで、直子と同じ程ワタナベと深くかかわっているのは緑である。ワタナベと話している様子やしゃべりかた、またワタナベの目を通してみた二人の様子を次のように並べておこう。

<table>
<tr><th>直子</th><th>緑</th></tr>
<tr><td>彼女はあいかわらずぽつりぽつりとしか口をきかなかった。</td><td rowspan="2">「ワタナベ君、でしょ？」（中略）
「ちょっと座ってもいいかしら？　それとも誰かくるの、ここ？」（中略）
「おいしそうね、それ」（中略）
「ふむ」と彼女は言った。「今度はそれにするわ。今日はもう別のを頼んじゃったから」</td></tr>
<tr><td>直子は虚空の中に言葉を探し求めつづけた。</td></tr>
<tr><td>彼女は淡いグレーのトレーナー・シャツの袖を肘の上までたくしあげていた。よく洗いこまれたものらしく、ずいぶん感じよく色が褪せていた。</td><td>ひどく髪の短かい女の子で、濃いサングラスをかけ、白いコットンのミニのワンピースを着ていた。</td></tr>
</table>

余計なものの何もないさっぱりとした部屋。 女の子の部屋だとはとても思えないくらいだった。	春を迎えて世界にとびだしたばかりの小動物のように瑞々しい生命感を体中からほとばしらせていた。

上記の表で、直子と緑が対照的な存在であることは一目瞭然であろう。派手で賑やかな大都会に居住していながら洋服にしても部屋の模様にしても、色で譬えれば暗い感じの灰色で、飾りも美的感覚も感じられないように、直子は必要最小限度に抑えているのである、否、寧ろ、洋服や部屋に気を回すような心の余裕さえもないというべきであろう。独り暮らしをしている直子は「僕」に「共同生活ってどう？他の人たちと一緒に暮すのって楽しい？」「私にもそういう生活できると思う？」（上、p. 39、40）と訊ねるほどこの大都会において他の人とは一切接点を持とうとしておらず、休みの日にもワタナベと町を無言のまま歩く以外全く外の世界とリンクしていない[4]と言える。人とのコミュニケーションとしては支障があると思われるほど言葉も「ぽつりぽつりとしか口をきかな」い様子である[5]。

---

4 実は、直子は東京に来る前、キズキと付き合っていたころから、「あなたは私たちにとっては重要な存在だったのよ。あなたは私たちと外の世界を結ぶリンクのような意味を持っていたのよ。私たちはあなたを仲介にして外の世界にうまく同化しようと私たちなりに努力していたのよ。」（上、p. 265）と、ワタナベを外の世界との連結として付き合っていたことを語っている。

5 「うまくしゃべることができないの」と直子は言った。「ここのところずっとそういうのがつづいてるのよ。何か言おうとしても、いつも見当ちがいな言葉しか浮かんでこないの。見当ちがいだったり、あるいは全く逆だったりね。それでそれを訂正しようとすると、もっと余計に混乱して見当ちがいになっちゃうし、そうすると最初に自分が何を言おうとそれとは対照的に、緑の方はショートヘアやミニのワンピース、また濃いサングラスなどによって若々しさや都会に融合している明るい雰囲気が漂っている。ワタナベと初めて言葉を交わす場面であるが、「ワタナベ君、でしょ？」「ちょっと座ってもいいかしら、それとも誰かくるの、ここ？」などの短くぶっきらぼうな表現や、相手が答える間もないほどの一方的な質問の連発から、大変テンポの速い話し方であることは明かであろう。そのような緑はワタナベの目には「瑞々しい生命感を体中からほとばしらせてい」る、生命感の溢れる「小動物」のような存在として映っている。同じ都会に相反するタイプの女性が存在している。そのような直子と緑の存在について、遠藤伸治が次のように語っている。

> 「緑」は、不完全な、時には先に引用したような彼女の中にしか存在しない記号のようなものを使ってさえ、心の中に抱え込んだ言葉にならない思いを洪水のように語るのであるが、それは、十分に語ることができなかった「直子」の代わりに語るのであり、そして、癒されることのなかった「直子」の代わりに救済されるのである。「緑」とはもう一人の「直子」なのだ。[6]

緑をもう一人の直子と見なす見解である。語る能力から、直子の「代わりに救済される」と捉えているのである。東京にい

していたのかがわからなくなっちゃうの。」（上、p. 45）

6　遠藤伸治（1999. 8）「村上春樹「ノルウェイの森」論」『村上春樹スタディーズ 03』栗坪良樹・柘植光彦編、若草書房 p. 179。

る直子に限るなら、「「緑」とはもう一人の「直子」」という遠藤伸治の見解には異議はないが、東京を離れて阿美寮にいる直子をも考察の射程に入れるなら、まだ考える余地があるのではないだろうか。阿美寮に入っている直子は、ワタナベが逢いに行った初日の夜にはすこしハプニングがあったが、それ以外の場面では話すテンポが正常になり、それまで封印していたキズキとのことも語れるようになった。

ちなみに、直子のみならず、ワタナベにもそれに類似した状況が生じている。阿美寮に着き、直子とレイコの部屋のソファーに横になっている時のワタナベである。

> これまであまり思いだしたことのない昔の出来事や情景が次々に頭に浮かんできた。あるものは楽しく、あるものは少し哀しかった。
>
> どれくらいの時間そんな風にしていたのだろう、僕はそんな予想もしなかった記憶の奔流（それは本当に泉のように岩のすきまからこんこんと湧きだしていたのだ）にひたりきっていて、直子がそっとドアを開けて部屋に入ってきたことに気づきもしなかったくらいだった。ふと見るとそこに直子がいたのだ。僕は顔をあげ、しばらく直子の目をじっと見ていた。（上、p. 212、213）

引用文にあるように、不思議に東京にいた時、口にもせず、考えもしなかったキズキの記憶が次から次へと湧いてきた。こうしたワタナベと直子のその類似点を重ねると、つまり、東京という空間に身を置いた場合には、表現に障害があった人間が、阿美寮という特殊な雰囲気の場所に入ると、その特別な仕組みの社会性によって、障害が消え、心の底に潜んでいる考えや思考を滞りなく相手に伝達することができるのである。「誰もが同じような音量の声で静かに話をして」（上、p. 217）おり、「一人が何かをしゃべると他の人々はそれに耳を傾けてうんうんと肯き、その人がしゃべり終えるとべつの人がそれについてしばらく何かを話した。」（上、p. 218）というように、個が尊重され、すべての存在が開放され平等となるからであろう[7]。言い換えれば、東京という都会——特殊な抑圧のメカニズムが仕込まれている空間——の雰囲気によって、一部の人間は言語障害の状況に陥ってしまったり、特定の記憶を無意識に抹消したりせざるを得ないのである。

3．明るい／暗鬱、との両面性を持つキャラクター

上述したとおり、影が薄い直子とは対照的に緑は生命力に溢れたような生き生きとした存在である。とはいえ、緑がワタナベに話した女子高校での出来事や自分の生立ちなどを見落としてはなるまい。

---

7 とはいえ、「そんな中で静かに食事をしていると不思議に人々のざわめきが恋しくなった。人々の笑い声や無意味な叫び声や大仰な表現がなつかしくなった。僕はそんなざわめきにそれまでけっこううんざりさせられてきたものだが、それでもこの奇妙な静けさの中で魚を食べていると、どうも気持が落ちつかなかった。」（上、p. 220）という、反応からでは、ワタナベは凡てが阿美寮の空気に合っている直子とは異なっており、東京の空気——緑の世界——に惹かれている部分があることは明らかである。

①千代田区三番町、港区元麻布、大田区田園調布、世田谷区成城……もうずうっとそんなのばかりよ。（中略）
豊島区北大塚なんて学校中探したって私くらいしかいやしないわよ。（上、p. 128）

②どの店も建物は旧く、中は暗そうだった。看板の字が消えかけているものもあった。（上、p. 136）

③私三ヵ月くらいたった一枚のブラジャーで暮したのよ。信じられる？　夜に洗ってね、一所懸命乾かして、朝にそれをつけて出ていくの。（上、p. 144）

④こいつらみんなインチキだって。適当に偉そうな言葉ふりまわしていい気分になって、新入生の女の子を感心させて、スカートの中に手をつっこむことしか考えてないのよ、あの人たち。（下、p. 67）

①は、緑が通っていた女子高校の学生が「千代田区三番町、港区元麻布、大田区田園調布、世田谷区成城」など高級住宅区の出身の人ばかりであるのに対し、ただ一人緑の住居だけが庶民的な「豊島区北大塚」という場所にあると、ワタナベに昔のことを語った一節である。そして、②は、まるで緑が語った内容の確認かのように、緑の家を訪れたワタナベの目に映っている彼女の家の周りの風景の描写である。「看板の字が消えかけている」ほど、どの店も色が褪せており、商売も細々というイメージが強調されている。③は、クッキングに興味を持ち、本格的に料理するための包丁や鍋など道具を買う費用を貯めるために、「三ヵ月くらいたった一枚のブラジャーで暮した」程節約していた惨めな経験談である。④は、「フォークの関係のク

ラブ」に入った時の不愉快な記憶である。如何に汚い手段を使い、善良で無知な庶民を欺瞞している「インチキ」な「革命家たち」であるかを緑が苛烈に批判している。他の女子学生とは違い、緑はそれらの不正を見抜き相当不満を抱いているものの、「あなた馬鹿ねえ、わかんなくたってハイハイそうですねって言ってりゃいいのよ」（下、p. 67）と仲間には緑の正義感を否定するかのように言われた。つまり、腐っているところは見て見ぬふりをせよ、口を出すべきではない、ということである。緑が自ら作った『何もない』という唄はこのような緑のそれまでの生立ちや周りの状況の具現そのものと見なすことができよう。

あなたのためにシチューを作りたいのに
私には鍋がない。
あなたのためにマフラーを編みたいのに
わたしには毛糸がない。
あなたのために詩を書きたいのに
私にはペンがない。（上、p. 157）

食べ物を作る道具がない――食べられない、着るものがない、心の想いを書くペンがない――自由に話すことが許されない、というのが一見明るい緑の暗鬱な一側面である。いつも明るく振る舞っている緑が社会への不満や自分が背負っている暗黒な一面を吐露している。

その暗鬱な側面の捌け口として、近所に火事が起こった時、緑は慌てもせず、傍観者のように消防車が往来するのを眺めていたり、ワタナベをポルノ映画に誘ったり、女の子は吸わないと思われている煙草マルボロを吸ったりしている。それは、つまり、社会の規範への一種の反撥と見なしてもよいだろう。

一見明るい存在でありながら暗鬱な面も持っている点では緑以外に、普通に振る舞っているワタナベにも、そのような一面を見せている描写が見られる。

- 誰も知っている人間がいないところで新しい生活を始めたかったのだ。(上、p. 52)
- 僕は一人で教室の最前列の端に座って講義を聞き、誰とも話をせず、一人で食事をし、煙草を吸うのをやめた。(上、p. 88)
- 僕はしばらくのあいだ講義には出ても出席をとるときには返事をしないことにした。(中略) しかしそのおかげでクラスの中での僕の立場はもっと孤立したものになった。名前を呼ばれても僕が黙っていると、教室の中に居心地のわるい空気が流れた。誰も僕に話しかけなかったし、僕も誰にも話しかけなかった。(上、p. 102)

直子と結ばれた後、直子が突然姿を消してしまった時、それまでずっと真面目に授業に出たり様々な学校や寮の規則を守ったりしていたワタナベが社会性への反旗を翻したかと思われる一連の行動である。

また、同じ寮に住んでいるエリートである永沢も、表面上は社会的に振る舞い、その乱れている社会の空気を楽しんでいるようにも見えるが、心の底には人に知られていない暗黒な部分が潜んでいる。

> 永沢さんはいくつかの相反する特質をきわめて極端なかたちであわせ持った男だった。彼は時として僕でさえ感動してしまいそうなくらい優しく、それと同時におそろしく底意地がわるかった。びっくりするほど高貴な精神を持ちあわせていると同時に、どうしようもない俗物だった。人々を率いて楽天的にどんどん前に進んで行きながら、その心は孤独に陰鬱な泥沼の底でのたうっていた。僕はそういう彼の中の背反性を最初からはっきりと感じとっていたし、他の人々にどうしてそういう彼の面が見えないのかさっぱり理解できなかった。この男はこの男なりの地獄を抱えて生きているのだ。（上、p. 69）

ワタナベの目を通した永沢の両面性の描写である。彼女との結婚など毛頭考えておらず、ただ男女関係の付き合いを続けながら、また一方では性欲の解決としてガールハントに行ったりしている永沢は意外に「孤独に陰鬱な泥沼の底」や「この男なりの地獄を抱え」ているのが分かる。外交官を目指し、幾つかの外国語を習得している永沢ではあるが、「もちろん人生に対して恐怖を感じることはある。」（下、p. 113）と、心細い心境を吐露している面も見られる。このように、緑をはじめ、ワタナベも、永沢も一見社会的であるが、以上のようにあまり周りに気付かれていない暗鬱や反社会的な一面を多かれ少なかれ露呈しているのである。

4．『ノルウェイの森』に見る両義性

前田愛は、小説の中に描かれた場所と、そこからの越境について、以下のように語っている。

> この組織され、構造をもつ〈内部〉と、未組織で構造をもたない〈外部〉という対立項は、ロトマンによれば、文化と野蛮、インテリと民衆、コスモスとカオス、というようにさまざまな文化テクストにおいて可変体として読みかえられるという。文化テクストの二次的テクストとしてつくりだされる文学作品の場合は、城壁で囲まれた都市とその外にひろがる広野、金持ちたちが住む都市の中心部と貧乏人たちが住む場末、といった対立項が考えられるだろう。[8]

都会に「文化と野蛮」「インテリと民衆」「コスモスとカオス」といった都会に見るロトマンのパルマコン説を踏まえ、そこから、文学作品に見る対立項――金持ち（都心部）←→貧乏人（場末）――を挙げている。

都心部＝金持ち、貧乏人＝場末、という大まかな分け方やその発想は陣内秀信の論文にも見られる。

> まず独特の立地条件からもたらされた〈下町〉と〈山の手〉との対比があげられる。掘割が巡る水の都で、商人や

8　前田愛（1992）『都市空間のなかの文学』筑摩書房 p. 40。

> 職人の都市活動の活気に溢れた下町。一方、武蔵野の台地に広がる緑に包まれた田園都市としての山の手。この〈賑わい＝動〉と〈落着き＝静〉の対比を都市空間の中に組み込む発想は、近代の東京にも受け継がれ、今なおこの都市の基本的な性格を形づくる。（中略）二つの顔をもつ東京という都市の性格がよく表れている。[9]

川本三郎は東京という空間全体に漂う雰囲気に注目して〈賑わい＝動〉と〈落着き＝静〉、との二つの顔（両面性）という特徴を見出している。

前に論証してきたように、『ノルウェイの森』には、都心部←→場末以外に、都心部のみにおいても陣内秀信が言う〈静〉と〈動〉という対立項現象のほか、また幾つか両義性を見出すことができる。以下のようにまとめられる。

（1）動・静両面性を持っている東京——

家族連れの暖かくて賑やかな雰囲気、ヒッピーなどの若者たち及びそのような都会生活から生じる消防車などによる乱雑の一面があれば、またそこから隔離されたような、静かに動いている直子とワタナベたちの静的な一側面——大都会の雑踏から薄い膜がかかっているような空間——も同時に東京に存在している。そして、直子と緑という、対照的なキャラクターの設定も一つの両義性

9　陣内秀信（1999.4）「日本の都市文化の特質」青木保・川本三郎・筒井清忠・御厨貴・山折哲雄編『都市文化　近代日本文化論５』株式会社岩波書店 p. 23。

の例と見なすことができる。

（2）明るいキャラクターにある暗鬱な一側面——

一見は生命力に溢れる明るい緑ではあるが、高校時代に出身の差から感じた違和感や大学時代のクラブの汚いやり方への不満などの暗鬱な一側面が吐露されている。緑以外に、ワタナベにもエリートである永沢にもそれぞれ暗鬱な一側面を見出すことができる。

丸谷才一は、都会とそこへ移動する人間の関係について、「もともと村といふ共同体から離れて都会へ流出し、そして村の伝統的な習俗および村の教会と別れて、もう教会へゆかなくなつた人々で成立してゐる社会なので、個人といふものが強く意識されるやうになつた。人々はいはば群衆のなかの孤独な存在となつた。」[10]と、述べている。緑は都会で個として必死に生きようとしている典型的な存在である反面、その社会から認められない、脱出できない無力感がうかがえるのも事実である。一方、ワタナベと直子の場合は、キズキの死という堪えられない経験から逃れようとして、東京に移った。「誰も知っている人間がいないところで新しい生活を始め」ようとするその意図によるかぎり、東京という都会は、個の存在——社会から離れる存在（直子の場合は共同生活からの脱出）——が成立しやすい場と捉えられていると言えよう。群衆の集まる場所、連結されやすいと思われる場所でありながら、リンクされていないという都会の冷たくて残酷

---

10 丸谷才一（1999. 4）「三四郎と東京と富士山」『文藝春秋』株式会社文藝春秋 p. 297。

な一側面も露呈していることが窺われよう。

人々を引きつけてやまない都市東京、しかし、そこに集まる人の中には、二種類の人がいた。それは、近代化の進歩を支える主体性を持った動的人間と大きな傷のため主体性を失った静的人間である。この二つのタイプの人間が皆、都市という仮面を被り、仮面という一義的な都市空間には、その下に眠る二義的な顔が存在していた。この差が大きいほどそこを振幅する人の反動は大きくなる。ひいてはそれが都市の進歩のエネルギーとなるのである。この作品は人間の心の抑圧と開放との間の振幅運動を捉え、両義性が生み出すエネルギーを都市空間に見出していると言えよう。

テキスト

村上春樹『ノルウェイの森』2007.2.15第17刷（2004.9.15第1刷)、講談社

参考文献

猪木武徳（1999.4)『都市文化　近代日本文化論５』株式会社岩波書店

遠藤伸治（1999.8)「村上春樹「ノルウェイの森」論」『村上春樹スタディーズ03』栗坪良樹・柘植光彦編、若草書房

加藤弘一（1999.8)「意象の森を歩く——村上春樹論」『村上春樹スタディーズ03』栗坪良樹・柘植光彦編、若草書房

陣内秀信（1999.4)「日本の都市文化の特質」青木保・川本三郎・筒井清忠・御厨貴・山折哲雄編『都市文化　近代日本文化論５』株式会社岩波書店

前田愛（1992)『都市空間のなかの文学』筑摩書房

丸谷才一（1999.4)「三四郎と東京と富士山」『文藝春秋』株式会社文藝春秋

短編集『神の子どもたちはみな踊る』の裝釘

—北脇昇の『空港』と両義性—

平野　和彦

前言

書籍の裝釘[1]は、作家の意思や編集者の意図、出版社の営業企画が複雑に絡んで、それぞれの書籍の性質に応じた制作依頼や選定経緯があり、文学作品のイメージを決定づける重要なファクターである。そして、翻訳されて海外での販売ともなれば、当然ながら当該地域の文化的影響がその有り様を大きく左右することは言うまでもない。

さて、本稿で取り上げる短編集『神の子どもたちはみな踊る』(2000) 新潮社は、第一に短編集であること。第二に、日本での初版はその裝釘に明治－大正－昭和を生き、特に、日中戦争－第二次世界大戦－敗戦を経て尚その活動を続けた日本のシュールレアリスト北脇昇 (1901 - 1951) の油彩画『空港』を使用していること。第三に、時を経た2001年9月11日、アメリカ同時多発テロの翌年にKnopf社から出版されたアメリカ翻訳版“after the quake” (2002) のハードカバー (Chip Kidd・1964－) とRandom House社出版 (2003) のペーパーバック (John

1　裝訂、裝丁、裝幀、とも書く。方以智『通雅』(巻三十一・器用、碑帖、金石)、倪濤『六藝之一録』に、「以葉子裝釘謂之書本。」と云い、黄六鴻『福恵全書』(錢穀部・催徵) に「裝釘要牢固不散。」と云う。本稿では、裝幀の意味をより印象付けるものとしてこの詞を用いた。

Gall・1963 ―）のうち、出版元の新潮社は後者の表紙デザイン、即ち、John Gall 氏のイラストレーションを選択して日本での文庫版の再販に至ったこと。この三点が議論に値すると考える。原作者の村上春樹本人も第三点を肯定的に受け入れたと思われる点に興味が集中することと、装釘が表象する「両義性」の問題が内在すると考えられることが本稿疑問の発端である。本稿で装釘デザインをテーマに論述する主旨は茲にある。

1. 村上春樹とブックデザイン

『世界は村上春樹をどう読むか』[2]「Ⅲ　翻訳本の表紙カバーを比べてみると」[3]のなかで、42 種類の海外翻訳作品に採用された表紙カバーが取り上げられて論点となった。沼野充義氏は、

> 日本文学の翻訳を日本の外で出版する場合、表紙をどうするかというのは、一見些細なことのようで、じつは日本がどういうイメージで見られているか、どういうイメージの日本が受け入れやすいか、という大きな問題に直結しています。（中略）村上春樹の本の表紙は、世界の中で古い日本のイメージが崩されつつあるということの雄弁な証拠になっている－いや、まさに彼の本が古い日本のイメージを崩し、新しい日本のイメージを作り出しつつある、という

2　国際交流基金企画、柴田元幸、沼野充義、藤井省三、四方田犬彦編『A Wild Haruki Chase 世界は村上春樹をどう読むか』(2006) 文芸春秋。

3　注 2 の同書 p. 101-p. 135。司会・沼野充義。マレーシア、ハンガリー、ノルウェー、インドネシア、台湾など 13 カ国の翻訳者が発言し意見交換した。

ことなのでしょう (p. 135)[4] 。

と、「“The Oxford Book of Japanese Short Stories” というアンソロジーの編集にあたって、富士山、サムライ、ゲイシャのイメージに反対した」テッド・グーセン（カナダ）氏の発言（p. 134）[5]を支持している。これは海外での出版事例だが、国内事情に目を向けると、沼野充義氏には、村上作品の表紙装釘は「第一作『風の歌を聴け』に用いられた佐々木マキ氏のイラストによって、日本における作品とのマッチングにかなりの程度までイメージを与えて方向性を決定づけた」とする認識（p. 121）もあり[6]、村上文学の表紙カバーの装釘は、佐々木マキ氏、安西水丸氏（1942 － 2014）のイラスト等々、小説という文学ジャンルにイラストレーションという視覚芸術の視座を与えることで、表現の時空間的構成原理をより強烈且つ印象的に読者の脳裏に焼きつける。この点は、他の文学作品に比べて顕著である。

村上春樹は、「安西水丸は褒めるしかない」[7]のなかで次のように言及している。

（和室の襖絵と掛け軸を描いてくれませんかとお願いした

4　注 2 の同書 p. 135。

5　注 2 の同書 p. 134。

6　注 2 の同書 p. 121。沼野充義氏は、「絵本風の鮮やかな表紙が、村上ワールドへの扉になってきた。」と解説する。

7　『村上春樹雑文集』(2011) 新潮社 p. 302-p. 307。初出は『月刊カドカワ』(1995)5 月号。

ら…）墨を磨って、筆で見事な富士山と魚の絵を書いてくれた。（中略）安西水丸は真の天才の一人なのかも知れない。（中略）水丸さんが「平成の円山応挙」と呼ばれるのも時間の問題だろうな……というようなことをふつふつと思う今日このごろである（p. 302-p. 307）。

また、「チップ・キッドの仕事」[8]のなかでは、1993年にKnopfから出版された短編集『象の消滅』ブックカバーデザインの斬新さにショックを受けたことに言及し、

要するにチップは、共通認識を用いて、共有イメージではないものをそこに出現させている、ということになるのかもしれない。それは–僕は思うのだけど–真にオリジナルなアーティストにとっての必須の資格のひとつではないだろうか（p. 317-p. 319）。

とも述べ、表紙カバーのデザイン装釘に対する村上の非凡な芸

8　注7の同書p. 317-p. 319。「これは装幀家であり、友人でもあるチップ・キッドの作品を集めた本『Chip Kidd:Book One.Work 1986-2006』(Rizzoli,2005) のために、頼まれて書いた文章です。」と村上春樹のコメントがある。チップ・キッド（Chip Kidd）はニューヨーク在住の著名なグラフィックデザイナー。チップ・キッドのグラフィックは、例えば村上作品については『1Q84』が話題になった。2013年に開催された「東京国際文芸フェスティバル」でのインタビュー記事－「世界で最も有名なブックデザイナー」で、書籍デザインの心がけ、日本の魅力やポップカルチャーからの影響、村上春樹との関係などについて語っている。（http://www.nippon.com/ja/views/b02904/　2015年10月09日閲覧。）

術的欲求を感じさせる。ただ、村上春樹自身は本人が装釘を手掛けることはないようで、「『ノルウェイの森』の装丁の意味は？」（大疑問 65）[9] との読者からの質問に、

> あの赤と緑は前から使いたいと思っていた色だったのです。あの色を選んだときには出版社の人々に「こんなきつい色じゃ本は売れませんよ」と反対されたことを覚えています。色にはとくに意味はありません。金色の帯に変えたのは出版社の意向で、僕はそのときには日本にいませんでした。もしそのとき相談されていたら断っていたと思います（p. 54）。

と答える程度だ。しかし、その拘りには強いものがあったことを窺わせる。

この点は、晩年に南画を善くした夏目漱石（1867- 1917）ら、所謂日本の文人、特に近代日本の文人たち[10]が自ら装釘を手掛けていく過程と異なる[11]。

---

9 『そうだ村上さんに聞いてみよう』（2000）朝日新聞社 p. 54。

10 芳賀徹「漱石のブックデザイン」（1977）『絵画の領分』朝日新聞社 p. 511–p. 512 に、—デザイナー漱石—という一節があり、「……装幀の事は今迄専門家にばかり依頼してゐたのだが、今度はふとした動機から自分で遣って見る気になって、箱、表紙、見返し、扉及び奥附の模様及び題字、朱印、検印ともに、悉く自分で考案して自分で描いた。（後略）」と、大正三年九月二十日に発行された『こころ』の序文を引用して「漱石としてはさぞかし一つの想いをとげたという気分であったろう。」と述べ、門人岩波茂雄と漱石の密接な交友にも触れている。

11 松村茂樹（1997）「『漱石全集』の装幀から－漱石と呉昌碩そして長尾雨山

さて、論点を村上春樹と北脇昇、John Gallに戻そう。村上春樹の装釘選択や作家との関係性は、佐々木マキ氏や安西水丸氏はもちろんのこと、John Gall氏のそれも明らかにイラストレーションであり、ポピュラーアート或いは応用美術（applied art）のそれである。

初版装釘に使われた北脇昇の油彩画『空港』はファインアート（fine art・純粋芸術）である。ファインアートは、芸術家個人の思想や哲学を背景にして表現を志向する。曖昧となりつつあると言われる二種類のアートの領分ではあるが、「村上ワールド」という観点から装釘の印象を見れば、やはりその境界の存在は明らかである。つまり、北脇昇の『空港』が、2003年を境にイラストにその座を奪われたことは、そこに何らかの意義を看取するに足る説明が必要であろう。以下は、この点に関わって「両義性」の問題を検証してみたい。

2．村上春樹はなぜ北脇昇『空港』を選択したのか

この作品は、キャンバスに描かれた油彩画で、昭和12年（1938）の制作。小説各短編はそれぞれ初出[12]に違いがあるが、短編集のタイトルは『神の子どもたちはみな踊る』を選択し、

一」小森陽一・石原千秋編『漱石研究』（第9号）翰林書房 p. 157–p. 169は、『漱石全集』の装釘における「石鼓文」の拓本、呉昌碩のこと、拓本に関わった橋口五葉、津田青楓、長尾雨山らとの人物交流に触れている。

12 6編の初出は、1『新潮』1999. 8月号、2『新潮』1999.　9月号、3『新潮』1999. 10月号、4初出『新潮』1999. 11月号、5『新潮』1999. 12月号、6「蜂蜜パイ」（書き下ろし）。

装釘には北脇の油彩画が用いられたわけである。北脇の油彩画は、村上春樹の他の作品表紙デザインに比べて暗澹とした静止画のイメージが極めて強く、際立って異質である。

北脇のこの作品については、嘗て1962年に東京国立近代美術館で開催された『近代日本の絵画と彫刻』展図録に同館学芸員（代表稲田清助館長）が、

> この頃からその作風はフォーヴ的な手法から、超現実的なものに変ってくる。楓の種子が飛行機のように着陸していて、わきに棘皮植物のようなものが、ターミナル然として建っている。この幻想は博物誌的な対象のディペーズマン（転位）によって図られているもので、描写は自然科学の図式を思わせるような無機的な写実手法をとっている。ダリの偏執狂的な影像や、エルンストのフロッタージュなどの影響が、かなり強くみられるが、やはり、これをまとめあげているのは、北脇独自の哲学であろう（p. 75）[13]。

13『近代日本の絵画と彫刻』（1962）東京国立近代美術館 p. 75。この展覧会図録には、当時（昭和37年）の国立近代美術館館長稲田清助（昭和31年から35年まで文部事務次官を任じた）の序文があり、「なお、本巻の、本文の執筆等はすべて当館の職員が担当いたしました。」（p. 2）とあり、巻末には本巻の執筆者が50音順で列記されている（青木勝三、石川公一、岩崎吉一、小倉忠夫、河北倫明、土屋悦郎、富山秀男、本間正義、三木多聞、吉田耕三）ものの、北脇昇の『空港』作品評を書いた研究員は明記されていない。そこで、当時の東京国立近代美術館長の稲田清助を本作品評の代表者として記載した（参照『文部科学省文部科学事務次官』http://www.mext.go.jp/b_menu/soshiki/rekidai/jimujikan.htm　2015年12月10日閲覧）。

と評価を加えた。これは60年代の美術史学的評価である。

では、その北脇独自の哲学とは何であろうか。1997年に同館で開催された『北脇昇展』では、学芸員の大谷省吾氏によってその図録に、

> 《空港》では楓の種子に加えて、枯れたヒマワリの花が管制塔を、朽ち木とその節穴が雲間の月を表している。朽ち木はエルンストのフロッタージュを思わせるが、ここでは擦り出しではなく筆で描かれている。（中略）北脇は俳諧など日本の伝統芸術における「見立て」の効果を意識したものと思われる。そのためには、あくまで個々のモティーフを詳細に描写し、その組み合わせの妙のみによって、幻想的な空港の情景を生み出す必要があったのであろう（p. 69）[14]。

と解説された。30年以上の時を経て90年代後半にはこうした評価が加わり、フォーヴィズムからシュールレアリズムへという日本近代美術の歴史的変遷の観点に加え、日本固有の伝統芸術の感性、即ち所謂「見立て」ということが強調されるに至った。

また、北脇は、『空港』を「筆」で描くことに敢えて固執したわけだが、筆（この場合は油彩画用筆だが）という用具の物理的コントロールには、意識と無意識の葛藤や必然と偶然の相克が大きなウエイトを占め、両義的感覚が同時に介在したはずである。日本的或いは東洋的表現への北脇のこだわりを見ることができ、東洋的なものは、「両義性」を論ずるまでもなく元来両

---

14 大谷省吾作品解説（1997）『北脇昇展』東京国立近代美術館 p. 69。

義的混沌を普通に受容する場合が多いことは村上春樹も認めている[15]。

大谷省吾氏による指摘にあるような、エルンストの影響が濃いシュールレアリズムの出発点、定義にも関わる実験的方法は、確かにこの北脇昇の『空港』にも看取でき[16]、エルンストによる幻想的ディペーズマンは、村上春樹の作品における文学表現原理にも共通する。即ち、あるものを本来あるコンテクストから別の場所へ移して異和を生じさせるシュールレアリズムの方法概念[17]を共有するこの絵画と文学は、徹底して表現にリアルさを求めてその物から実用的性格を奪い去り、物体同士の異質な出会いを表出する。北脇の詳細な描写力、デッサン力と、村上春樹の緻密で繊細な文章表現は、作品中の事象に係る徹底的な現象描写の正確さという点でも、このディペーズマンにおい

---

15 この点について、2014年11月3日付『毎日新聞』に掲載された村上春樹独占インタビューの中で、村上自身は、「日本以外のアジアではストーリーの要素が大きい。欧米人は「ポストモダニズムだ、マジックリアリズムだ」みたいに解釈するけど、アジアの人は「そういうことはあるかもな」と自然に受け入れてしまう。」と、アジアの風土、文化について自身の解釈を述べている。

16 マックス・エルンスト著／巖谷國士訳（1977）『慈善週間または七大元素』河出書房 p. 418 に、「シュルレアリズムとは何か」というマックス・エルンストの解説があり、「オートマティック」、「自動記述」に関して、アンドレ・ブルトンの『シュルレアリズム宣言』（1924）に関する訳者の訳注がある。

17 DNP Museum Information Japan artscape http://artscape.jp/artword/index.php/%E3%83%87%E3%83%9A%E3%82%A4%E3%82%BA%E3%83%9E%E3%83%B3　2015年10月10日閲覧。尚、このサイトでは、「とりわけこのタームにふさわしい作品を発表したのがデ・キリコ、M・エルンスト、マグリットらである」としている。

て同レベルと言えるのである。

村上春樹はこの作品について『少年カフカ』(2003) 新潮社のなかで、

> 僕は、よく美術館に絵を見に行くんですが、東京の近代美術館で北脇昇さんの特集展示をやっていて、それを見てとても心を惹かれました。戦前のシュールレアリスト風の絵画から、戦争中のいささか国家主義的色彩を含んだ作品、そして深く沈潜した戦後の作品へとスタイルは大きく変化するものの、彼の絵の中に一貫して含まれている『異様な個人的風景』は、僕の作品のある部分に通底しているような気がしたのです。それで北脇さんの絵を表紙に使わせていただいたわけです (p. 252) [18] 。

と述べている。このような共感を得た村上が、1962 年に学芸員が感じた「北脇独自の哲学」(p. 75)、即ち、1997 年に大谷省吾氏の謂う、北脇が表現に求めた「俳諧など日本の伝統芸術における「見立て」の効果を意識して、あくまで個々のモティーフを詳細に描写し、その組み合わせの妙のみによって、幻想的な空港の情景を生み出す必要性」(p. 69) を、村上自身の所謂「自らの作品のある部分に通底する「異様な個人的風景」(以下、表

---

18 村上春樹「神の子どもたちは…」の表紙の話『少年カフカ』(2003) 新潮社 p. 252。Mail no. 670/Sunday, Octoder06, 1:33AM。これは、『海辺のカフカ』(2002. 9. 10.) 発行の後の読者とのメールのやり取りで、何故この絵を表紙カバーに選んだかという質問に対する返信である。2003 年のジェイ・ルービンによる英訳が出版され、そのペーパーバックが Random House から発売される以前のメール往信である。

記は「　」とする)」(p. 252) に係る表現方法と文体に重ね合わせ、その両義的共通項を見た結果、最高傑作として『空港』を選択したものと考えることができる。

3．北脇作品に看取する「両義性」

さて、村上の短編集各6編は、同じく北脇の素描などを挿画として用いている[19]。いずれも北脇の作風がシュールレアリズムの志向性を目指し始めた1936年以降のもので、時代的には、1936年の2.26事件、1937年の盧溝橋事件と日中戦争に始まり、1938年には石川達三 (1905－1985) の『生きている兵隊』が発禁となり、国家総動員法が公布される。そして、1939年のノモンハン事件、第二次世界大戦の勃発などと期を同じくする。

装釘に用いられた『空港』は、世界大戦前夜の四年間の中でも北脇の代表作で、阪神淡路大震災 (1995) とオウム真理教事件、特に地下鉄サリン事件など、当時アメリカ滞在中に村上が知った日本の惨状を文字に起こした「物語の集合体」[20]としての

---

19 目次頁にはエッチング (無題・c. 1938) が配され、「UFOが釧路に降りる」には素描 (c. 1938)、「アイロンのある風景」、「神の子どもたちはみな踊る」、「タイランド」、「かえるくん、東京を救う」、「蜂蜜パイ」にはそれぞれ制作年不詳の素描。各初出記載頁にはエッチング (無題・c. 1938：油彩『探索者』・1938のためのデッサンか。構図は左右対称。中国明代の浙派山水画を彷彿とさせる。) が配されており、表紙装釘が変わった後も文庫本に受け継がれている (注14に同じ『北脇昇展』(1997) 東京国立近代美術館カタログｐ．70、p. 71、p. 98、p. 99参照)。

20 村上春樹「夢の中から責任ははじまる」(2012)『夢を見るために毎朝僕は目覚めるのです－村上春樹インタビュー集1997－2011－』文藝春秋 p. 355に述べられている物語の認識。

『アンダーグラウンド』(1997.3.10) 講談社と、その同じ年ほぼ同月に観た『北脇昇展』(1997. 1.25. ― 3.2.) 東京国立近代美術館が繋がり、各6編初出の1999年を経て短編集『神の子どもたちはみな踊る』の装釘に結実したと見てよいだろう。

マニゴ・ヴァンサン (Vincent Manigot) は、論文「北脇昇:普遍性を探し求めた画家」(2011)『言語・地域文化研究』[21]「三超現実的な絵画:戦争の寓意又は宇宙の擬人化」において、特に、『空港』の前年1937年に描かれた『空の訣別』[22]を論じ、

> 多数の絵は《浦島物語》と同じく未知の世界を探る絵画だが、世界大戦の寓意のように見える作品もある。数点の作品は戦闘機や航空写真を想起させる。(中略) この作品をよく見ると、北脇が描写したのは戦争だけではなく、風景だけでもない。彼が描いたのは「混合」を基にした作品である。正確にいえば「人間と自然の混合である。」(中略) 実際は同年、「中国の都市を爆撃中であった (日本の) 航空隊の一機が砲火に受けた」という出来事があって、この作品で北脇は起こった事を絵画化した (p.278)。

と言い、もちろん、本稿に係る『空港』がそれに続く連作であることも論じる。

マニゴ・ヴァンサンは、まさに『空港』の「両義的」表現を

21『言語・地域文化研究』Language, area and culture studies (2011)『東京外国語大学大学院紀要』no.17p.272-p.282。

22 注14の同図録p.68。

言い当てているのである。この『空の訣別』について、大谷省吾氏の解説[23]は、

> 現在からみれば、飛行機からのぼる煙とハンカチを振る手のイメージを重ね合わせる手法には説明臭さが強く感じられよう。そのため《空港》におけるような見立ての機知と不穏さとの謎めいた混在は認められず、画面は平板なものとなっている (p. 68)。

と、『京都日日新聞』(1937年8月21日) 掲載の梅林中尉の美談を引用しつつ解説するが、絵画については「平板」と批評している。やはり、『空港』の作品としてのレベルは、この時期の一連のシリーズの中では群を抜いているのである。

展示された作品の中で『空港』を選んだ村上春樹は、展覧会会場で配布された出品作品一覧と作品解説にある次のような一節、即ち、「北脇は1936年の末頃からシュルレアリスムに関心を寄せ、身の回りの草木や石などを擬人化したり宇宙的なイメージを重ね合わせた幻想絵画を描き（中略）不穏な空港のイメージを作り上げている。」といった作風に共感する感性を働かせたに違いない。『空の訣別』と同じシリーズに見えて、遥かにそれを上回る作品レベルの高さに気付いたはずである。

マニゴ・ヴァンサンの論文は、『空港』と同じ1938年の『聚落』[24]について、

---

23 注14の同図録解説 p. 68。

24 注14の同図録 p. 88。北脇は一連の作品を「観相学シリーズ」と呼んだ。

即ち「人間・風景画」という絵画のジャンルを連想させる。（中略）どの国でも、戦争を支援する又は戦争に反対する絵画は数多い。（中略）藤田嗣治は（中略）祖国に殉じた勇士を賛美する（中略）。北脇も戦闘の「器具」（戦闘機…）を使用して絵画を制作するのだが、彼の場合は支援も反対もせずに知覚するままに描写する（p. 277）。

と、北脇の場合を明確に分類したうえで、更に、

「人間・風景画」は、「天」（精神空間）と「土」（肉体空間）の二元性を示す。言葉を代えて言うと「内部の人間」（魂）と「外部の人間」（肉体）は相互作用を及ぼす、ということだ。こういう組み合わせ模様（肉体・風景）はミクロコスモス（小宇宙）とマクロコスモス（大宇宙）の深い関係を描写し、人間を宇宙の中心に据える。体験と知覚のメタファーのようにも見える。人間、そして宇宙を渇望していた北脇にとってはこのような人文主義的な概念は確かに意義があった（p. 276）。

とその「両義性」を評するのである。

4．村上作品に看取する「両義性」

このような、『空港』を代表とし、1938 年から 1939 年の「観相学シリーズ」[25] を含む北脇作品に対する各評を総括すると、短

25 注 14 の同図録 p. 86『鳥獣曼荼羅』、p. 87『変生』、p. 89『変生像』、p. 90『影』、p. 91『暁相』。

編集『神の子供たちはみな踊る』各編の「見立て」の効果は、よりその「両義性」を前面に突出させてくる。

地震映像で釘付けにするテレビや話に聞いた宇宙（人）の存在と人間の失踪ということ（p. 10–p. 26）。これは、思考を停止し洗脳して現実社会から自らを隔離させるオウム真理教など新興宗教集団による一連のカルト現象に通じる。

飛行機や空港など近代、現代の利便的移動手段（p. 16–p. 18）は、時空間を容易に移動するが、通常の人間が受け止め得る限界を超える場合もある。時に暴力的に肉体から体力を、場合によっては生命をも奪い得る。いとも簡単に移動するスピード感と時空は、機内ではそれと関知し得ない騒音を発し、機外には大いなる雑音・騒音の暴力を与えつつ、そこに発する生命の欲求と芸術的感性とを呼び覚ます場合もある。外的騒音の暴力は、内的安静と同じ時空間上に存在しつつ、内外ともに「生」への欲求と「死」の恐怖、芸術的感性の刺激と表現への欲求をも生み出し得る。小説の中の飛行機は戦闘機とは異なる。しかし、明らかな「両義性」を持つ存在として近代文明の利器が孕む問題を端的に表現し得る物体としては同じである。

また、各 6 篇の登場人物は、必ず地震のニュース映像や新聞、雑誌の記事などを介して、第一義的体験者でないにも関わらず（p. 10、p. 48、p. 107、p. 133、p. 166）、その複製によって精神的暴力を受け、そのフラッシュバックを見続ける[26]。ワルター・ベ

---

26 注 20 の同書「夢の中から責任ははじまる」において、地下鉄サリンによる無差別テロの直接的被害者が自ら語るナラティブ（物語）を記録し、地震については、その直接的被害者や被災地域の物語を書く意図は

ンヤミン（1892 − 1940）の言を借りるなら、複製によって失われたアウラ[27]は、ある種の共同幻想や同一の時空間上に存在する主客相互に宿った時間的な蓄積を消滅させる。そして、そこから作成されたある意味での偽造、即ち複製は、連続して広範囲に拡散することで、個人に対して圧倒的で更に強烈な暴力を突き付けてきたと言えるのである。

通常であれば多く娯楽の対象でもあるメディアは、時に圧倒的な力で人間の深層心理に暴力を突き付けてくる。人間の視覚や聴覚の情報を麻痺させるという意味では、洗脳の凶器としてのまさに「道具」・「武器」である。これは、提供する側にもされる側にも存在する「両義性」を刺激して、それを極端な方向にコントロールする場合もあり得る。

「朽ち木」は、浜の流木を集めて焚火をする三宅によって「太い丸太と小さな木ぎれが巧妙に組み合わされ、前衛的なオ

なかったことを明らかにしている p. 354–p. 357。

27 ベンヤミン／川村二郎、高木久雄、高原宏平、野村修共訳『複製技術時代の芸術作品』（1965）紀伊国屋書店 p. 50–p. 51 に、芸術作品特有の、元来あったはずの「いま・ここに」しかないという「ほんもの」の一回性が、複製技術が進んだ時代の中でほろんでいくことを指し、ベンヤミンは、そのほろびていくものを「アウラ」という概念でとらえて一回性の神秘を説いた。アウラの定義は、どんなに近距離にあっても近づくことのできないユニークな現象、ということである p. 53、とする。アウラという言葉は、もともとベンヤミンが 1931 年に『写真小史』で用いたもので、「初期の写真ではひとびとはまだ、この少年のように切り離され、よるべなく世界を眺めてはいなかった、かれらのまわりにはアウラが、すなわち、それを透過するかれらの視線に充溢を、確信を付与する一種の媒質があった。」と述べている（ヴァルター・ベンヤミン『複製技術時代の芸術』（1999）田窪清秀・野村修訳「写真小史」p. 71）。

ブジェのように積み上げられた」二月真冬の夜の凍てつく情景（p. 42–p. 44）。「身の回りの草木や石などを擬人化したり宇宙的なイメージを重ね合わせた幻想的絵画」を得意とした北脇だが、三宅のオブジェはやがて灰に帰す。この「見立て」は生と死の「両義性」。焚火という人為的物理現象に伴う凍てつく時間的空間的な始まりと終わりに「生」と「死」を「見立て」る。焚火はやがて消える。つまり死ぬために生きる極限の世界である（p. 45–p. 62）。流木そのものは焚火として「生」かされ、それが燃え尽きた瞬間に目覚める別の「生」もある（p. 65–p. 66）。ともに真冬の焚火が持つ強烈な「生死」のメタファーとして「両義性」を表現したものと読めよう。

こうして、北脇の『空港』に描かれた「個々のモティーフを詳細に描写し」た部分の「見立て」は、見事に村上作品の思想に吸い込まれていく。そして、そこには明確にこれら現象の「両義性」を看取することができる。

薄い氷然とした『空港』（画像①）の滑走路とその地下深くを想起させる色彩感覚。朽ち果てて静止した風景を写真で見るかのような異様な静寂感。枯れたヒマワリの花の影や、楓の種子の影なども合わせて、造形と色彩の組み合わせや光と影を重ね合わせる妙によって、この油彩画の時空間に人間の胸中で起こる様々な精神の美醜や肉体の変化などの存在を気付かせる。「朽ち木とその節穴が雲間の月」として浮遊する僅かな明かり。映し出される不気味な風景の中に感じ取るもの、それは、善也のダンス（p. 91–p. 95）であり、うろこだらけの緑色の蛇（p. 119）とあの男（p. 122）と白くて堅い石（p. 118）であり、かえるくんと片桐（p. 151-p. 158）であり、地震男（p. 166）である。

こうしたテクストの読みが可能であれば、村上作品と北脇作品は「両義性」において通底する。

5．村上春樹と“after the quake”—装釘の変更がもたらしたもの

さて、平成17年（2005）の文庫本増刷で、装釘は一変した。2003年にアメリカで発売されたRandom Houseのペーパーバック表紙デザインをそのまま利用したもので、イラストはJohn Gall氏[28]。イエローの背景色に緑色の三匹の蛙が飛びあがるような構図で、上部には「月」をイメージしたかのような象徴的白抜きの円が描かれ、タイトルはその白抜きの中に黒のゴシックで「after the quake」。ただ、地震をイメージさせる地面はエンジ色の帯で隠され「HARUKI MURAKAMI」と白のゴシックで文字が抜かれる斬新な組み合わせである（画像②）。

村上春樹は、前掲『少年カフカ』のAuthor’s Voice「これから出版される本《追加》(9.21）」[29]で、

> アメリカでKnopf社から『神の子どもたちはみな踊る』の翻訳が出ました。英語のタイトルは“after the quake”で

---

28 1963年ニュージャージ州生まれ。ブックカバーデザインで知られるグラフィックデザイナー。村上春樹のほか、谷崎潤一郎など日本の作家のデザインも手がけている。
(http://bookcoverarchive.com/John_Gall　2015年5月25日閲覧。)

29「これから出版される本《追加》(9.21）」(2003)『少年カフカ』新潮社p.14

> す。僕のアメリカでの翻訳の10冊目にあたります。翻訳者はジェイ・ルービン。この本はご存じのように、6編の短編小説によって成り立っていますが、単行本が出る前に『ニューヨーカー』誌に3編が掲載され、そのほかの3編もべつの雑誌に掲載されるなど、以前からかなり反響が大きくて、著者としては喜んでいます。9月11日事件とのからみで論じる人が多いようです。カタストロフからの一種の癒しということで。なんだか、『かえるくん、東京を救う』がけっこう人気があるみたいです（p. 14）。

と、短編集の中の特定の一作品がアメリカで評価を得ていることを素直に受け入れている。Knopfから2002年に出版されたハードカバーの表紙は、息苦しそうに水中で蠢く錦鯉がデザインされた。奥付にはJacket design by Chip Kidd、即ちチップ・キッドの手に出るものである。ただ、これは『象の消滅』のデザインに比べてやや古い日本のイメージは拭えない。

それに比べてJohn Gall氏によるペーパーバックのイラストは斬新且つ色彩感覚に優れ、これが日本の文庫本にそのまま利用された。

しかし、この選択は、北脇の『空港』が持つイメージや背景からはほど遠い。「海外でも絶賛」と、文庫本の帯のキャッチコピーにあるように、出版社、編集者の意図が先行した結果だったのではかったのかという疑問は残る。

そして、やはり短編集のタイトルは『神の子供たちはみな踊る』。人気のある『かえるくん、東京を救う』にあやかったとしても、タイトルとイメージが連動しない。まさに「かえるくん」三匹を描いたイラストのなかに、何を見出すことができるのであろうか。

混沌とした「異様な個人的風景」、即ち、「死」と「生」のイメージ[30]の両方をこのイラストに見るとすれば、「カタストロフからの一種の癒し」と村上自身は認識するが、アメリカの9.11.同時多発テロからの癒しは、カタストロフ、即ちその破壊的瞬間にこそ生まれる生命力やその後の安定を渇望するものであって、フランスの数学者ルネ・トム（René F. Thom・1923 – 2002）がカタストロフのベクトル場空間や質と量、力学的エネルギーなどを論じた「カタストロフの理論」[31]が象徴するように、「地震に対する不安、終末論の流行等の近年の世相」がまさに日本においてもアメリカにおいても現実のものとなり、そこに癒しを求める過程と結果は、ある意味で予言不可能である。ただ、そこに「生命力

---

30 山口昌男（1975）『文化と両義性』（岩波書店）第一章に、日本の古風土記を例に挙げ、「秩序」が造化神によって持ち込まれる以前の混沌とした状態に見られる「草木言語ひし時」と「荒ぶる神」といった表現を指摘し、「シュールレアリストが明らかにしたように、混沌こそは、すべての精神が、そこへ立ち還ることによって、あらゆる事物との結びつきの可能性を再獲得することができる豊饒性を帯びた闇である。」と論じている。

31 ルネ・トム・宇敷重弘訳「第五章　形態形成の力学理論」（1977）『形態と構造―カタストロフの理論』みすず書房 p. 119–p. 146 において、基体の独立性を論じ、カエルの受精卵という生物体がおこなう変形やその成長の形態は、かなりの厳密さでそれをすべて予言できるが、ある時点におこった地すべりによってむき出しになった断崖は、地理学的性質やその後のその地域の気候変動をすべて知っていても、侵蝕作用を受けたその断崖が最後にどうなるか予見できるだろうかと述べている。

の生まれ出る瞬間」という力学が働くことに異論の余地はなく、その「場」が芸術的創作意欲をも含みうるならば、敢えて地震をイメージさせる地面を覆い隠す必要もあるまい。

日常に暴力的に襲いかかる非日常が、この「かえるくん」三匹のイラストとデザイン全体の色彩やイメージの中に宿る躍動感と捉えるならば、イラストによって、カタストロフから「生」への強烈な志向を表現したと見ることは可能である。逆に、北脇の『空港』に表現された不気味な静寂感が、作品制作の過程で「死」への志向を表現しつつも、やはり同じくその（芸術的）生命力を発揮して作品を生み出す瞬間でもあったという「両義性」に由来するものであるならば、その点もまた看過できないであろう。

John Gall 氏のイラストを選択したことで、カタストロフや「死」の対極としての「生」や幸福を渇望する躍動感をイメージさせることに成功したと見れば、「かえるくん」、即ち、その英語訳「Super Frog」には、スーパーマン然たるアメリカンヒーローと化した物語のなかの「両義的」存在として、そのメタファーを読み取ることも可能である。

しかし、そのアメリカンヒーローは、スーパーマンであれ、アイアンマン[32]であれ、暴力とカタストロフ、正義と破壊、善と悪とを備え持つ存在であることに変わりはない。

32 1963年に「マーベル・コミック」からスタン・リーを中心としたクリエイター達によって生まれた人気ヒーロー。実写映画化され人気を得ている。

6．「異様な個人的風景」に見る「死の影」と「生きている魂」

村上春樹は、2009年2月にエルサレム賞受賞のあいさつで、エルサレム市を訪問して「壁と卵」という英語によるスピーチを行い、そのなかで、父親に対する印象を次のように述べた。

> 私の父は昨年の夏に九十歳で亡くなりました。（中略）私が子供の頃、彼は毎朝、食事をとるまえに、仏壇に向かって長く深い祈りを捧げておりました。一度父に訊いたことがあります。何のために祈っているのかと。「戦地で死んでいった人々のためだ」と彼は答えました。味方と敵の区別なく、そこで命を落とした人々のために祈っているのだと。父が祈っている姿を後ろから見ていると、そこには常に死の影が漂っているように、私には感じられました。（中略）父は亡くなり、その記憶も—それがどんな記憶であったのか私にはわからないままに—消えてしまいました。しかし、そこにあった死の気配は、まだ私の記憶の中に残っています。それは私が父から引き継いだ数少ない、しかし大事なものごとのひとつです（p. 75）[33]。

一人一人の人間を強固な壁を前にした「卵」に喩え、村上春樹は常に温かい「生きた魂」を持つ「卵」の側に立つことを宣言した。そして、冷やかなシステム（壁）という強固な存在を独り立ちさせてはならないことを述べた。

父の記憶は、「死の影」であると同時に、「祈り」を捧げる

---

33 注 7 の同書 p. 79。

「生きている魂」との語らいという「両義性」を、村上の中に「大事なものごと」として引き継いだ。そして、このエルサレムにおけるスピーチに繋がったのである。

村上の所謂「異様な個人的風景」には、まさにこの「壁」を前にして、いつ割れるやも知れぬ運命に置かれた一つ一つの「卵」の、孤独な精神的戦いを温かく見守り、支持、支援する「祈り」の根幹が存在する。

また、この「両義性」こそが、スピーチにも現れるような創作の原理的法則[34]、村上春樹が大切にする思想の方向性をも明確に指し示しているのである。

「死は生の対極としてではなく、その一部として存在する。」[35]や「そのときなら生死を隔てる敷居をまたぐのは、生卵をひとつ呑むより簡単なことだったのに。」[36]等といった、生と死が常に近くにある存在として意識する村上春樹にとって、北脇の『空港』は、まさにこの「生」と「死」、「卵」と「壁」に関わる「個」が背負う両義的問題を表象するに足る象徴的作品と言える。

従って、北脇の『空港』もJohn Gall氏のイラストも、このスピーチが持つ「父から引き継いだ大事なものごと」を表象すると見て何ら問題はあるまい。

---

34 注7の同書p. 75 − p. 76。「言い換えるなら、上手な嘘をつくことを職業とするものとして、ということであります。（中略）小説家はうまい嘘をつくことによって、本当のように見える虚構を創り出すことによって、真実を別の場所に引っ張り出し、その姿に別の光を当てることができるからです。」と述べた。

35 村上春樹（1987）『ノルウェイの森』（上）講談社p. 46。

36 村上春樹（2013）『色彩を持たない多崎つくると、彼の巡礼の年』文藝春秋社p. 3。

小結

『神の子どもたちはみな踊る』という短編集の日本語版タイトルと二種類の表紙装釘は、ともに「戦争」と「テロ」、「自然」と「人間」、「精神」と「肉体」というマクロな視点から読み取る「両義性」を表出した。各短編の物語は、それぞれに正義があり、それに呼応する混沌とした闇と「個」を語りかけてくる。そして、その語り方、描き方は、緻密な描写やデッサンによって本来の存在から離脱した別のものとして奇異な組み合わせや出会いを生み、それによって「生」を希求する叫びを印象付ける。

表紙カバーのデザインが大きく変わっても、その表象する内容には相互に影響し呼応する「両義性」を見出すことができ、書籍として文学作品が読者の手に渡るまでに関わったすべての仕事の集大成であるとの結論を得た。装釘による知覚体験の再認識である。

画像①
［作品番号］NMT000059［作家名］北脇昇
［作品名］空港［所蔵先名］
東京国立近代美術館［クレジット表記］
Photo:MOMAT/DNPartcom

油彩・キャンバス・72.5 × 60.5cm

画像②
村上春樹『神の子供たちはみな踊る』
（新潮文庫刊）

《参考文献》（書名50音順）

・芳賀徹（1977）『絵画の領分』朝日新聞社

・村上春樹（2000）『神の子どもたちはみな踊る』新潮社

・『北脇昇展』（1977）東京国立近代美術館

・『近代日本の絵画と彫刻』（1962）東京国立近代美術館

・ルネ・トム著・宇敷重弘訳（1977）『形態と構造－カタストロフの理論』みすず書房

・『言語・地域文化研究』Language, area and culture studies（2011）『東京外国語大学大学院紀要』no. 17

・村上春樹（2013）『色彩を持たない多崎つくると、彼の巡礼の年』文藝春秋社

・マックス・エルンスト著 / 巖谷國士訳（1977）『慈善週間または七大元素』河出書房

・村上春樹（2003）『少年カフカ』新潮社

・国際交流基金企画、柴田元幸、沼野充義、藤井省三、四方田犬彦編『A Wild Haruki Chase 世界は村上春樹をどう読むか』（2006）文芸春秋

・小森陽一・石原千秋編（1997）『漱石研究』（第9号）翰林書房

・『そうだ村上さんに聞いてみよう』（2000）朝日新聞社

・村上春樹（1987）『ノルウェイの森』（上）講談社

・岡野他家夫『日本出版文化史』（1959）春歩堂

・中村義一『日本の前衛絵画　その反抗と挫折－Kの場合』（1968）美術出版社

・ベンヤミン／川村二郎、高木久雄、高原宏平、野村修共訳『複製技術時代の芸術作品』（1965）紀伊国屋書店

・ヴァルター・ベンヤミン『複製技術時代の芸術』（1999）田窪清秀・野村修訳「写真小史」昌文社

・山口昌男『文化の両義性』（1975）岩波書店

・『村上春樹雑文集』（2011）新潮社

・柴田元幸責任編集『MONKEY』vol.4（2014）Switch Publishing

・村上春樹（2012）『夢を見るために毎朝僕は目覚めるのです－村上春樹インタビュー集 1997 － 2011』文藝春秋

・『UNE SEMAINE DE BONTÉ　A SURREALISTIC NOVEL IN COLLAGE BY MAX ERNST』（1976）Dover Publicathions

台湾日本語中上級学習者の批判的リテラシー能力の養成に関する試み

—村上春樹の「小確幸」の“両義性”を題材として—[1]

羅　曉勤

1. はじめに

グローバル化・情報化が進んだ現在、社会や文化はこれまでとは異なった新しい形に進化し続けており、こうした中、教育現場では、21 世紀を生き抜くための、社会に必要なスキル養成の必要性が叫ばれるようになった（當作靖彦（2013)、田中博之(2009)）。

また、これに関連して、佐藤洋一・有田弘樹（2014）は、この21 世紀を生き抜くために、「自立・協働・創造に向けた力」をはぐくむ必要がある、としている。すなわち、教育現場では、「自ら課題を発見し解決する力＝自立」「他者と協働するためのコミュニケーション力＝協働」「物事を多様な観点から論理的に考察する力＝創造」の養成に力を入れるべきと考えられるのである。

そして、世界各国における 21 世紀の社会に応じた能力の養成や教育の現状を調べるものとして、国際的な学力テストがよく知られていようが、これは、「将来の生活に関係する課題を積

1　台湾科学技術部　103　年度の研究補助（MOST103-2410-H-130-027-）を得た上で行うものである。

極的に考え、知識や技能を使用する能力」を調査内容とした、いわゆる「PISA 調査」で、学力を「読解」「数学」「科学」の三つのリテラシー領域に分けて実施されている。そして、同調査では、リテラシーを「評価しようとする知識、技能、能力の幅の広さを表すために用いられている」ものとした上で、知識の「内容」「構造」「プロセス」「状況」などを含む包括的な概念でもあるとしている。また、2014 年の調査報告によると、台湾では、2006 年を最初に、その後 2009 年と 2012 年に PISA 調査に参加しており、2012 年の成績はまだ公表されていないようであるものの、2006 年と 2009 年の調査結果から見れば、台湾の若者の三つのリテラシーは OECD 国家の平均値を超えていることが分かった。ただ、2006 年と 2009 年とを比較した場合、三つのリテラシーともその値は下がっており、さらに、三つのリテラシーのうち、「読解」が最下位にあり、今後において、リテラシーとコンピテンシーの養成が教育の課題であると指摘されている。そして、こうした読解リテラシーの欠如は、レポート作成を目標として筆者が行っている、中上級日本語の作文指導においても少なからず感じられ、こうした点から考えて、作文授業で読解リテラシーをいかに養成するのかが、筆者にとって一つの課題となった。また、こうした点に関連したものとして、佐藤学(2003:P9)は、21 世紀を生き抜くための能力を教育現場でいかに養成していくかについて、「21 世紀の社会が養成する共通教養の性格には、再定義されたリテラシー教育が必要」とした上で、そのあり方について、フレイレの「批判的なリテラシー」の必然性を唱えた。

では、このフレイレの「批判的なリテラシー」とは何かに言及する前に、まず、「リテラシー」とは何か、そして、どのように定義されてきたかについて整理してみたい。リテラシーとは、簡単に言うと読み書き能力のことであるが、これについて竹川慎哉（2010）は、リテラシーを「機能的」「文化的」「批判的」の三つに分類した上で、それぞれを以下のように定義した。

①機能的リテラシー（functional literacy）：読み書き能力を個々の社会や文化に規定されて発揮されるものとしてとらえ、日常生活や社会生活で実際に活用されるレベルに焦点を当ててその形成を目指すもので、文字の読解機能の習得とほぼ同義と定義され、その形成の成果は個人の能力に帰せられる。

②文化的リテラシー（cultural literacy）：ハーシュの概念を援用し、単なる記号の読解能力としての読み書き能力の向上ではなく、誰もが国民として共通に身に付けるべき知識の中身で、教育内容に盛り込まれる価値観である。

③批判的リテラシー（critical literacy）：フレイレが提起した「意識化」としてのリテラシーとエニスの批判的思考に基づいて考えられたもので、意識化を促すためのリテラシー教育として、学習によって自己対他者や現実世界との関係性を意識・意味付けし、さらに変革しようとする実践を意味するもので、この教育を具現化していくための「課題提起型（problem-posing)」教授法は、フレイレによって構築された。

なお、上に示した「課題提起型」教授法は、具体的な生活状況を映し出す絵や写真などを前にしながら、学習者の生活に密着した言葉を学習するもので、言葉の獲得と現実の批判的認識を同時に促すことを目指すものである。すなわち、自己と社会との結び付きにおいて、従来の認識が変更されていくことを指すものである。

また、竹川慎哉（2010）は、「批判的リテラシー」のもう一つの重要な概念がエニスの批判的思考だと述べ、この「批判的リテラシー」の定義について、以下のように述べている。

> エニスの批判的思考とは、何を信じ、行動するのかを決定することに焦点を当てた、合理的な反省的思考とのことで（中略）、批判的リテラシーとは既存社会認識を媒介している知識や言葉を読み解く中で、生活世界における権力関係を顕在化させ、その認識を社会的イデオロギー批判へと結びづけていくというプロセスだということである。（中略）批判的リテラシー教育において、言葉の読み書きとは、自己と世界との関係を批判的に読み解く行為であり、その関係を規定してきた認識に対する反省的意識を促すものでもある。

以上のことから、「批判的リテラシー教育」のポイントは、言葉の読み書きを通して、学習者に自己と世界との関係を認識させた上で、その認識に対する反省的なとらえ方を養うものだと言えよう。

また、前述した佐藤学の提唱した「再定義されたリテラシー」についても、佐藤学（2003：p. 7）が述べた「再定義されたリテラシー」の意味を見ると、同じような意味合いを持っていると考えられる。

> (再定義されたリテラシーは) 所与の意味や技能の獲得ではない。リテラシーの教育は、言葉を媒介とする世界の文化的意味づけであり、言葉の再解釈と再活用の文化的実践による世界の変革なのである。

以上の定義から、佐藤学の「再定義されたリテラシー」も、フレイレのリテラシー教育の概念が援用されていることが分かる。そして、こうした点から考えれば、授業での実践を通して「批判的なリテラシー」能力を養成するには、やはり、フレイレの「課題提起型」の概念を念頭に置くことが適切だと考えられたことから、実践に際しては、その概念を参考にして授業活動をデザインすることとした。

また、前述した国際的な学力テストである「PISA 調査」の「読解」「数学」「科学」の三つのリテラシー領域のうち、台湾人学習者は、「読解リテラシー」の能力が比較的に欠けていることが分かった。なお、同調査では、リテラシーを「評価しようとする知識、技能、能力の幅の広さを表すために用いられている」とし、知識の「内容」「構造」「プロセス」「状況」などを含む包括的な概念でもあるとしている。そして、三つのリテラシーのうち、「読解」については「自らの目標を達成し、自らの知識と可能性を発展させ、効果的に社会に参加するために、書かれたテキストを理解し、利用し、熟考する能力」と定義した上で、「情報の取り出し」「テキストの解釈」「省察と評価」の三つの側面で評価している。つまり、PISA の「読解リテラシー」を「知識と可能性の発展」「社会参加」などの点から見れば、竹川慎哉が整理して述べたフレイレの課題提起型教授法の「言葉の獲得と現実の批判的認識」「自己と社会との結び付きについての従来の認識の変更」や、佐藤学が定義したリテラシー教育における「言葉を媒介とする世界の文化的意味付け」「言葉の再解釈と再活用の文化的実践による世界の変革」と同様の概念であり、PISAの「読解リテラシー」も「批判的リテラシー」と同義だと考えられる。

こうした点を踏まえ、本稿は、今後の作文授業や読解授業に還元することを目的とし、中上級日本語作文クラスにおいて、「批判的リテラシー」能力の養成を目指し、「課題提起型」の指導を導入することにより、学習者の読み取る能力、つまり、リテラシー養成の可能性についての検討について述べたいと思う。

2．「批判的リテラシー」養成の具現化：「課題提起型」教授法

前述したように、「批判的リテラシー」の教育現場での具現化として、フレイレが提案した「課題提起型」教授法がある。この「課題提起型」教授法とは、具体的な生活状況を映し出す絵や写真などを前にしながら、学習者の生活に密着した言葉を学習するものであり、言葉の獲得と現実の批判的認識とを同時に養うこと促すことを目指すものであった。すなわち、自己と社会との結び付きについての従来の認識が変更されていくと言う（竹川慎哉（2010）：p.33-34）ものなのである。そして、野元弘幸（2002：p.33）は、課題提起型を第二言語学習で応用しだしたのはNina Wallersteinで、主に移住労働者を対象としたその方法は、「聞き取り（Listening）：地域が抱える課題をインタビューなどで明らかにすること」「対話（Dialogue）：学習

者と学習支援者が共同学習者として批判的意識の獲得と行動に向けての話し合い」「行動（Action）：問題解決の具体的な行動」という三つの基本要素からなり、さらに1990年代に入ると、ジェンダーや階級などの視点を入れた新たな試みも見られた、と述べている。さらに、野元弘幸（2002: p.33-34）は、これらの成果に基づき、問題提起型の日本語教育の方法として、以下の四つの目標を設定したプログラムを編成した。

①意識化：批判的意識（世界を読む力）の形成、課題解決力の獲得と集団作りを進める。主に、話し合いや討論、意見交換を通じて、人間らしく生きる上で直面する問題に目を向け、解決していく力を集団的に作り上げていく。

②日本語運用能力の習得：日常生活に欠かせない基礎的な会話力・読み書き能力を取得する。

③生活情報・基礎知識の習得：日本で働き生活していく上で不可欠の情報や知識を得る。その際に、地域固有の情報や知識が最重要視される。

④学習支援者の学習（共に学ぶ）：学習者が抱える課題・地域が抱える課題を知るにとどまらず、学習とともに課題を掘り起こし、共に解決する課題として意識する。

ただ、上掲のような従来の言語学習における課題提起型教授法は、当初は目標言語地域への移住者を主な対象としており、地域や地域での労働や生活が中心的に取り上げられている。しかし、筆者が取り扱う学習者は外国語として日本語を専攻とする者であり、こうした目標言語環境にはいない。しかも、労働を生活の中心するものではない学習者を対象とする場合、課題の選択に際しては、学習者の生活状況を具体的に映し出すもので、かつ、その生活に密着しつつ学習する目標言語においても重要で適切なものであることを考慮しなければならない。そして、学習支援者との学習、すなわち、共に学ぶという視点から考えるにおいて、学習者が抱える課題を知るのも重要である。そのため、学習者が興味を持ちやすいという観点から、実践の導入初段階では、具体的な生活状況に密着している日本からの言葉の表象を導入することにした。

3. 実践活動について

3.1 なぜ、“小確幸”なのか

今回の実践は、前述したように、目標言語の環境にない学習者を対象としたものである。そのため、実践活動のデザインに際しては、具体的な生活状況を映し出すもので、かつ、学習者の生活に密着しつつ目標言語の中に存在するもの取り上げたいと考えた。そこで、筆者が思いついたのは、“小確幸”という言葉である。“小確幸”とは、作家・村上春樹氏のエッセーに登場する同氏による造語で、ＮＨＫのくらし解説（2013）や曾秋桂（2014）でも取り上げられ、台湾での日常生活において多くの広告や記事で見られる、いわゆる流行語になっていると言う。こうした点を踏まえ、実践活動の中では、「課題提起型」の示す具体的な生活状況や、学習者の生活に密着した言葉である“小確幸”を題材とし、現実の批判的認識を日本語で表現しながら、その日本語表現に関する言葉の獲得を授業目標の一つとした。

また、先に述べたように、“小確幸”という言葉は村上氏の造語でもあり、台湾社会での流行語にもなっている。よって、「課題提起型」教授法における具体的な生活状況として、‘村上春樹氏の造語である小確幸’と、‘台湾社会の流行語としての小確幸’との二つの面で考えることとし、実践活動において、村上氏の造語としての“小確幸”と学習者を取り巻く社会における“小確幸”との違いを比較検討することで、学習者が、自分の生活に密着している“小確幸”を再認識できるようにデザインした。こうしてデザインされて学習者に提示されたタスクシートの授業目標（20141121 授業目標）は、以下のようなものである。

①ある社会現象について、自分なりの理解を把握し、日本語で表現することができる。

②資料を通して、自分が理解した社会現象を読み返し、日本語で表現することができる。

3.2　実践手順および対象

3.2.1　実践の手順

まず、2. で述べた「課題提起型」の定義に従い、授業で取り扱う学習内容や授業目標を定めた後、タスクシートを作成した。そのシートの概要を、**図 1** として示す。

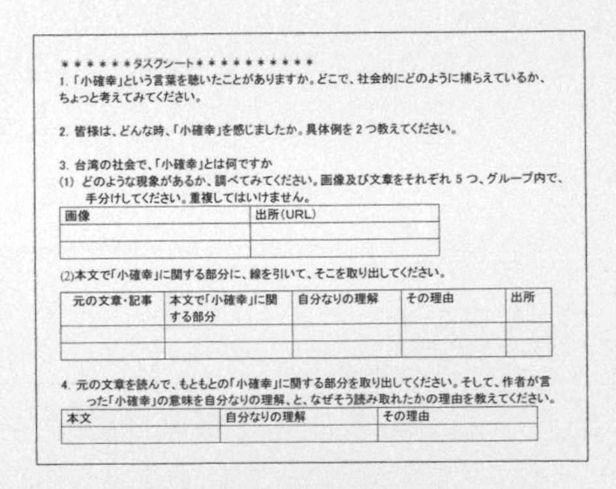

＊＊＊＊＊＊タスクシート＊＊＊＊＊＊＊＊＊＊＊

1. 「小確幸」という言葉を聴いたことがありますか。どこで、社会的にどのように捕らえているか、ちょっと考えてみてください。

2. 皆様は、どんな時、「小確幸」を感じましたか。具体例を 2 つ教えてください。

3. 台湾の社会で、「小確幸」とは何ですか

(1) どのような現象があるか、調べてみてください。画像及び文章をそれぞれ 5 つ、グループ内で、手分けしてください。重複してはいけません。

画像	出所（URL）

(2)本文で「小確幸」に関する部分に、線を引いて、そこを取り出してください。

元の文章・記事	本文で「小確幸」に関する部分	自分なりの理解	その理由	出所

4. 元の文章を読んで、もともとの「小確幸」に関する部分を取り出してください。そして、作者が言った「小確幸」の意味を自分なりの理解、と、なぜそう読み取れたかの理由を教えてください。

本文	自分なりの理解	その理由

図 1　タスクシート

次に、実際の授業の流れについて、大まかに述べる。まず、タスクでは、学習者に、自分を取り巻く社会現象に気付き、その具体例を思い出してもらいながら、自分を取り巻く社会現象へのイメージをつかんでもらう。そして、それに関連した社会現象を見つけてもらうように指示をする。その後、グループ活動により、集められた社会現象を分析し、その現象の現実と批判的認識とをグループ内で話し合い構築していく。そして、同時に言葉の獲得のために、構築された現象の現実や批判的認識を作文として日本語で表現していくように指示をする。なお、その際のテーマは「台湾における小確幸」と、さらに、言葉の獲得という狙いから、“小確幸”という言葉の出どころとなった村上春樹氏の短編作品を読ませながら、同氏の考える“小確幸”の意味合いを読み取らせつつ、さらにグループの話し合い活動を通して、自分が読み取った村上氏の“小確幸”の意味合いを確認・再構築させ、その内容を「村上春樹の小確幸とは」という題で作文を書かせた。また、ここで、村上春樹の“小確幸”の短編を読ませた理由であるが、前述した、「批判的リテラシー教育」のポイントは、言葉の読み書きを通して、学習者に自己と世界との関係を認識させた上で、その認識を反省的にとらえさせていくことであるという点を考慮したことによるものである。ただ、読み手や観客が異なれば、それぞれ感じ取ることも異なると考えられるが、作者が表現したいことを無視して、読者が勝手に解釈することができないのも事実で、この点について佐藤公治（1996：p. 62-63）は、以下のように述べている。

読者の個人的な言語活動（読解・解釈も含めて）はまっ

たく何の制約も受けない読者の自由な読みといったことは存在しないのであり、作品の読みの世界について言えば、与えられたテクストから読者は完全に自由なのではない。（略）読解から得られたものはテクストの言葉そのものが示しているものではなく、読者の勝手な想像でもない。これらの総合体（受動的総合）とでも言うものである。

つまり、読解活動が受動的総合だとすれば、それをどのようにとらえるべきなのかというと、上掲の引用は、イメージであるとしているのである。この点をより詳しく説明すると、佐藤公治（1996：p. 65）では、以下のように述べられている

テクストは、図式の連続で構成されており、常に全体のうちのいくつかの局面を示しているに過ぎない。読者は図式全体を総合し、一つの意味としてみることができるような視点を取ることが求められる。ある視点からながめ、イメージ化することによって、テクストの全体像が具体的になるのである。

上掲の引用から見れば、作者が示唆したいことや伝えたいことを一つの意味として感じるように努めながら文章を読み取れば、受け手が勝手な読みをすることが避けられるものと考えられる。すなわち、読む視点を感じることができれば、そこからイメージも産出され、それを言語化していくことができるようになるということである。そして、こうした考えに基づき、筆者は、学習者たちがテキスト（ここでは、「小確幸」を指す）の

全体像を俯瞰的に読み取った上で、自分にとって意味を持つ視点からテキストを眺め直して、それをイメージ化することによって、「小確幸」を多義的に読み取ることができると考えたのである。また、こうした考えは、曾秋桂（2015.12）で定義された、「重層性を持つ物語の世界の意味を持つ"両義性"」と同様の意味を持っていると思われよう。つまり、本稿で取り上げる村上春樹の「小確幸」の"両義性"とは、同じテキストでも読み手が異なれば、それが持つ全体像の相当の範囲において、多元的な解釈ができるということである。

また、こうした読み手による多義的な解釈のもう一つの面として、学習支援活動を経ることによって読みの変化が生じた場合においても、その変化した部分も"両義性"であるとも考えられる。こうした点を踏まえ、本稿では、学習者間の話し合いという学習支援を通して、受け手である学習者によって再構築された台湾の小確幸と、村上氏が意図したであろうと考えられる小確幸との両者を比較しながら、その相違についての学習者自らの考えをタスクシートに記入させ、それを題材にグループ内で話し合いし、それにより再認識された小確幸を違う色で追記し、さらに、完成されたタスクシートの内容に基づき、「村上春樹の小確幸と台湾社会における小確幸の相違について」というテーマで作文をするように授業をデザインした。

3.2.2　実践の対象

本稿における実践は、筆者の所属する大学において、2014年9月～15年1月に「日本語作文3」の授業を履修した日本語を専攻する大学生31人を対象としたもので、対象者の日本語学習歴は平均 75 週間、1 週間の日本語授業の平均時間数は 8 〜 12 時間である。

4．調査と分析について

4.1 調査対象者

本稿は、台湾社会でよく見かけられる“小確幸”という社会現象について、筆者が行った三つの実践活動のうち、「村上春樹の小確幸とは」という活動部分を取り上げるものである。なお、“小確幸”という日本語表現を取り上げた理由は、村上氏の造語であるこの語彙は、台湾でも比較的に知られており、それについての描写を台湾の日本語学習者がどのようにとらえ、もしくは、とらえ直しているのかを明らかにしつつ、その読み取りの多義性を把握したいと考えたからである。

4.2 分析の対象物および方法

分析の対象物は、学習者が書いたタスクシートと、日本語で作成した文章である。そして、これらの分析に際しては、2 で示した野元弘幸（2002）が提案した日本語教育の四つの目標の一つである「意識化」に着目して分析することにした。先にも述べたように、「意識化」とは、批判的意識（世界を読む力）の形成や、課題解決力の獲得と集団作りを主体としたもので、話し合いや討論、意見交換を通じて、人間らしく生きる上で直面する問題に目を向け、それを解決していく力を集団的に作り上げていく、というものである。よって、村上氏が記した“小確幸”を学習者が読むに際し、どの部分を“小確幸”としてとらえているのか、また、学習支援者たちとの話し合いにより、その部分がどのように再形成され、再定義されていくのかを見ることにした。

次に、具体的な手順であるが、まず、所定のフォームに、村上春樹氏の作品である「小確幸」を読み終えた学習者に、自身が感じ取った“小確幸”を「読解活動終了後の自己定義」として、個数を制限せずに記入させた。次に、学習者が書いた作文において、なぜ、そう感じたのかという点を、「理由」として定義ごとに追記させる。そして、最後に、学習支援活動後において、村上春樹の“小確幸”に対してどう思ったのかやそのとらえ方がどう変化したのかを、「ピア活動終了後の再定義」として記入させた。では、こうして作成されたフォームの結果を、以下に図 2 として示す。

学習者	読解活動終了後の自己定義	理由	ピア活動終了後の再定義
ア	頑張ってきたことが終わった後、リラックスしたときの感じまたは嬉しく感じた時のことだ	作者は激しく運動した後、冷えたビールを飲むことをエンジョイした・またそれは生活の醍醐味と思っているからである・	村上春樹の小確幸とは自己規制を通した後 、リラックスして、自分が好きなことができ、または欲求を満足するときの感じだという意味だと考えられる・
イ	自分の癖に満足しているという意味だ・	マズローの理論によると、生理的なニーズや安全保障のニーズや感情的なニーズを達成した時、または安心感が得られる時に、幸せな感じがするそうである・例えば、村上さんの下着のTシャツというのもかなり好きである・おろしたのてのコットンのいのする日Tシャツじゃろ、頭からかぶるの時のあの気持ちだ、やはり小確幸のひとつである・	ニーズを達成したり、癖が満足したりしたときに、微笑を浮かべる・筆者はのは村上春樹が言っている小さいけれども、確かな幸福だと考えられるのであろう・
ウ	自己規制を通して、自分が好きなことをやるのは幸福だという意味・	文章によると古いレコードを集めるのが趣味であるが、お金さえ出せば何でも揃うというのは、面白くないという点は村上さんの自己規制だと思うが、その後、前より安いレコードを見つけて、嬉しくて幸福を感じたのは村上さんの小確幸だと思うからである・	村上は小さいけれども、確かな幸福だと言っていましたが、その中に自己規制が必要である・日常生活の中に多かれ少なかれ自己規制があったら、自分のニーズとか、癖などが満足したときの、その嬉しい気持ちは百倍になるかもしれないので、それは本当の幸福だと感じました・
エ	生活のニーズが満足したの感じと思う・それに、楽の感じがあることである・	作者の小確幸はだいたい嬉しい感じに関することである・例えば、おろしたてのコットンの匂いのする服が感じた時や、引き出しの中にちゃんと折った服や、安くてレコードを買うこと、全部は楽のことからである・	自己規制や努力したりや買い物をしたりしてからはあるものを持つようになったときのものを持つところ、達成感があるので、幸せの感じが出てきます・これは小確幸である・
E	小さいことだが、とても幸せを感じられるという意味だ・	日常生活で、できることですが幸せを感じられるからである・	小確幸は小さくて、普段生活で見つけられる・そして、個人性があるので、人によって、小確幸を感じることも違うはずだと主張する・
	いつも通りの生活の中で、少し醍醐味が感じられば、たと	村上春樹が言っているように、我慢して激しく運動した後、飲むきりにきりに冷えたビールみたいなもので、「うーん、そうだ、	筆者にとって、村上春樹の小確幸とは、個人的な価値観を持っている性質がある・なぜなら、本文が書いた例は大部分個人的な感覚が含めているのである・例えば、台湾のマスコミで確かによく「小確幸」と

図 2：学習者が読み取った“小確幸”の“両義性”

5．調査結果および考察

5.1　学習者が最初に意識した村上春樹の“小確幸”

調査結果の分析に際して、まず、学習者全員が意識した“小確幸”に関する部分を村上春樹の作品からを取り出し、それぞれの描写にコードを付加した。その内容を整理したものは、以下の表 1 のとおりである。

表 1：学習者が意識した“小確幸”のテキスト

作品の本文	コード
引出しの中にきちんと折ってくるくる丸められた綺麗なパンツが沢山詰まっているというのは人生における小さくはあるが確固とした幸せのひとつではないかと思う。	A
おろしたてのコットンの匂いのする白いTシャツを頭からかぶるときのあの気持もやはり小確幸のひとつである。	B
一九九一年にアメリカに来たときに、家の近所の中古レコード屋でマット・デニスの『プレイズ・アンド・シングズ』のオリジナルのトレンド盤を三四ドルで売っているのをみつけた。その三年後に僕はポストンのとある中古店で同じレコードをなんと二ドル九九セントで見つけたのである。	C
生活の中に個人的な「小確幸」（小さいけれども、確かな幸福）を見出すためには、多かれ少なかれ自己規制みたいなものが必要とされる。	D
たとえば我慢して激しい運動した後に飲むきりきりに冷えたビールみたいなもので、「うーん、そうだ、これだ」と一人で目を閉じて思わずつぶやいてしまうような感興、それが我慢といっても「小確幸」の醍醐味である。	E

上掲の表 1 にある五つの項目は、言い換えれば、本実践の調査対象者である台湾の日本語学習者が、村上春樹氏の作品から見いだした“小確幸”であると言えよう。では、31 人の個々の学習者が、村上氏の“小確幸”をどのように意識したのかを、整理して以下に表 2 として提示する。

表 2：個々の学習者が意識した村上氏の“小確幸”

コード	学習者（31 人）														
	1	2	3	4	5	6	7	8	9	10	11	12	13	14	15
A								○		○				○	
B													○		
C			○			○					○				○
D	○	○			○		○		○			○			
E				○			○								
小計	1	1	1	1	1	1	2	1	1	1	1	1	1	1	1

コード	学習者（31 人）																小計
	16	17	18	19	20	21	22	23	24	25	26	27	28	29	30	31	
A		○	○	○		○							○	○			9
B				○			○				○					○	5
C	○			○				○									7
D																○	7
E					○				○	○		○			○	○	8
小計	1	1	1	3	1	1	1	1	1	1	1	1	1	1	1	3	36

表 2 から分かるように、学習者全体で見いだされた五つの“小確幸”をすべて意識した学習者はおらず、最も多く意識したのは 31 人中 2 人が三つを、次いで 31 人中 1 人が二つを意識しており、残り 28 人は一つの描写だけを意識している。一方、学習者の作文を読んでみると、学習者それぞれが“小確幸”について多様な解釈をしていることが見て取れる。では、それらを整理したものを以下に表 3 として提示する。

表 3：学習者が意識した村上氏の“小確幸”の“両義性”[2]

分類	学習者が定義した“小確幸”	理由
小さいことだが、とても幸せを感じられる	小さいことだが、とても幸せを感じられるという意味だ。	日常生活で、できることですが幸せを感じられるからである。
	自分にとって、どんなに小さいことでも、確かな幸福を感じていれば、それは個人的な小確幸。	村上春樹が書いた文章の中で、新しいTシャツのコットンの匂いを嗅げて、幸せを感じられた。そのような小確幸だろう。この小確幸は多分外の人にとって、小確幸を感じられないかもしれない。
	生活の中に、幸福感がどんなに小さくても、自分でさえ感じられる、それは小確幸だ。	村上春樹にとって、我慢して激しく運動した後、冷えたビールを飲んだり、一人で目を閉じて思わずつぶやいてしまうような感興も幸せが感じられるとしているからである。
	普通の生活の中で、小さいことだが、自分が幸せに感じたときのことだ。	村上春樹の文章の中で、筆者にとって、引き出しの中で、きちんと折るパンツがいっぱい詰まっているというのは特別ではないと思いますが、村上春樹にとってはこの小さいことが幸せだと感じているからである。
	生活の中で自分にとって小さいけれども、簡単で確かな幸福という意味だ。	村上春樹が文章で書いたように、我慢して激しく運動した後に飲むきりきりに冷えたビールのような快感は自分だけ知っていることがとても小さいが、幸せに感じたからである。
	彼は自分の生活を非常にいいと思っているという意味だといえよう。満足して、自分が好きなことをやるのは幸福だという意味だ。	文章によると引出しの中で、嬉しくて、幸福を感じたのは村上さんの小確幸だと思うからである。小さいのことも幸せと思っていますからである。
	生活の中で個人にとって、小さいけれども、幸せだと感じることだという意味だと主張している。	とても好きなレコードは最初見つけた時、値段が高くて、買えなかったが、その後中古店で同じのをなんともっと安いで見つけたと言うことです。買えた時にその理由はとても好きな物は値段が高くて、手が入れない時は、とても失望しました。しかし、数々月後、もっと安いのを見つけたとき、とても嬉しく感じたからである。

2　表3～表6では、学習者が書いた内容や文章をそのまま提示しているが、これは、学習者が自分の考えを言　語化する際に、いかに元のテキストからその意図や表現を感じ、自分のものとして表出しているかを過不足なく提示することで、学習者の言葉の習得過程や結果を明示化できるのではといった考えによるものである。　ただ、学習者の能力の限界や制約のため、日本語として誤りや不自然な部分がある点を了承願いたい。

分類	学習者が定義した“小確幸”	理由
小さいことだが、とても幸せを感じられる	生活の中でありふれた小さいことでも幸せが感じられるということである。そして人によって小確幸だと思うことが違うという意味だ。	村上春樹が書いた例は生活の中でよくあることで、そして、これらの例を経験したたくさんの人は幸せを感じたかどうか、その瞬間は自分だけ分かる。例えば、村上春樹が引出しに中にきちんと折って丸められたパンツがたくさん詰まっているというのは小確幸だと思っていて、そして村上春樹にとっては、それは自分だけの特殊な考え方だと言うからである。
	生活の中で個人にとって、小さいけれども、幸せだと感じることだという意味だと主張している。	とても好きなレコードは最初見つけた時、値段が高くて、買えなかったが、その後中古店で同じのをなんともっと安いで見つけたと言うことです。買えた時にその理由はとても好きな物は値段が高くて、手が入れない時は、とても失望しました。しかし、数々月後、もっと安いのを見つけたとき、とても嬉しく感じたからである。
	小さいけれども確かな幸福だという意味だ。	「おろしたてのコットンの匂いのする白いTシャツを頭からかぶる時の気持ち」これは村上さんにとっての小確幸であるということから見ると、生活の中で小さくて楽しいことが発生されたときの気持ちが小確幸だと考えられる。
	きれいな服を見る時幸福が感じるという意味だ。	村上春樹は小確幸のエッセイの中で小確幸を二回述べて、二回も服について述べたからであろう。
	いつも通りの生活の中で、少し醍醐味が感じられる、たとえ取るに足りないことでも、幸せな感じがあるという意味だと考えられる。	村上春樹が言っているように、我慢して激しく運動した後、飲むきりにきりに冷えたビールみたいなもので、「うーん、そうだ、これだ」と一人で目を閉じて思わずつぶやいてしてしまうような感興それがなんといっても「小確幸」の醍醐味である。冷えた飲み物を飲むのが難しいことではない。しかし、暑い時とか喉が渇く時に、いっぱい冷えた飲み物を飲んだら、気持ちがよくなる。
	普段の生活中で小さいことだが、自分にとっては十分満足という意味だと考えられる。	村上春樹は書いたように我慢して激しく運動した後に飲むきりきりに冷えたいビールのような小さいけれども、幸せを感じることですからである。
	人生における小さくはあるが確固とした幸せという意味だ。	引き出しの中にきちんと折ってくるくる丸められた綺麗なパンツが沢山詰まっていることは村上さんにとっての小確幸から見ると、引き出しの中にパンツが綺麗に収納されていたことは非常に些細なことであるが、確実にある、そして目の前に発生されているからである。
	生活の中に、簡単なことのため、小さい幸せな感じ取ることだ。	例えば、ものが整然としたら気持ちがいいと思うからである、日常文章と日記を書くとき、字がきちんと書いてあれば、人は満足してしまうのであろう。
	どんな小さいことでも、幸せと満足を感じられることだ。	村上春樹の小確幸の例は大体生活の中で些細から出てきた感じた事を述べているからである。たとえば、自分の周りにあるいいことを探して、小さいことだけれど、自分を楽にさせて、気持ちがよくなり、さらに、心が癒されるというような感じがするというのは小確幸だと村上春樹が考えているようである。

分類	学習者が定義した“小確幸”	理由
自己規制	頑張ってきたことが終わった後、リラックスしたときの感じまたは嬉しく感じた時のことだ。	作者は激しく運動した後、冷えたビールを飲むことをエンジョイした。またそれは生活の醍醐味と思っているからである。
	自己規制を通して、自分が好きなことをやるのは幸福だという意味。	文章によると古いレコードを集めるのが趣味であるが、お金さえ出せば何でも揃うというのは、面白くないという点は村上さんの自己規制だと思うが、その後、前より安いレコードを見つけて、嬉しくて幸福を感じたのは村上さんの小確幸だと思うからである。
	激しく運動した後に飲むきりに冷えたビールみたいなもので、「うーん、そうだ、これだ」と一人で目を閉じて思わずつぶやいてしまうような感興、それがなんといっても小確幸の醍醐味であるという意味だ。	運動の後、冷えた水とかビールとか飲んで、幸せると思います。まるで砂漠の中の水のように貴重ですからである。
	生活の中で自己規制みたいものを通して、些細なことかもしれないが、幸せと満足を感じられることだという意味だ。	村上春樹が書いた文章に小確幸を感じたのをすべて日常生活についての例をもって説明した。それに、自分の欲しいものをよく知って、努力を惜しまずに、頑張って手に入れることである。そういう自己規制を通して、幸福を感じた。例えば、我慢して、激しく運動したということは自己規制みたいものだからである。
ニーズ・癖	自分の癖に満足しているという意味だ。	マズローの理論によると、生理的なニーズや安全保障のニーズや感情的なニーズを達成した時、または安心感が得られる時に、幸せな感じがするそうである。例えば、村上さんの下着のTシャツというのもかなり好きである。おろしたてのコットンのにおいがするTシャツは、頭からかぶるの時のあの気持ちだ、やはり小確幸のひとつである。
	生活のニーズが満足したの感じと思う。それに、楽の感じがあることである。	作者の小確幸はだいたい嬉しい感じに関することである。例えば、おろしたてのコットンの匂いのする服が感じた時や、引き出しの中にちゃんと折った服や、安くてレコードを買うこと、全部は楽のことからである。
	自分の潔癖症という意味だというよう考えられる。	村上春樹は環境がきれいのが好きだからである。
意外性	平凡な生活に、突然感じられた幸せのことだという意味だといえよう。	本文で述べたように、数年前好きでも手が出ないレコードをもう一度見つけて、買うことにしたのはとても嬉しく感じていることとは、もう自分の人生で消えてしまったものはもう一度出会うことができるのが、本当に幸せだというものだからである。
	一度失った機会は二度得られたときのことだという意味だ。	村上春樹は好きなトレンド盤を取り逃がした、その後、ほかの店で同じ盤を見つけたということからである。

分類	学習者が定義した“小確幸”	理由
意外性	ボストンのとある中古店で同じレコードをなんと二ドル九十九セントで見つけたのであるという意味だ。	値段が高いので、買いえませんでしたが、三年後、値段が安になったから、買います、この感じは快感を覚えるが小確幸だと考えられるからである。
	生活中で意外に思わないラッキーなことが起こるときのことだという意味。	村上春樹が文章で挙げた例によって、村上さんがずっと買いたかったレコードは高くて、なかなか買わなかったが、三年後、よそで、前に見たレコードよりもっと安いレコードが見つかったということからわかった。
優越感	「生活の中の目立たないことを楽しんで、それに、それを察する自分が優越感を持っている」という意味だといえよう。	村上春樹が書いた文章の例から見ると、彼に楽しんでいるのはささやかなことばかりで、このぐらいのことは幸せだとは言えないと言う気持ちを持っている人に比べたら、自分はもっと幸福感が増えているそうです。そんなことを気づけた自身は、偉いと思っているかもしれませんからである。
継続性	生活の中で、ずっといいことが周りに発生して、自分には満足感が十分にあるという意味だ。	村上春樹の一言である「引き出しの中にきちんと折ってくるくる丸められた綺麗なパンツがたくさん詰まっているというのは人生における小さくはあるが確固とした幸せの一つ（略して小確幸）ではないかとおもうのだ」という表現から見ると、私はものがきちんと置き、毎日見たら、生活もきれいになり、気持ちがよくなることが村上春樹の言っている小確幸だと考えているからである。
自分だけのもの	地味の生活で一瞬で心に満足を受けることである。	村上春樹の文から、引き出しを開けると、きちんと折ってくるくる丸められた綺麗なパンツを出てきたということはうれしいと思うことである。

では、上掲の表3の内容から分かったことを説明したい。まず、村上氏の言葉である「小さいことだが、とても幸せを感じられる」や「自己規制を通したもの」をそのまま借用した学習者もいれば、「一つのニーズであり、癖でもある」「意外性を含めるもの」だと解釈した学習者もいる。また、［生活の中の目立たないことを楽しんで、それに、それを察する自分が優越感を持っている[3]］という「優越感」や、［生活の中でずっといい

3　［カッコ］の部分は学習者の作文から抜粋したものである。

ことが周りに発生して、自分には満足感が十分にある］という「継続性」、［地味の生活で一瞬に心に満足を受けること］という「自分だけのもの」を持つことなどを、学習者が読み取ったことが分かった。このように、学習者に活動を通して、ある現象に対する意識化を働きかけることで、学習者は多様な側面から現象を理解するのである。そして、学習者は理由をまとめる際に、自分が言いたい表現を、村上春樹氏の“小確幸”に存在する言葉から適当と思われるものを見つけ出し言語化していることから、この学習活動を通して、言語表現力を身に付けているということも言えよう。

では、続いて、学習支援活動後に、学習者の読みはどのように変化したのかという点に注目し、それぞれの学習者が読み取った村上春樹氏の“小確幸”がグループ活動を通して、どのようにとらえ直されていったのかについて見ていこう。

5.2　学習支援活動後の“小確幸”とは

学習支援活動後に学習者が作成した作文に基づいて、学習者の感じた“小確幸”を分析したところ、学習者の読みは以下のように変化したことが分かった。

5.2.1　「小さいことだが、とても幸せを感じられる」の読みの変化

まず、借用概念である「小さいことだが、とても幸せを感じられる」について整理したものを、以下に表4として提示する。なお、以下の各表では、学習者が学習支援活動前に読み取った“小確幸”を「元の定義」、学習支援活動後に読み取ったものを「新たな定義」とし、その読みの変化に対して筆者が「カテゴリー」として定義分類したものである。

表4：「小さいことだが、とても幸せを感じられる」の読みの変化

元の定義	新たな定義	カテゴリー
小さいことだが、とても幸せを感じられるという意味だ。	小確幸は小さくて、普段生活で見つけられる。そして、個人性があるので、人によって、小確幸を感じることも違うはずだと主張する。	不変
自分にとって、どんなに小さいことでも、確かな幸福を感じていれば、それは個人的な小確幸。	日常生活でどんなに小さいことや、よくしていることや、状況と人にとって、幸せを感じることも違う。だから、自分にとって、幸せを感じられること、それは小確幸である。たとえ、個人的な小確幸を感じられても、多分外の人にとって、それが小確幸を感じられないかもしれない。	
生活の中に、幸福感がどんなに小さくても、自分でさえ感じられる、それは小確幸だ。	生活の中に、小さいけれども、確かな幸福だという意味です。村上春樹にとって、「小確幸」のない人生は、かすかすの砂漠のようなものにすぎないと思っているようである。	
生活の中で自分にとって小さいけれども、簡単で確かな幸福という意味だ。	村上春樹の小確幸はいろいろで存在している。つまり、時間とお金とも関係なく、また、他人の考えも問わず、自分で幸せだと思うことは小確幸だと考えられる。生活のなかで、さまざまな驚喜も、ぱっとしない事も、小確幸になれる。しかし、その中に、買いたい物は自分の感覚からすれば、値段がいささか高いので、買わないで書いたように、自分規制みたいなものが必要とされるのであろう。それは村上春樹が言っている小確幸の意味だと思う。	自己規制
普通の生活の中で、小さいことだが、自分が幸せに感じたときのことだ。	筆者はメンバーの皆さんの意見に賛成する。なぜなら、生活の中で、たとえ小さいことをするとか、何ができることとか、新しい物事が発見したときの新鮮感とかは、自分にとって、幸せに感じたら、それは小確幸だと考えられるのであろう。例えば、試験とレポートがいっぱいある時、ストレスが大きすぎたので、それを終わったら、旅行しなくても、ちょっとした休みとか、おいしい物を食べるとか、このようにリラクスの生活をしてみることで、ストレスがすぐ消えて、幸せな感じがするのであろう。ですから、筆者が村上春樹の「小確幸」は小さいけれども、確かな幸福だが、生活の中に個人的な「小確幸」を見出すためには、多かれ少なかれ自己規制みたいなものが必要とされる。例えば、きちんと折ってくるくる丸められたパンツとか、好きなことが値段が高くて、買わないとか、我慢して激しく運動した後、冷えたい飲み物を飲むとかなどことは自己規制である。そして、「小確幸」がない人生は砂漠で道に迷うような感じになるという意味だとも考えられるのであろう。	

元の定義	新たな定義	カテゴリー
彼は自分の生活を非常にいいと思っているという意味だといえよう。満足して、自分が好きなことをやるのは幸福だという意味だ。	彼は自分の生活にとって、小さいのな発見が小確幸です。ですから、彼の小確幸は全部小さなこと、外の人理解できないです。自己規制があったら、服の匂いとか、きれいなパンツなどが満足しにときのその気持ちは幸せの感じと思っています。	他人が理解できない自己規制
生活の中でありふれた小さいことでも幸せが感じられるということである。そして人によって小確幸だと思うことが違うという意味だ。	小確幸は生活の中で、小さいこととしても、そのことで幸せが感じられたら、それは小確幸である。そして、時に自己規制で小確幸も感じられる。意外に思わないラッキーなことでも、自分が頑張ったら自分にくれる褒賞でも、これらは生活の中で簡単にもらえることである。しかし、これらが見つけられるかどうか、幸せが感じられるかどうか、人によって違うので、自分の小確幸は自分で見つけるべきだと考えている。	小さくて、ラッキーで、人によって違ってくる自己規制
生活の中で個人にとって、小さいけれども、幸せだと感じることだという意味だと主張している。	生活の中で個人の自己規則を通じる、予想外の良いことが起こる、小さいけれども、自分にとってはラッキーや幸せなど心情と感じたというときのことです。例えば、現在こんな忙しいの生活の中で、朝はもっと十五分間寝ることができれば、「幸せだ！」と感じませんか。もしくは、引き出しの中で、百元が見つかったら、ラッキーだと考えませんか。あるいは、親友から一番欲しいものをもらったら、ありがたいと思いませんか。これらのことは先ほど小さいけれども、予想外の良いことが起こる、ラッキーと幸せと感じたという小確幸である。	自己規制を通した予想外のよいこと
いつも通りの生活の中で、少し醍醐味が感じられる、たとえ取るに足りないことでも、幸せな感じがあるという意味だと考えられる。	筆者にとって、村上春樹の小確幸とは、個人的な価値観を持っている性質がある。なぜなら、本文が書いた例は大部分個人的な感覚が含めているのである。例えば、台湾のマスコミで確かによく「小確幸」という言葉が見られている。多数人は「小確幸」というのを大衆的なものと考えているが、村上春樹にとっては、生活の中に個人的な「小確幸」を見出すためには、多かれ少なかれ自己規制みたいなものが必要とされると書いている。	個人の価値観を持った自己規制
人生における小さくはあるが確固とした幸せという意味だ。	グループのみんなは小確幸についての考えはほぼ同じく、平凡で小さくても確実にあること、そして毎日の生活の中に、たったひとつかもしれないが、そのことと大切に向き合ったら、自分だけ感じられる幸せがあるだと考えられています。	自分のもの
生活の中に、簡単なことのため、小さい幸せな感じ取ることだ。	生活の中に、如何なる事が私を楽しくさせるのは、小確幸だと思います。心が暖る挨拶とか、意外な喜びとか、自分で努力した後の達成感など、すべて村上話しにとっての小確幸だと思います。	
どんな小さいことでも、幸せと満足を感じられることだ。	一括して見ると、小確幸は人によって、生活で自分にとっては満足に満たすことを見い出し、小さいけれども、喜びにつながるような幸せは小確幸である。	

元の定義	新たな定義	カテゴリー
小さいけれども確かな幸福だという意味だ。	皆さんの意見はほとんど同じと思います。小確幸は一種類の気持ちだと思うと、別の角度から物事を見ると、もともと気づいていない事や嫌いな事の中からでも幸せを感じ、満足感合にちょっと楽しいことが発生されたとき、その気持ちを持っていれば生活がより美しくなるといえるのであろう。	考えようの一つ
きれいな服を見る時幸福が感じるという意味だ。	私は苦境から逃げることという見解に賛成している。なぜなら、この見解はグループの中で最も合理性があるからだ。その見解は村上春樹の小確幸に対して、もっと深くの意味だと思って、たくさんお金を付かなくて、自分の心から価値観を変わってから、苦境から逃げる。そうすれば、小確幸を見つけたということからである。	
普段の生活中で小さいことだが、自分にとっては十分満足という意味だと考えられる。	村上春樹の小確幸は普段の生活中他人が分からない整然としている習慣があるの感じである。そして、その感じに満足しているということだと考え直したのである。その理由は村上春樹が書いた例のようにあまり特別なことではない、しかし、どうして他人が気付かなかったでしょうか。村上春樹はこの部分が注意して、この中の幸せを感じる。そして、自分の人生が面白くなることである。	習慣への満足

上掲の表から見れば、話し合いを通しても読みが変わらない者もいれば、「自己規制」という新たな読みを加えた者もいる。また、一口に「自己規制」といっても、重層化しているケースも見られた。例えば、[他人が理解できない自己規制][小さくて、ラッキーで、人によって違ってくる自己規制][自己規則を通した予想外の良いこと][個人の価値観を持つ自己規制] など、新たな読みを付け加えるような場合である。さらに、「自分のもの」としての小確幸や、「考えようの一つ」としての小確幸、「習慣への満足」としての小確幸など、読みの拡張も見受けられる。

5.2.2 「自己規制」の読みの変化

次に、先ほどと同じ借用概念である「自己規制」について、学習支援活動の前後での読みの変化について見てみよう。まず、内容を整理したものを以下に表5として提示する。

表5：「自己規制」の読みの変化

元の定義	新たな定義	カテゴリー
頑張ってきたことが終わった後、リラックスしたときの感じまたは嬉しく感じた時のことだ。	村上春樹の小確幸とは自己規制を通した後 、リラックスして、自分が好きなことができ、または欲求を満足するときの感じだという意味だと考えられる。	ニーズ・癖を満足するための自己規制
自己規制を通して、自分が好きなことをやるのは幸福だという意味。	村上は小さいけれども、確かな幸福だと言っていましたが、その中に自己規制が必要である。日常生活の中に多かれ少なかれ自己規制があったら、自分のニーズとか、癖などが満足したときの、その嬉しい気持ちは百倍になるかもしれないので、それは本当の幸福だと感じました。	
激しく運動した後に飲むきりに冷えたビールみたいなもので、「うーん、そうだ、これだ」と一人で目を閉じて思わずつぶやいてしまうような感興、それがなんといっても小確幸の醍醐味であるという意味だ。	生活の中に、いろいろなことがあって、たとえ小さいな事でも幸福だと思います。小さいことでも自分を楽しませることができる、ですから、それが小確幸である。そうすると、また生活の中のすべてを楽しむことができるはずだと思います。なぜなら、人生が短いが、自分が好きなことを楽しければ、お金も使いなくでも、いろいろな幸せを取れると思います。	自分を楽しませるための自己規制
生活の中で自己規制みたいものを通して、些細なことかもしれないが、幸せと満足を感じられることだという意味だ。	生活の中で、自己規制みたいものを通して、小さくて、些細なことでも、幸せと満足を感じられることである。人によって、幸せを感じたことも違う。それに、たまに思わなかったいいことが起きた時、小確幸も感じられると思う。	人それぞれ違う自己規制

表5のとおり、「自己規制」については、読みが変化して別の新たな意味になったものはなく、多義性のみが表出した結果となった。具体的には、［自己規制］を、「ニーズ・癖を満足するため」「自分を楽しませるため」「人それぞれ違う」といった「自己規制」の意味を拡張してとらえるといったものである。

5.2.3　「ニーズ・癖」の読みの変化

続いて、「ニーズ・癖」といった概念についてである。なお、この概念は、借用概念であった先の二つと異なり、村上春樹氏の“小確幸”の作品テキストには現れなかったものである。そして、学習者がマズロー理論を引用したり、白いコットンのにおいにこだわったり、服をきれいに畳むことを強迫症だと解釈していることなどから、「ニーズ・癖」と名付けたものである。では、以下に、学習支援活動の前後での読みの変化を表6として提示する。

表6：「ニーズ・癖」の読みの変化

元の定義	新たな定義	カテゴリー
自分の癖に満足しているという意味だ。	ニーズを達成したり、癖が満足したりしたときに、微笑を浮かべる。筆者は村上春樹が言っている小さいけれども、確かな幸福だと考えられるのであろう。	不変
生活のニーズが満足したの感じと思う。それに、楽の感じがあることである。	自己規制や努力したりや買い物をしたりしてからはあるものを持つようになったときのものを持つところ、達成感があるので、幸せの感じが出てきます。これは小確幸である。	自己規制後の達成感
自分の潔癖症という意味だというよう考えられる。	筆者は村上春樹が自分の物をきれいに置く事が強迫症だ考えています。村上春樹の小確幸とは、コットンの匂いやパンツも気にするという事である。一般人にとって、注意しなくて、重要ではない事と思うんですが、村上春樹がこれは大切な細部で、無視する事はできないと思っています。筆者にとって、村上春樹は自分の潔癖症が好きで、とても楽むです。筆者は考え分かったのは、小確幸は物質の楽しむだけではなく、精神の幸せも小確幸と理解します。	強迫症による精神上の幸せ

この「ニーズ・癖」の概念では、読みが変化して別の新たな意味になったものもあれば、変化しないものもあった。このうち、新たな読みとして表れたのは、「自己規制後の達成感」「強迫症による精神上の幸せ」といったものが認められ、学習者は、話し合いを通して、自分の読みの不足部分を補っていることが分かった。また、「小さいことだが、とても幸せを感じられる」「自己規制」などのカテゴリーは、いずれも、話し合いを通して、別の意味が付け加えられていることが分かる。つまり、話し合いを通して、読みが変化したり新たな意味が追加されたりするなど、学習支援を通して、学習者の読みがより豊かになっていることが示唆されるのである。そして、同様の結果は、「優越感」「継続性」「自分だけのもの」といったカテゴリーでも見られた。

以上のように、学習者が読み取ったこの村上春樹氏の“小確幸”の読みには、多様性があり、さらに、学習支援活動を経ることで、その意味が拡張する、つまり「読みが豊か」になるのである。そして、こうした二つの結果から、この授業で目指した「学習者の生活に密着した言葉を学習するものとして、それを通して、言葉の獲得と現実の批判的認識を同時に促すこと、すなわち、自己と社会との結び付きにおいて、従来の認識が変更されていく」という目標は、実践を通して実現が可能であることが強く示唆されるのである。

6．まとめと今後の課題

野元が提案した日本語教育における「課題提起型」教授法での四つの目標の一つである「意識化」を学習者にさせることにより、一つのテーマをより深く読む力が養われ発揮されるのではないかというのが、本稿での実践である。そして、“小確幸”についての学習者同士による討論や意見交換といった話し合いを通して、自身が読み取った“小確幸”をより多様に再構築することができたのである。つまり、自分の読み取った“小確幸”を自身なりに表現しつつ、それを話し合いというステップを経ることで新たな読みが再構築され、それを日本語で明確に描写することで、新たな読みの構築プロセスとその結果を相手に伝えることができたというものである。こうして、学習者は、日本語における読み書き能力をさらに取得したともの と考えられるのである。また、新たな読みの構築プロセスを通して、自分の読みに足りない部分を学習者が相互に気付き合い、それを解決すべき課題として意識し、結果として読みを豊かにした点においても、「課題提起型」教授法の目標の一つである「学習支援の学習」も達成できたと言えよう。

また、今回の活動を通して、教師として最も驚いたのは、学習者の作品の長さである。従来の作文授業において、学習者から頻繁に挙げられる質問として、どのぐらいの長さや分量を書いたらいいのかというものがある。これは、学習者が、長い文章を書くことに苦労したり苦手であったりすることの現れであろう。だが、今回の実践では、そのような声はまったくなかったのである。そして、実際に書き上げられた文章を見ると、最も短いもので685字、最も長いものは1458字で、31人の学習者の平均が1020字と、600字の日本語作文作成という授業目標を十分に達成するものであり、しかも、活動後には、学習者から、「自分がこんなに書けるとは思わなかった」という声も少なからずあった。つまり、「課題提起型」教授法には、文章やそこに表されている社会現象の読みを深く豊かにするだけでなく、学習者が持つ書くことへの不安や苦痛を解消する可能性も秘められているのである。なお、本稿においては、評価という点については触れていないが、今後は、「課題提起型」の実践活動における評価について考えることを一つの課題として、引き続き、実践や研究を進めていきたいと思う次第である。

参考文献

佐藤公治（1996)『認知心理学からみた読みの世界』北大路書房

佐藤学（2003. 9)「リテラシーの概念とその再定義」『教育研究』第70巻第3号 p. 292-301

佐藤洋一・有田弘樹（2014)「随筆教材のテキスト形式を生かす「習得・活用」「批判」—「自立・協働・創造」につながる授業の開発」『愛知教育大学研究報告—教育科学編』No. 63 愛知教育大学 p. 163-171

曾秋桂（2015)「村上春樹の男嫉妬物語「木野」の蛇の持つ「両義性」—重層物語世界の構築へ向けて—」『台湾日本語文学報』No. 38 致良出版社 p. 25-48

曾秋桂（2014)「「小確幸」の語からみる村上春樹と志賀直哉

—『うずまき猫のみつけかた』と『城の崎にて』の描き方に注目して—」『台湾日本語文学報』No. 36 致良出版社 p. 1-25

台湾 2015PISA 国家研究中心（2014）http://pisa2015.nctu.edu.tw/pisa/index.php/tw/taiwanpisa（2014年11月13日閲覧）

竹川慎哉（2010）『批判的リテラシーの教育—オーストラリア・アメリカにおける現実と課題』明石書房

田中博之（2009）『子どもの総合学力を育てる　学力調査を活かした授業づくりと学校経営』ミネルヴァ書房

當作靖彦（2013）『NIPPON 3.0 処方箋』講談社

野本弘幸（2000）「課題提起型日本語教育の試み—課題提起型日本語学習教材の作成を中心に」『人文学報—教育学』35 首都大学東京機関リポジトリ p. 31-54

ＮＨＫくらし解説「東アジアで人気　村上春樹の“小確幸”」(2013年10月8日放映)

村上春樹作品のテクスト機能の両義性

—文章構成と文法的要素の継承とその発展—

落合　由治

1. はじめに

他の現代作家の場合も同様と言えるであろうが、村上春樹の作品は教科書の教材としては定着しにくいと言われている。村上作品の教材としての読みに取り組んだ馬場重行・佐野正俊（2011）は、以下のように指摘している。

> 春樹作品は面白いけど訳が分からない、という声を生徒・教師双方から聞くことが多い。教材としての特性にどう応え学習者たちにどう向き合えばいいのか、教える側にもある種のとまどいのようなものがあるように思う。文学研究者が、必ずしも十全に理解しているとも思えない。[1]

確かに、日本の教科書教材によく採用されている芥川龍之介「羅生門」が古典に基づく何らかの史実を反映した話しとして受け取られていたり[2]、志賀直哉「城の崎にて」が実体験の忠実

1　馬場重行・佐野正俊（2011）「まえがきに代えて—春樹文学の「深層批評」へ」『〈教室〉の中の村上春樹』ひつじ書房 p. ⅳ参照。

2　幸田国広（2013）「「定番教材」の誕生：「羅生門」教材史研究の空隙」『国語科教育』74　p. 14-21 は、「羅生門」が「定番教材」化される経過をたどり、読みの方向で私小説読解のような「語句や表現を捉えて、下

な描写であるかのように読まれたりしている状況[3]では、教科書に採用されている村上春樹の作品は、最初から読み手が作品の外側の何かを志向したくなるような、そうした参照点を近代小説の文法を解体していく形で封じているので、近代小説で使えるかのように見えた「〜のとき、〜はどう思ったのか」式の発問は歯が立たなくなってしまうであろう。実際、村上春樹作品として以前、教科書によく採用されていた「青が消える」に関する教材論を見ると、私小説や心境小説のように「僕」の語りという点から読む論や、作中の「僕」を村上春樹と見て、作家論的状況に関係付けて、デタッチメント・コミットメントとして読む論など、「僕」が実際にあった何らかの経験をこの作品

人の心理の推移を辿り、主題あるいは作品のメッセージについて考えさせる」という定式化が進んでいると指摘している。大村勅夫（2015）「教科書における図の研究－「羅生門」の掲載図を考察する」『国語論集』12p. 129–133 は、教科書の「羅生門」には、平安時代の歴史的風俗や平安京の図など史料的図版が多数掲載されていると指摘している。「羅生門」が平安時代の歴史的時空に生きた人物の一種の私小説的作品として読まれていることがわかる。

3　亀井千明（2002）「志賀直哉「城の崎にて」試論―〈私小説〉〈心境小説〉神話の実態について　（文学史の新視角（2））」『近代文学試論』40p. 49–60 は、「城の崎にて」の私小説的評価の成立を検証している。近年でも私小説を作者の実体験の反映と見て史料的読解を試みる研究は少なくない。一例として島薗進（2011）「近代日本における死生観言説とその時代背景：志賀直哉「城の崎にて」を中心に」『死生学研究』16p. 8–29 参照。作者の実体験という読みを越えようとする場合でも、登場者の心情変化を読みとらせるという方向での読解がなされることが多い。一例として、花坂歩・板林正子・佐野比呂己（2013）「読書行為における「地平」と「期待」の創出―『城の崎にて』を教材に」『釧路論集 ： 北海道教育大学釧路分校研究報告』45p. 67–74 参照。

で語っているという図式での読み方が提起されており、芥川龍之介や志賀直哉の作品同様、僕が僕の外にある世界についての出来事を語っているという前提でこの作品を読もうとしてきたことがわかる。[4]「青が消える」が現在の教科書では採用されなくなった理由のひとつは、こうした読み方では作品を有効な教材として活用できなかったためであろう。現在の日本では、テクストを享受する場合、自然に登場者の実体験として理解するという非常に素朴でプリミティブな態度が自然に採られているが、ファンタジー、小説、アニメや漫画などは果たして主な登場者が、実際に主な登場者の世界で出逢った出来事や経験を語っている作品なのであろうか。現在の日本では、漫画『ONEPIECE』であれば、主人公ルフィの心情を読むのが物語の楽しみ方であるとか、アニメ『風の谷のナウシカ』の場合は、ヒロインのナウシカの気持ちを読み取ることが作品理解に必要であるということになってしまう。一度、現在の前提を離れてもう一度テクストの享受を見直す必要があると言えよう。村上春樹作品が描こうとしているテクストは、明らかに近代小説のテクストを超えた次元を更に志向していると思われる。

そこで、村上春樹と、近代小説のうち「私」＝作者あるいは

4　山下航正（2008)「村上春樹「青が消える（Losing Blue)」：孤独な「語り」（読む）」『日本文学』57-10p.62-65、佐藤洋一・岡田智（2010)「小説教材における「習得・活用」の授業・評価開発―村上春樹「青が消える」（高校１年・明治書院）を例に」『愛知教育大学教育実践総合センター紀要』13p.101-110、中野登志美（2011）「自己を問う〈読み〉を働き掛ける虚構 -- 村上春樹「青が消える」の教材性の検討」『国語教育研究』52p.1-12 等を参照。

ある人物の体験の何らかの反映として読まれてきた私小説的作品との関係については前回の論叢で述べた[5]ので、本論文では、「私」＝作者あるいはある人物の体験の何らかの反映として読まれてしまう作品ではあるが私小説や心境小説とは異なるタイプの作品として、日本のいくつかの教科書にも採用されていた村上春樹「鏡」を題材に、村上春樹がどのように典型的な近代小説の文法を解体しようとしているか考えてみたい。

2．近代小説の典型的なひとつの文法

文法と言うと、一般的には語や文についての一般的規則や特徴を指すと理解されるかもしれない。しかし、ソシュール以来この100年あまりの言語研究が見出した表現の規則性である文法の最大単位は、文章、つまり特定の主体のその都度の意図によって、社会的にあるジャンルのまとまった言語表現として表出されている各種モーダルによるテクストである[6]。ただ、文法としてすぐに想起される語や文についての一般的規則や特徴は量的に処理しうるレベルでのかなり単純化、一般化しうる、言わば変数の次元の少ない関数的傾向であるのに対して、テクストレベルでの文法は極めて質的な特徴を持ち、次元の少ない変数の相関性を記述する語や文を研究するような手法では、その傾向を規則性とし

5　落合由治（2015）「近代から現代への〈メディウム〉としての表現史―村上春樹の描写表現の機能」森正人監修『村上春樹におけるメディウム―20 世紀篇―』淡江大学出版中心参照。

6　音声言語中心か書記言語中心かの相違、また言語、非言語の様々な表現の組み合わせによって非常に多様なテクストが現代では流通しているが、そうしたマルチモーダル性は歴史的に形成されてきたものでもある。

て見出すことは難しい。小説もそうした質的特徴をもった文章というレベルでの書き言葉による言語テクストである。それは元来、作家が個性を追求し競っているジャンルのために、その有り様は極めて多様ではあるけれども、それでも質的研究方法である事例研究の方法に拠れば一定の規則性を見出すことができないわけではない[7]。以下では、近代の作家によく見られる文章構成をもった、一つのタイプの典型的小説として芥川龍之介「黒衣聖母」を事例にあげて考察してみたい。

2.1 「黒衣聖母」の文法

テクストとしての「黒衣聖母」は、従来の芥川龍之介作品研究の中では「キリシタンもの」とされて、その素材や題材との関係が問題にされることが多かった[8]。しかし、文章構成から見ると以下のように、三種の異質な文章で構成されている[9]。

---

7 歴史的な存在として明治以降の日本の近代に成立した小説テクストを指す。これらは描く対象や主題が変化したというばかりではなく、言語的に様々な特徴をもっている点でも以前の時代とは区別される表現史的な変化である。ぎょうせい (2013) 特集「近代小説の文体」『国語と国文学』90-11 等を参照。

8 「きりしたん物」の題材を探った研究として須田千里 (2011)「芥川龍之介「切支丹物」の材源―『るしへる』『じゆりあの・吉助』『おぎん』『黒衣聖母』『奉教人の死』」『国語国文』80-9p. 35-53 参照。また、題材との関係で作品の特徴を考察し「私」の語りの問題を指摘した研究として姜惠彬 (2013)「芥川龍之介「黒衣聖母」論 ：メリメ「イールのヴィナス」との比較分析を通じて」『稿本近代文学』38p. 15-24 参照。

9 芥川龍之介の文章構成全体については、永尾章曹 (1991)「芥川龍之介―文章構成について」表現学会監修『表現学大系』12 巻教育出版センターを参照。

図 1　「黒衣聖母」の文章構成

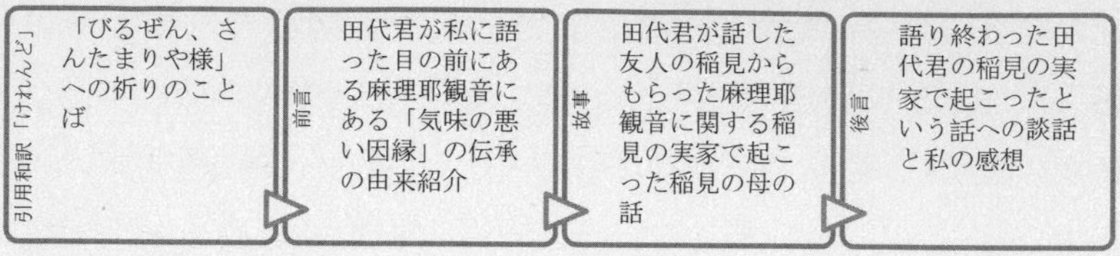

引用和訳「けれんど」	前言	故事	後言
「びるぜん、さんたまりや様」への祈りのことば	田代君が私に語った目の前にある麻理耶観音にある「気味の悪い因縁」の伝承の由来紹介	田代君が話した友人の稲見からもらった麻理耶観音に関する稲見の実家で起こった稲見の母の話	語り終わった田代君の稲見の実家で起こったという話への談話と私の感想

まず、冒頭の「けれんど」からの引用は、作品に取り上げられた麻理耶観音の主体である聖母マリアへの祈りの言葉で、付言のように作品本文の前に付けられて作品の重要な題材を取り上げている。

引用 1

——この涙の谷に呻き泣きて、御身に願いをかけ奉る。……御身の憐みの御眼をわれらに廻らせ給え。……深く御柔軟、深く御哀憐、すぐれて甘くまします「びるぜん、さんたまりや」様————和訳「けれんど」——

芥川龍之介の作品にはこうした付言が置かれていることが多い[10]。こうした付言も作品の舞台設定に関して重要な役割を担っている。この後に続く部分は、二種類の文章に分かれている。この小説の中心的内容である麻理耶観音に関する因縁話[11]は、

---

10 芭蕉を題材にした「枯野抄」、キリシタンものの「奉教人の死」など、こうした古典からの引用がしばしば作品の最初に使われている。

11 新潟の旧家に家の守護神として祭られていた麻理耶観音に、幼い跡継が重態に陥った当主の祖母が「私の命がある間は、孫の命を助けてほしい」と願をかけたところ、容態が回復した。しかし、間もなく祖母が急死すると、孫も同時に亡くなったという、田代君の友人が母の体験として語った逸話である。

その話を聞かせた田代君の説明や私の見方を書いている節の後にあり、また、麻理耶観音の話が終わった後にも田代君の談話と私の感想が書かれている。麻理耶観音の因縁話を故事とすれば、その前と後で因縁話を語り、聞く部分は前言と後言と言えよう。なぜこうした前言や後言が故事の前後に置かれるのであろうか。その理由は、内容面からのアプローチからはもちろん文章構成上からもよく理解できる。引用２、引用３のように、「黒衣聖母」の前言、後言には、少なくとも四種類の異なった文言（ディスコース）が用いられている。（丸数字は文番号で、会話文と関係が深い場合は、地の文と同じ番号で示した。各種線、記号、囲いは注目点で、いずれも論者による。）

引用2

①「どうです、これは。」

①田代君はこう云いながら、一体の麻利耶観音を卓子の上へ載せて見せた。

I 麻利耶観音と称するのは、切支丹宗門禁制時代の天主教徒が、屡聖母麻利耶の代りに礼拝した、多くは白磁の観音像である。が、今田代君が見せてくれたのは、その麻利耶観音の中でも、博物館の陳列室や世間普通の蒐収家のキャビネットにあるようなものではない。第一これは顔を除いて、他はことごとく黒檀を刻んだ、一尺ばかりの立像である。のみならず頸のまわりへ懸けた十字架形の瓔珞も、金と青貝とを象嵌した、極めて精巧な細工らしい。その上顔は美しい牙彫で、しかも唇には珊瑚のような一点の朱まで加えてある。……

②私は黙って腕を組んだまま、しばらくはこの黒衣聖母の美しい顔を眺めていた。A③が、眺めている内に、何か怪しい表情が、象牙の顔のどこだかに、漂っているような心もちがした。いや、怪しいと云ったのでは物足りない。④私にはその顔全体が、ある悪意を帯びた嘲笑を漲らしているような気さえしたのである。

⑤「どうです、これは。」

⑤B田代君はあらゆる蒐集家に共通な矜誇の微笑を浮べながら、卓子の上の麻利耶観音と私の顔とを見比べて、もう一度こう繰返した。

⑥「これは珍品ですね。が、何だかこの顔は、無気味な所があるようじゃありませんか。」

⑦「円満具足の相好とは行きませんかな。そう云えばこの麻利耶観音には、妙な伝説が附随しているのです。」

⑧「妙な伝説？」

⑧私は眼を麻利耶観音から、思わず田代君の顔に移した。⑨C田代君は存外真面目な表情を浮べながら、ちょいとその麻利耶観音を卓子の上から取り上げたが、すぐにまた元の位置に戻して、

⑨「ええ、これは禍を転じて福とする代りに、福を転じて禍とする、縁起の悪い聖母だと云う事ですよ。」

⑩「まさか。」

⑪「ところが実際そう云う事実が、持ち主にあったと云うのです。」

⑪田代君は椅子に腰を下すと、Dほとんど物思わしげなとも形容すべき、陰鬱な眼つきになりながら、私にも卓子の向うの椅子へかけろと云う手真似をして見せた。

⑫「ほんとうですか。」

⑫私は椅子へかけると同時に、我知らず怪しい声を出した。Ⅱ田代君は私より一二年前に大学を卒業した、秀才の聞えの高い法学士である。且また私の知っている限り、所謂超自然的現象には寸毫の信用も置いていない、教養に富んだ新思想家である、その田代君がこんな事を云い出す以上、まさかその妙な伝説と云うのも、荒唐無稽な怪談ではあるまい。——

⑬「ほんとうですか。」

⑬私が再こう念を押すと、田代君は燐寸の火をおもむろにパイプへ移しながら、

「さあ、それはあなた自身の御判断に任せるよりほかはありますまい。が、ともかくもこの麻利耶観音には、気味の悪い因縁があるのだそうです。御退屈でなければ、御話しますが。——」

引用3

⑭田代君はこう話し終ると、Eまた陰鬱な眼を挙げて、じっと私の顔を眺めた。

⑭「どうです。あなたにはこの伝説が、ほんとうにあったとは思われませんか。」

⑮私はためらった。

⑮「さあ――しかし――どうでしょう。」

⑯田代君はしばらく黙っていた。が、やがて煙の消えたパイプへもう一度火を移すと、

⑯「私はほんとうにあったかとも思うのです。ただ、それが稲見家の聖母のせいだったかどうかは、疑問ですが、――そう云えば、まだあなたはこの麻利耶観音の台座の銘をお読みにならなかったでしょう。御覧なさい。此処に刻んである横文字を。――DESINE DESINE FATA DEUM LECTI SPERARE PRECANDO「汝の祈祷、神々の定め給う所を動かすべしと望む勿れ」の意……」

⑰私はこのF運命それ自身のような麻利耶観音へ、思わず無気味な眼を移した。聖母は黒檀の衣を纏ったまま、やはりその美しい象牙の顔に、Gある悪意を帯びた嘲笑を、永久に冷然と湛えている。――

第一類は枠囲いで示した文①「田代君はこう云いながら、～載せて見せた」のように、会話文と密接不可分な関係にある前言①～⑬、後言⑭～⑰の「～しながら」、「～は～した」「～は～ていた」という一定の形式を持つ文言で、会話文にも「～は～と言った」のような形で同じ文言を補足できる。これは作品中の登場者の動きを描いている、所謂ストーリーに当たる部分として、前言から後言に進むストーリーの動きを産み出している[12]。第二類は、直線下線部のⅠ、Ⅱのまとまりで、主には「～は

12 E.M. フォースター／中野康司訳 (1994)『小説の諸相 E.M. フォースター著作集』みすず書房参照。

～である」「～らしい」「～ない」「～まい」という、いわゆる判断モダリティ形式[13]の文言で作中に登場する麻理耶観音や田代君について説明している。第二類は私が語る言葉のように読めるため、田代君が語る話しでありながらそれを私の文言が包む形式になり、第三類のAの点線部のような「私」がその場で感じたリアルな臨場感覚の文言が付け加えやすくなるであろう。また、第二類があることで第一類の会話文は「私」が実際に聞いている内容になり、「私」に読者が意識を重ねることで「私」＝読者という形で読者自身が田代君の話しの聞き手になることを助けているとも言えよう。話しの聞き手であると同時に、視覚的にも第四類の「～ながら」または「～て」という形式を持つ波線部B、C、D、Eの田代君の表情の形容と、私の見た「～な」「～した」という形式の形容F、Gが入ることで、第一類は実際にそれを見ているかのような形で進行することになる。

これらは、作品中の太線部のような「不気味」な「因縁話」が「ほんとうにあった」ことを示すために、話し手と聞き手の臨場感を強調して、実際の聞き書きであることを演出していると考えられる。

---

13 日本語記述文法研究会（2003）『現代日本語文法〈4〉第8部・モダリティ』くろしお出版参照。

2.2　「黒衣聖母」のテクスト的機能

「黒衣聖母」は、その文章構成と四種類の文言によって、田代君が語る故事の由来や故事でありながら、読者には私が語る言葉のように読め、田代君が語る話しでありながらそれを私の文言が包む形式になっている。「前言」＋「故事」＋「後言」の文章構成と相互の機能を示すと以下のようにまとめることができよう。

図 2 「前言」＋「故事」＋「後言」の文章構成と相互の機能

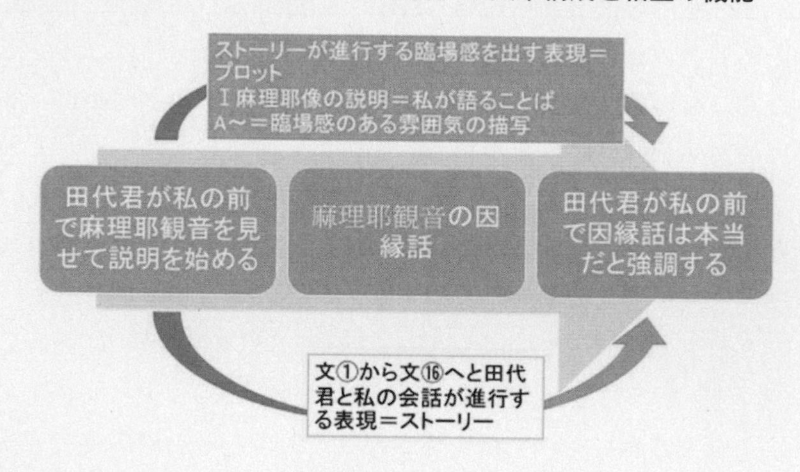

そのままではただの逸話や伝説にしか過ぎない麻理耶観音の故事に、芥川は実際に誰かが語り「私」がそれを聞くという前言、後言を加えることで、「実際そう云う事実が、持ち主にあった」という体験談に故事を置換していると言えよう。これは近代日本の私小説や心境小説を求める読者の、実際にあった話こそ価値があるというような素朴な志向に対して、体験談の文言装置を用いる一種の認知バイアスを設けることで「実際そう云う事実が、持ち主にあった」というフレーミング効果を逸話や

伝説にもたらす文法である。文学的意図を想像すれば、江戸時代の日本で流行して明治以降の近代化過程で衰退していった百物語などの怪談の近代的組み替えではないかと思われる[14]。

ある異常なこうした体験の故事の前後に、それを実際に語る人と聞く人という場を設けるテクストは、現代の都市伝説やテレビドラマなどでも常に用いられている定式化した形式である。現実的な合理性の支配する生活世界は、こうした文言装置により非合理的で容易に理解できない世界自体に置換される両義性を帯びるようになる[15]。芥川がこうした作品を残したことには、近代合理主義の明晰判明な一義的世界像あるいは人間像に対して、世界自体と世界内存在としての人間意識の両義性を浮かび上がらせる非了解的な意図があったかもしれない。こうした両義性を成立させるのは意識作用としての「私」の言説機能で、芥川は「私」的言説が産み出す両義性の構造を十分に熟知していたと言えよう。

14「百物語」の近代化については安藤徹（2005）「怪異の生成とうわさ：祇右衛門・飾磨屋・中村玄道（<特集>怪異をひらく－近代の時空へ）」『日本文学』54-11p. 36-47参照。

15 ここでの両義性はフッサールの後期思想に見られるような経験科学や生活世界の意識への現象学的還元が提示する一種の結果とする。宇都宮京子（2000）「「合理」のもつ可能性と限界」『社会学評論』50-4p. 480-495、山田治（2004）「後期フッサールにおける生世界概念」『言語と文明：論集2』p. 136-154等参照。

図３　『黒衣聖母』のテクスト的機能

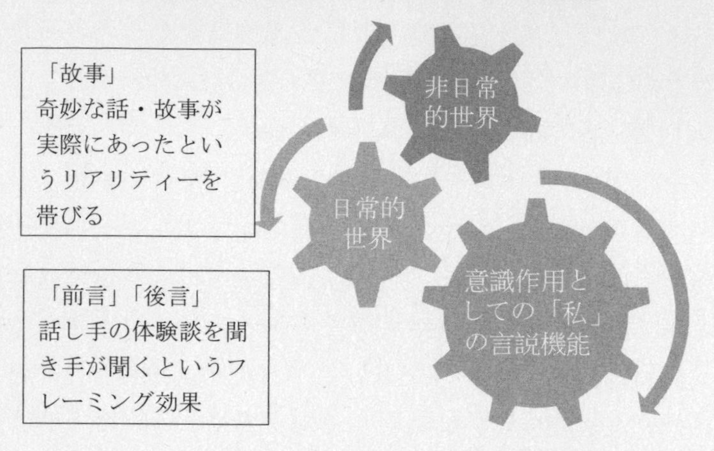

図３のように、芥川は体験談のフレーミング効果によって作品に擬似リアリズムを創出することで、近代的世界では理解できない非合理的な故事にリアリティーを持たせ、日常的世界に相即する非日常的世界という両義性を提示した。それは、実は世界に意味を付与している意識作用としての「私」の機能に他ならないことも同時に浮上させている。

３．村上春樹「鏡」と「黒衣聖母」の共通点と相違点

芥川の「黒衣聖母」のようなタイプのテクストは、故事や体験談を語り手と聞き手の前言・後言で挟み込むことで「実際そう云う事実が、持ち主にあった」というフレーミング効果をもたらす機能を持ち、こうした文章構成の作品は近代の志賀直哉や佐藤春夫などの作家には普通に見られる。同時に、現在の日本で生産されている都市伝説やメディアの映画、テレビドラマなどでも常用されるテクストであり、これらのタイプのテクス

トは私小説や心境小説あるいはそのバリエーションと並んで、近代的受容者に極めて好まれるテクストタイプの一種と言えよう[16]。以下で取り上げる村上春樹「鏡」も、文章構成上は「黒衣聖母」と同じ体験談を僕の前言・後言で挟み込むタイプのテクストで、まったく同じ文章構成をとっている。なぜこうした言わば常套的な近代小説のテクストを使い、敢てまた似たタイプの都市伝説風の体験談を間に挟み込む作品を村上春樹は書いたのであろうか。「鏡」については、すでに文学研究あるいは教材研究の立場から多くの論が出されており、いずれも近代小説の典型的なテクストであった私という語り手が実体験を語り描いているかのような私小説や心境小説を読む読み方（テクストのストーリーの経過を確認して、その経過を体験した登場者の心情や認識を実体験であるかのように明らかにしようとするような読み方）を越える必要性を説いている点では、新しい小説の可能性が模索されている[17]。ここでは、近代小説のひとつの典型

---

16 志賀直哉「濁った頭」、佐藤春夫「日章旗の下に」など、これらの近代作家では常用されている文章構成である。日本ではフジテレビ「本当にあった怖い話」「世にも奇妙な物語」等都市伝説による非日常的体験談が続けて放映されている。フジテレビ「本当にあった怖い話」http://www.fujitv.co.jp/honkowa/index.html、「世にも奇妙な物語」http://www.fujitv.co.jp/kimyo/（2015年6月9日閲覧）

17 渥美孝子（2011)「村上春樹「鏡」―反転する語り・反転する自己」馬場重行・佐野正俊篇（2011)『〈教室〉の中の村上春樹』ひつじ書房、足立悦男（2011)「村上春樹「レーダーホーゼン」論―教材としての可能性」同上所収等、また、文学研究では西田谷洋（2008)「「僕」の亡霊たち―村上春樹「鏡」論」『金沢大学語学・文学研究（終刊）』p.30-39、森正人（2011)「鏡にうつる他者としての自己 ：夏目漱石・芥川龍之介・遠藤周作・村上春樹」『国語国文学研究』46p.46-57等を参照。なお、ボ

と言える芥川の「黒衣聖母」との比較で、「鏡」の文章構成としての文法を解明してみたい。

3.1　村上春樹「鏡」の文法

「黒衣聖母」の前言・後言は、語り手の田代君が奇怪な故事を語る現場で「私」が因縁話のある麻利耶観音を実際に見て、また田代君の様子を見ながら話しを聞くという流れになっている。一方、村上春樹「鏡」は、僕が皆の体験談を聞きながらその聞き手に語る体裁を取って、直接、読者に会話体の文言（ディスコース）で話しかける設定になっている。（下線、太字は注目点、いずれも論者による）

引用4

> さっきからずつとみんなの体験談を聞いてるとね、そういったタイプの話にはいくつかのパターンがあるんじゃないかって気がするんだよ。まずひとつはこちらに生の世界があって、あちらに死の世界があって、それが何かの力によつてどこかでクロスするっていうタイプの話だね。たとえば幽霊とか、そういうの。それからもうひとつは三次元的な常識を超えたある種の現象や能力が存在するつてことだね。つまり予知とか虫の知らせとかね。大きくわけるとそのふたつに分類できると思うんだ。
>
> で、そういったのを総合してみるとさ、みんなどちらか一方の分野だけを集中して経験しているような気がする

ストン大学Anna Elliott教授からエドガー・アラン・ポー「ウィリアム・ウィルソン」との類似をご教示いただいた。

んだな。つまりさ、幽霊を見ている人はしばしば幽霊は見るんだけど、虫の知らせを感じることはまずないみたいだし、虫の知らせをよく体験する人は幽霊って見ないんだね。どうしてだかはよくわからないけれど、そういう個人的な傾向というのはたしかにあるみたいだね。何となくそういう感じがするんだ。

それから、もちろんどちらの分野にも適さないって人もいる。たとえば僕がそうだね。僕はもう三十何年生きているけれど、幽霊なんて一度も見たことがない。予知夢とか虫の知らせとか、そういうのを経験したこともない。二人の友だちと一緒にエレベーターに乗っていて、彼らが幽霊を見ていながら、僕はまったく気づかなかったということもある。二人ともグレーのスーツを着た女が僕のわきに立っていたっていうんだけど、女なんて絶対に乗ってなかつたんだ。我々三人きりだった。嘘じゃないよ。それにその二人もわざわざ僕をかつぐようなタイプの友だちじゃないんだ。まあそれはそれですごく気味の悪い体験だったけど、それにしても僕が幽霊を見てないということに変わりはない。

とにかくそうなんだ。僕という人間は幽霊だって見ないし、超能力もない。なんというか、実に散文的な人生だよな。

でも僕にも一度だけ、たつたの一度だけ、心の底から怖いと思ったことがある。もう十年以上前の話なんだけど、これまで誰にも話したことはない。口に出すことさえ怖かつたんだ。口に出しちゃうと同じようなことがまた起こるんじゃないかって気がしてね、だからずっと黙ってた。でも今夜はみんなが順番にそれぞれ怖い体験談を聞かせてくれたわけだし、主人である僕が最後に何も話さずに場を閉じるというわけにもいかない。それで、僕も思い切って話してみることにする。

いや、いいよ、拍手はよしてくれよ。そんなたいした話でもないんだからさ。

前にも言ったように幽霊も出てこないし、超能力もない。僕が思っているほど怖い話じゃなくて、なんだということになっちゃうかもしれない。ま、それはそれでいい。とにかく話すよ。

引用5

こういう話の結末ってわかると思うんだけれど、もちろん鏡なんてはじめからなかったよ。

太陽が昇る頃には台風はもう去っていた。風もやんで、太陽が暖かいくっきりとした光を投げかけていた。僕は玄関に行ってみた。そこには煙草の吸殻が落ちていた。木刀も落ちていた。でも鏡はなかった。そんなのもともとなかったんだよ。玄関の下駄箱のわきに鏡がついたことなんて一度もなかったんだ。そういうことさ。

というわけで、僕は幽霊なんて見なかった。僕が見たのは——ただの僕自身さ。でも僕はあの夜味わった恐怖だけはいまだに忘れることができないでいるんだ。そしていつもこう思うんだ。人間にとつて、自分自身以上に怖いものがこの世にあるだろうかってね。君たちはそう思わないか？

ところで君たちはこの家に鏡が一枚もないことに気づいたかな。鏡を見ないで髭が剃れるようになるには結構時間がかかるんだぜ、本当の話。

ここで村上春樹は実際に語り手の「僕」が読者の前で語っているかのように、会話体を再現するという方法で読者に語りかけている。下線部のように、口語体の様々な特徴が文章に再現されて、実際の話し言葉であるかのような印象を読者に与えている。たとえば「聞いてるとね＝聞いているとね」は「ている」縮約形＋終助詞「ね」、「あるんじゃないかって気がするんだよ＝あるのではないかという気がするのだよ」は「かという」縮約形と「のだ」音便形＋終助詞「よ」のような、会話体に特有の文節型が随所に多数用いられて現代日本語の会話体を再現している。「黒衣聖母」では読者は二人の人物の話しや視線を観衆として見聞きする受容者であったが、ここでは「僕」が会話体で語りかけていることによって、読者は直接「僕」の話の聴衆、対話者となる。語りの現場を目撃する臨場感を産み出して「実際そう云う事実が、持ち主にあった」というフレーミング効果をもたらす「黒衣聖母」のテクストが間接話法であれば、読者を直接の語りの聴衆に置く、この種のテクストは直接話法のテクストと呼べるであろう。村上春樹の短編にはしばしばこうした形式の直接話法が様々なスタイルで用いられている[18]。こうしたスタイルを選択した理由はな

---

18 村上春樹「レキシントンの幽霊」、「レーダーホーゼン」等。その他の一人称短編小説もこの形式のバリエーションとも考えられる。

んであろうか。その理由は引用５に求められよう。網掛け部のように、僕は後言で自分の語った体験について「鏡なんてはじめからなかった」という結末を自ら付けている。「黒衣聖母」の場合は不可解な因縁話は故事の中で完結していたが、「鏡」でその体験に結末を付けたのは体験の外にある「僕」のいわば解説、説明であり、鏡の出来事自体は何であるのかは結局、分からず、また「僕」の解説や説明が本当なのか嘘なのかも不明なままである。すべては語ることの中に開放されてしまう。同時に、「黒衣聖母」の場合は聞き手の「私」の存在が不可解な因縁話の聞き取りが事実であることを保証していたが、「鏡」の場合は、僕の存在自体が「鏡」での体験を真偽確定不可能な語りに変えてしまう。

3.2 「鏡」のテクスト的機能

村上春樹の「鏡」は、近代の「黒衣聖母」のテクスト機能からさらに踏み込んで、実は私たちがその言説によって存在し、事実であると見なしている言説の外にある客観的世界あるいは対象、出来事等は、実は言説自身によって真偽確定の可能性が変更可能なもので、それ自体が何かは確定できない現象であることを浮かび上がらせている。それは同時に、言説する私の存在自体も言説によって左右されることを意味している。村上春樹のテクストが目指しているのは、いわば語る主体と語られる客体との関係に対する言説機能の制約である。

図４　「鏡」のテクスト的機能

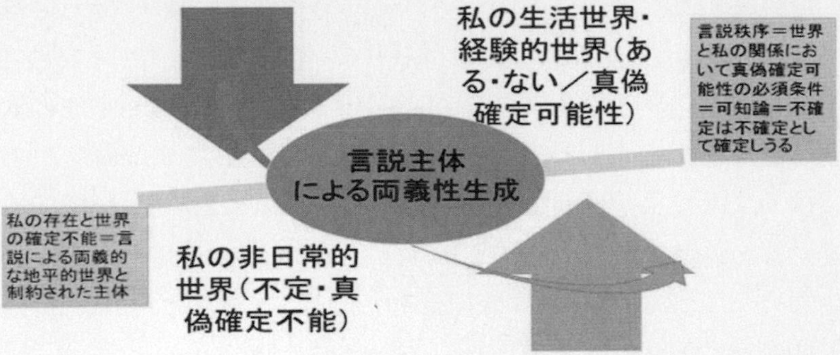

私の生活世界・経験的世界（ある・ない／真偽確定可能性）

言説秩序＝世界と私の関係において真偽確定可能性の必須条件＝可知論＝不確定は不確定として確定しうる

言説主体による両義性生成

私の存在と世界の確定不能＝言説による両義的な地平的世界と制約された主体

私の非日常的世界（不定・真偽確定不能）

これはいわゆる不可知論などではなく、言説秩序そのものが世界と私の関係において真偽確定可能性の必須の前提条件であるという可知論であり、知られる物は知られる物としても、知りえないものとしても語られうるという言説秩序の両義性の中に、近代的な確固とした知るものとしての私（主体）と知られるものとしての世界の関係自体も開放されてしまうことを意味している。言説によって示しえるのは、両義的に限定された地平的世界とそれに制約された私との関係だけである。限定されていることを語ることで、限定されていない、不可知の領域も反転されて提示されるとも言える。Ａを語ることは、非Ａを同時に語ることになるという両義性論理は、近代的思考の根元にあるアリストテレス以来のＡはＡであるという認識における最も基礎となる真理論である同一律（イデア論・本質論）を越える論理の成立を意味している。

こう考えてくると、村上春樹が小説の形で提示している現代的テクストの機能は極めて先端的な思考の領域に踏み込んでいることが明らかになると言えよう。こうした言語や意味、あるいは概念おける同一律の問題について、その限界を提示する考察を続けたジャック・デリダは「プラトンのパルマケイアー」の中で、書かれた言葉としてのエクリチュールのパルマコン的機能について考察しているが、エクリチュールはある命名をおこなうことによって、そのものを示しているかのような形で確定すると同時に、そのものの本来の姿を隠してしまうと捉えている[19]。明示的に言語的に表現された世界や経験は、それによって理解が可能になると同時に、その本来の内容から遠ざけられてしまうことになる。デリダは、言説はパルマコン的機能そのものであることを、それ以後の論考でも様々な形で提示しているが、それはまさに村上春樹作品の目指している小説の言説機能そのものでもある。村上春樹の作品は、読むことによってまさに言説がパルマコンであることを読者に体験させる機構なのである。近代的視点からは、村上作品の空白やテーマの理解しにくさは、文学としての欠陥にも見えるかもしれないが、それはまさに近代的視点の限界と、それを越えた次元を示す村上春樹作品のパルマコンの姿である。

4．おわりに

村上春樹が近代的言説の機能を駆使して描こうとしているテクストは、近代言説の限界を示すことで機能する地平的装置であり、読者がまだ近代的言説の中に拘束されている状態では、

---

19 ジャック・デリダ／藤本一勇・立花史・郷原佳以訳（2013）『散種』法政大学出版局参照。

それが何かは理解も意味づけもできない近代的言説の先に開示される、意味の未知の地平であると考えられよう。そこでは確固としたラングの一義性によって成り立っていた近代の文法自体も開放されている。村上春樹の文法とは、確固とした言語の規則性によって、確固としているが同時に不確かで曖昧でもある言語規則＝両義的な地平的世界と制約された主体の両義性を浮上させる表現機構なのである。

注記

本論文は科技部専題研究 103-2410-H-032-047-MY2 の成果の一部である。また、淡江大学村上春樹研究センターが日本北九州国際会議場で主催した「2015 年第 4 回村上春樹国際シンポジウム」(2015. 7. 25-27) で口頭発表した内容を加筆、修正したものである。

テキスト

芥川龍之介「黒衣聖母」(1986/1996)『芥川龍之介全集』第三巻　筑摩書房

村上春樹「鏡」(1991/2003)『村上春樹全作品 1979-1989』第五巻　講談社

参考文献

足立悦男（2011）「村上春樹「レーダーホーゼン」論―教材としての可能性」馬場重行・佐野正俊篇（2011）『〈教室〉の中の村上春樹』ひつじ書房

渥美孝子（2011）「村上春樹「鏡」―反転する語り・反転する自己」馬場重行・佐野正俊篇（2011）『〈教室〉の中の村上春樹』ひつじ書房

安藤徹（2005）「怪異の生成とうわさ ： 祇右衛門・飾磨屋・中村玄道（< 特集 > 怪異をひらく－近代の時空へ）」『日本文学』54-11

宇都宮京子（2000）「「合理」のもつ可能性と限界」『社会学評論』50-4

大村勅夫（2015）「教科書における図の研究―「羅生門」の掲載図を考察する」『国語論集』12

落合由治（2015）「近代から現代への〈メディウム〉としての表現史―村上春樹の描写表現の機能」森正人監修『村上春樹におけるメディウム―20 世紀篇―』淡江大学出版中心

亀井千明（2002）「志賀直哉「城の崎にて」試論―< 私小説 >< 心境小説 > 神話の実態について（文学史の新視角（2））」『近代文学試論』40

姜惠彬（2013）「芥川龍之介「黒衣聖母」論：メリメ「イールのヴィナス」との比較分析を通じて」『稿本近代文学』38

ぎょうせい（2013）特集「近代小説の文体」『国語と国文学』90-11

幸田国広 (2013) 「「定番教材」の誕生：「羅生門」教材史研究の空隙」『国語科教育』74

佐藤洋一・岡田智 (2010) 「小説教材における「習得・活用」の授業・評価開発―村上春樹「青が消える」（高校1年・明治書院）を例に」『愛知教育大学教育実践総合センタ－紀要』13

島薗進 (2011) 「近代日本における死生観言説とその時代背景：志賀直哉「城の崎にて」を中心に」『死生学研究』16

須田千里 (2011) 「芥川龍之介「切支丹物」の材源―『るしへる』『じゆりあの・吉助』『おぎん』『黒衣聖母』『奉教人の死』」『国語国文』80-9P35-53

ジャック・デリダ／藤本一勇・立花史・郷原佳以訳 (2013) 『散種』法政大学出版局

中野登志美 (2011)「自己を問う〈読み〉を働き掛ける虚構―村上春樹「青が消える」の教材性の検討」『国語教育研究』52

永尾章曹 (1991)「芥川龍之介―文章構成について」表現学会監修『表現学大系』12巻教育出版センター

西田谷洋 (2008) 「「僕」の亡霊たち―村上春樹「鏡」論」『金沢大学語学・文学研究（終刊）』

日本語記述文法研究会 (2003)『現代日本語文法〈4〉第8部・モダリティ』くろしお出版

花坂歩・板林正子・佐野比呂己 (2013) 「読書行為における「地平」と「期待」の創出―『城の崎にて』を教材に」

『釧路論集 : 北海道教育大学釧路分校研究報告』45
馬場重行・佐野正俊（2011)「まえがきに代えて一春樹文学の「深層批評」へ」馬場重行・佐野正俊（2011)『〈教室〉の中の村上春樹』ひつじ書房
E.M. フォースター／中野康司訳（1994)『小説の諸相 E.M. フォースター著作集』みすず書房
森正人（2011)「鏡にうつる他者としての自己：夏目漱石・芥川龍之介・遠藤周作・村上春樹」『国語国文学研究』46
山下航正（2008)「村上春樹「青が消える（Losing Blue)」：孤独な「語り」（読む)」『日本文学』57-10
山田治（2004)「後期フッサールにおける生世界概念」『言語と文明：論集 2』

人名索引

に

ぬ

ね

の

は

ひ

ふ

書名・作品名索引

ひ

ふ

へ

ほ

ま

み

ら

り

れ

わ

事項索引

note

村上春樹研究叢書 TC003

村上春樹における両義性（pharmakon）

作　　者　監修 / 森 正人
　　　　　編集 / 小森 陽一、曾秋桂

叢書主編　曾秋桂
社　　長　林信成
總 編 輯　吳秋霞
行政編輯　張瑜倫
責任編輯　林獻堂
行銷企劃　陳卉綺
內文排版　致良出版社
文字校對　落合 由治、內田 康
封面設計　斐類設計工作室
印 刷 廠　久裕印刷股份有限公司

發 行 人　張家宜
發 行 所　淡江大學出版中心
印　　刷　建發印刷有限公司
出版年月　2016年6月
版　　次　初版
定　　價　NTD600元　JPY2500元

總 經 銷　紅螞蟻圖書有限公司
展 售 處　**淡江大學出版中心**
　　　　　地址：新北市25137 淡水區英專路151號海博館1樓
　　　　　電話：02-86318661　傳真：02-86318660

　　　　　淡江大學—驚聲書城
　　　　　新北市淡水區英專路151號商管大樓3樓
　　　　　電話：02-26217840

ISBN 978-986-5608-15-6